RUTH RENDELL

Flucht ist kein Entkommen

Gray Lanceton, ein armer Schriftsteller, ist der reichen und verwöhnten Drusilla Janus verfallen. Ihre leidenschaftliche Affäre hat nur einen Haken: Drusilla ist verheiratet mit dem steinreichen Grundstücksmakler Harvey Janus, Spitzname »Tiny«. Würde der das Zeitliche segnen, all ihre finanziellen und sonstigen Probleme wären mit einem Schlag gelöst. Doch Tiny erfreut sich bester Gesundheit und denkt nicht daran, den Traum der zwei Verliebten Realität werden zu lassen. So kommt es denn zur Trennung zwischen Gray und Drusilla, und Gray ist fest entschlossen, seine Geliebte nie wieder zu treffen. Bis sich Drusilla eines Tages bei ihm meldet: »Ich liebe dich. Wenn du mich noch willst, werde ich Tiny verlassen und mit dir zusammenleben.« Kurz darauf liegt eine Leiche in Grays Keller, und der Schriftsteller gerät in die Schußlinie von Detective Inspector Ixworth . . .

Autorin

Ruth Rendell wurde 1930 in South Woodford/ London als Tochter eines Lehrerehepaares geboren. Sie arbeitete als Journalistin, bevor sie sich ganz dem Schreiben widmete. Seitdem hat sie an die 30 Romane veröffentlicht. Dreimal schon hat sie den Edgar-Allan-Poe-Preis erhalten, außerdem wurde sie zweifach mit dem *Golden Dagger der Crime Writers Association* für den besten Kriminalroman ausgezeichnet. Ruth Rendell, die auch unter dem Pseudonym Barbara Vine bekannt ist, lebt in einem Farmhaus aus dem 16. Jahrhundert in Suffolk. Sie ist verheiratet und Mutter eines Sohnes.

Von Ruth Rendell außerdem im Goldmann Verlag erschienen:

Das geheime Haus des Todes. (42582) · Das Haus der geheimen Wünsche. (42692) · Der Krokodilwächter. (43201) · Der Kuß der Schlange. (43717) · Der Liebe böser Engel. (42454) · Der Mord am Polterabend. (42581) · Die Brautjungfer. (41240/5825/7284) · Die Tote im falschen Grab. (43580) · Die Werbung. (42015/5853) · Eine entwaffnende Frau. (42805/43110) · Mord ist des Rätsels Lösung. (43718) · Mord ist ein schweres Erbe. (42583) · Phantom in Rot. (43610) · Schuld verjährt nicht. (43482)

Stirb glücklich. Stories (41294/5843) · Lizzies Liebhaber. Stories (43308)

Ruth Rendell / Helen Simpson.
Das Haus der geheimen Wünsche / Die Sünden des Fleisches.
Zwei Romane in einem Band (41169)

RUTH
RENDELL

Flucht ist kein Entkommen

Roman

GOLDMANN

Die Originalausgabe erschien 1974 unter dem Titel
»The Face of Trespass«
bei Hutchinson Publishing Group, London

Umwelthinweis:
Alle bedruckten Materialien dieses Taschenbuches
sind chlorfrei und umweltschonend.
Das Papier enthält Recycling-Anteile.

Der Goldmann Verlag
ist ein Unternehmen der Verlagsgruppe Bertelsmann

Genehmigte Ausgabe 11/97

Umschlaggestaltung: Design Team München
Satz: DTP Service Apel, Laatzen
Druck: Elsnerdruck, Berlin
Verlagsnummer: 43815
AB · Herstellung: Heidrun Nawrot
Made in Germany
ISBN 3-442-43815-2

1 3 5 7 9 10 8 6 4 2

Für Don

Vorher

Der neue Parlamentsabgeordnete beendete seine Tischrede und setzte sich. Er war es gewohnt, in der Öffentlichkeit zu sprechen, aber der Beifall dieser Männer, die mit ihm zur Schule gegangen waren, machte ihn doch leicht verlegen. Er nahm die Zigarre an, die der Vorsitzende der »Vereinigung der Ehemaligen von Feversham« ihm anbot, und sie half ihm, seine Befangenheit zu überbrücken. Jemand gab ihm Feuer, und als die Zigarre brannte, hatte er das Gefühl ungewohnter Rührung abgestreift und sich wieder entspannt.

»Wie war ich, Francis?« fragte er den Vorsitzenden.

»Einfach großartig. Keine Gemeinplätze. Keine schmutzigen Witze. Eine erfrischende Abwechslung, einmal einen Kreuzfahrer gegen soziale Mißstände wettern zu hören. Schade, daß es bei uns keine Todesstrafe mehr gibt, sonst könntest du nämlich gegen sie zu Felde ziehen.«

»Hoffentlich habe ich nicht gepredigt«, sagte der Abgeordnete.

»Mein lieber Andrew, das tut ihr Leute vom linken Flügel immer, aber laß dir deshalb keine grauen Haare wachsen. Möchtest du noch einen Brandy, oder willst du dich lieber – eh – unters Volk mischen?«

Andrew Laud lehnte den Brandy dankend ab und ging auf den Tisch zu, an dem sein ehemaliger Hauspräfekt saß. Aber ehe er ihn erreichte, tippte ihm jemand auf die Schulter und sagte: »Herzlichen Glückwunsch, Andy.

Zu deiner Rede und zu deinem Erfolg bei der Nachwahl.«

»Jeff Denman«, sagte der Abgeordnete, nachdem er kurz überlegt hatte. »Dem Himmel sei Dank, endlich jemand, den ich kenne. Ich dachte schon, ich bliebe an dem alten Scrimgeour dort drüben und dem Ekel Francis Croy hängen. Wie geht es dir? Was treibst du denn so?«

Jeff lachte. »Mir geht's gut. Seit ich auf die 30 zugehe, hat sich meine Familie auch mit der Schande abgefunden, daß ich mir meinen Lebensunterhalt als Lkw-Fahrer verdiene. Wenn du also je den Wunsch haben solltest, in deinen Wahlkreis umzuziehen, um deinen Schäfchen nahe zu sein, wende dich vertrauensvoll an mich.«

»Durchaus möglich, daß ich darauf zurückkomme. Trinken wir ein Glas zusammen? Weißt du, mir kommen hier alle so jung vor. Ich entdecke keine Menschenseele, die ich kenne. Ich habe gedacht, ich würde Malcolm Warriner hier treffen. Oder diesen David Sowieso, mit dem ich mich in der Diskussionsrunde immer in die Wolle kriegte.«

»Mal ist in Japan«, sagte Jeff, während sie zur Bar gingen. »Wenn er zu Hause wäre, hätte er dich übrigens gewählt. Und damit komme ich auf den zu sprechen, der zwar nicht hier ist, aber im Wahlkreis Waltham Forest – wie sagt man so schön? – ansässig ist. Erinnerst du dich an Gray Lanceton?«

Der Abgeordnete, an dessen Rücken diese Worte gerichtet gewesen waren, drehte sich um und tauchte mit zwei Halben Lagerbier aus dem Gedränge vor der Bar auf. »Er war ein Jahr jünger als wir, glaube ich«, sagte er. »Ein großer dunkler Kerl? Gab's da nicht mal ein bißchen viel Wind um ihn, als seine Mutter wieder heiratete und er mit Selbstmord drohte? Er hat angeblich einen Roman geschrieben.«

»*Der Rausch des Staunens*«, sagte Jeff. »Eine autobiographische Geschichte über eine Art von Hippie-Ödipus. Er hat eine Zeitlang bei Sally und mir in Notting Hill gewohnt, aber er schreibt nicht mehr, und als ihm das Geld ausging, zog er in Mals Haus, wo er mietfrei leben kann. Ich denke, es war da auch eine unerfreuliche Liebesaffäre im Spiel.«

»Er wohnt in meinem Wahlkreis?«

Jeff lächelte. »Du sagst ›mein Wahlkreis‹ in einem Ton wie ein junger Ehemann, der ›meine Frau‹ sagt, scheu und stolz zugleich.«

»Ich weiß. Seit Wochen hatte ich immer wieder den gleichen Gedanken im Kopf: Angenommen, du verlierst die Wahl und mußt trotzdem vor dieser Bande deine Rede halten? Ich wäre mir wie ein Narr vorgekommen. Wohnt Lanceton gern in Waltham Forest?«

»Er sagt, der Wald geht ihm auf die Nerven. Ich war mal draußen und habe mich gewundert, daß es knapp 15 Meilen von London entfernt noch so ländliche Gegenden gibt. Er wohnt am Ende einer Waldstraße namens Pocket Lane in einem Holzschindelhaus.«

»Ich glaube, ich kenne es«, sagte der Abgeordnete und fügte nachdenklich hinzu: »Ob er mich wohl gewählt hat?«

»Ich wäre sehr überrascht, wenn Gray überhaupt gewußt hätte, daß es Nachwahlen gibt, und gewählt hat er ganz bestimmt nicht. Ich weiß nicht, was mit ihm los ist, aber er ist ein richtiger Einsiedler geworden. Das Schreiben hat er ganz aufgegeben. Irgendwie gehört er zu den Menschen, denen du immer helfen möchtest, den Außenseitern, weißt du, den Verlorenen.«

»Ich kann von mir aus nichts tun und muß warten, bis man mich um Hilfe bittet.«

»Bestimmt wirst du auch ohne Gray Lanceton genug um die Ohren haben. Ich sehe Old Scrimgeour mit dem Rektor im Schlepptau auf uns zusteuern. Soll ich mich verdrücken?«

»O Gott, ja, es ist wahrscheinlich besser. Ich rufe dich an, Jeff, vielleicht essen wir mal in der Kantine des Unterhauses zusammen?«

Der Abgeordnete stellte sein Glas ab und gab seinen Zügen jenen ernsten und leicht einfältigen Ausdruck, den er gewöhnlich für die süßen Kleinen und die lieben Alten bereithielt, der ihm jedoch bei den einst so strengen und gefürchteten Lehrern ebenfalls angemessen erschien.

1

Es war Anfang Mai, um den 5. herum. Gray wußte nie, welches Datum man schrieb. Er hatte keinen Kalender, er kaufte sich keine Zeitung, und sein Radio hatte er verkauft. Wenn er das Datum wissen wollte, fragte er den Milchmann. Der Milchmann kam immer Punkt zwölf, doch die Tageszeit war für Gray kein Problem, da er die Uhr noch besaß, die sie ihm geschenkt hatte. Er hatte von seinen Sachen schon eine Menge verhökert, doch von der Uhr würde er sich nie trennen.

»Was haben wir heute für einen Tag?«

»Dienstag«, sagte der Milchmann und reichte Gray eine Halbliterflasche homogenisierter Milch. »Dienstag, den 4. Mai. Ein wunderschöner Tag, an dem man sich freut, am Leben zu sein.« Er zielte mit der Stiefelspitze nach den Farnschößlingen, die zusammengerollt wie winzige hellgrüne Fragezeichen zu Hunderten den Boden bedeckten. »Sie sollten dieses Zeug herausreißen und einjährige Pflanzen ziehen. Brunnenkresse gedeiht hier gut und vermehrt sich wie Unkraut.«

»Dann kann ich ja gleich das Unkraut behalten.«

»Mich macht dieses Farnzeug ganz fertig, aber schließlich können nicht alle Menschen gleich sein, nicht wahr? Das wäre eine komische Welt.«

»Die Welt ist auch so komisch genug.«

Der Milchmann, der ein fröhliches Gemüt hatte, brüllte vor Lachen. »Sie sind mir vielleicht einer, Mr. L. Tja, jetzt muß ich aber weiter auf der langen, langen Straße ohne Wiederkehr. Bis dann, Mr. L.«

»Bis dann«, sagte Gray.

Der Wald, der bis dicht an den Garten reichte, war noch nicht voll belaubt, doch über den Bäumen hing ein grüner Schleier, der sich strahlend hell vom Himmel abhob. Für die Jahreszeit war es viel zu warm. Die Buchenstämme schimmerten in der Sonne so grau wie Seehundsfell. Das ist eine gute Metapher, dachte Gray. Früher, als er noch schrieb, hätte er sie sofort notiert, um sie später zu verwenden. Eines Tages vielleicht, wenn er sich wieder gefangen, wenn er ein bißchen Geld und sich endlich von ihr befreit hatte, dann . . . Doch lieber nicht daran denken, nicht jetzt.

Er war eben erst aufgestanden. Er ließ die Haustür offen, damit ein bißchen Wärme und frische Luft in das dunkle Innere des Hauses fanden, brachte die Milch in die Küche und setzte den Kessel auf. Die Küche war klein und schmutzig, der Fliesenboden leicht eingesunken. Er war mit einem Stück Linoleum bedeckt, das sich an den Kanten leicht aufrollte wie eine altbackene Scheibe Brot. Die Kücheneinrichtung mußte etwa aus den neunziger Jahren des vorigen Jahrhunderts stammen: ein Ausguß aus Steingut, ein Holz-Kohleherd, der nicht mehr in Gebrauch war, eine emaillierte Badewanne mit einer hölzernen Abdeckung. Das Wasser brauchte lange, ehe es kochte, denn der Kessel hatte eine dicke Schicht Kesselstein angesetzt, und der Gaskocher war auch nicht allzu sauber. Im Gasofen sah es sogar noch schlimmer aus. Als Gray die Tür öffnete, gähnte ihm ein schwarzes Loch entgegen. Wie oft hatte er im letzten Winter in dem Windsorsessel vor dem Ofen gesessen, vor der dunklen Höhle, in der die blauen Flammen mit den goldenen Spitzen züngelten.

Und beinahe genausooft hatte er das Verlangen gefühlt, die Flammen zu löschen, den Kopf in die offene Tür zu legen und zu warten. Nur auf den Tod zu warten – ›eine Dummheit machen‹, wie Isabel es ausdrücken würde.

Jetzt wollte er es nicht mehr. Er hatte den richtigen Zeitpunkt verstreichen lassen. Er würde sich ihretwegen jetzt ebensowenig töten wie damals wegen seiner Mutter und Honoré, und eines Tages würde er an sie mit derselben gereizten Gleichgültigkeit denken wie an diese beiden. Aber noch war es nicht soweit. Noch beherrschte die Erinnerung an sie seine Gedanken, legte sich mit ihm schlafen, fiel über ihn her, wenn er aufwachte, ließ ihn während der langen, leeren Tage nicht los. Er versuchte sich mit unzähligen Tassen Tee und Bibliotheksbüchern zu betäuben, doch ausgetrieben hatte er sie noch lange nicht.

Das Wasser kochte, er machte Tee, goß Milch über ein paar Frühstücksflocken und setzte sich an die abgedeckte Badewanne, die ihm als Eßtisch diente. Die Sonne stand hoch am Himmel, und die Küche war stickig, weil das Fenster seit ungefähr hundert Jahren nicht mehr geöffnet worden war. Myriaden tanzender Staubkörnchen verwandelten den Sonnenstrahl, der Gray auf Nacken und Schultern brannte, in eine kompakte Staubsäule. Er aß sein Frühstück von Moder und Verfall umgeben.

Um diese Zeit hatte sie gewöhnlich angerufen – um diese Zeit und natürlich am Donnerstagabend. Während er sich mehr oder weniger daran gewöhnt hatte, sie nicht zu sehen, war das Telefon für ihn noch immer ein Problem. Er war, was das Telefon betraf, wirklich neurotisch. Er wollte überhaupt nicht mit ihr reden, und zugleich sehnte er sich danach, ihre Stimme zu hören. Er fürchtete sich davor, daß sie anrief, wußte jedoch, daß sie es nicht tun würde. Wenn die Spannung zwischen Wunsch und Ablehnung in ihm zu groß wurde, nahm er den Hörer ab und legte ihn neben den Apparat. Das Telefon »lebte« in dem gräßlichen kleinen Zimmer, das Isabel großartig als »Diele« bezeichnete. Für Gray stand das Telefon nicht einfach da, für ihn »lebte« es, denn obwohl es tagelang nicht klingelte, kam es ihm lebendig vor; wenn er es ansah, schien das Leben darin zu pulsieren. Und wenn er an den Donnerstagabenden den Hörer abnahm und danebenlegte, schien es enttäuscht, verärgert und beleidigt, weil es zur Nutzlosigkeit verdammt war. Gray ging nur in die »Diele«, wenn jemand ihn anrief, er selbst konnte es sich nicht leisten zu telefonieren, und manchmal ließ er den Hörer tagelang neben dem Apparat liegen.

Als er aufgegessen hatte und sich eine zweite Tasse Tee einschenkte, fragte er sich, ob er das letzte Mal eigentlich wieder aufgelegt hatte. Er machte die Tür zur »Diele« auf, um nachzusehen. Der Hörer lag auf der Gabel – seit Samstag oder Sonntag, wie er sich jetzt zu erinnern glaubte. Da hatte er den Apparat auch umgedreht, so daß er ihn jetzt anstarrte wie ein feister, selbstzufriedener Buddha. Grays Gedächtnis hatte seit dem Winter sehr nachgelassen. Wie ein alter Mann konnte er sich zwar an weit zurückliegende Dinge, nicht aber an die jüngste Vergangenheit erinnern. Wie ein alter Mann vergaß er das Datum und die Dinge, die er erledigen sollte. Nicht, daß es besonders viele gewesen wären. Er tat fast gar nichts.

Er öffnete jetzt das Fenster, das auf den von der Sonne beschienenen grünenden Wald hinausging, und saß Tee trinkend in einem Lehnsessel, der mit einem frühen Vorläufer modernen Kunststoffs bezogen war – einem speckigen braunen Material, das auf Armlehnen und Sitz bis zur Fadenscheinigkeit abgewetzt war. Neben einem zweiten Sessel stand ein niedriger Tisch mit gußeisernen Beinen. Die Platte war mit Brandflecken übersät – sie stammten aus einer Zeit, in der Gray sich noch Zigaretten leisten konnte. Auch der Wasserkessel hatte untilgbare Spuren zurückgelassen und weiße Ringe in das Holz gesengt. In der Mitte des Zimmers lag auf dem Fußboden eine fleckige türkische Brücke, die so abgetreten war, daß sie sich zusammenschob und weiterrutschte, wenn man darüberging. Von diesen Einrichtungsgegenständen abgesehen, waren die Räume ziemlich leer. In der »Diele« lehnten unter dem Telefon Mals Golfschläger an der Wand. Und dann war da noch der Ölofen, auf dem sie ihr Parfumfläschchen zerbrochen hatte, so daß der Duft, der sich den ganzen Winter mit dem Geruch des Paraffinöls vermischt hatte, ihn ständig mit der Erinnerung an sie peinigte.

Gray verdrängte den Gedanken. Er trank den Tee aus und wünschte sich, jetzt eine Zigarette zu haben, oder, was noch besser gewesen wäre, eine ganze Zwanzigerpackung. Fast hinter dem Golfsack versteckt, sah er die graue Haube seiner Schreibmaschine hervorlugen. Er selbst hatte sie dorthin gestellt. Es wäre nicht ganz zutreffend gewesen, zu sagen, er habe sie nicht mehr benutzt, seit er in das Häuschen eingezogen war, das Mal »die Hütte« nannte. Er hatte sie zu einem Zweck benutzt, an den er mit noch größerem Widerstreben dachte als an sie, obwohl sie und dieser besondere Zweck untrennbar miteinander verkettet waren. Dachte er an das eine, dachte er automatisch auch an das andere. Er wollte lieber an Francis' Party denken. Wenigstens für ein Wochenende aus diesem Loch hinauskommen, ein Mädchen kennenlernen, das sie ersetzen konnte – »mit Augen, ebenso weise, aber gütiger, Lippen, ebenso weich, aber treu, dann, sag' ich, beginnt mein Leben neu«. Sich Geld beschaffen, ein Zimmer suchen, diese endlose Depression abschütteln, diese Leere, vielleicht sogar wieder schreiben ...

Das Telefon knackte einmal kurz, wie jedesmal ungefähr zehn Sekunden, bevor es tatsächlich klingelte. Als wollte es ihn warnen ... Zehn Sekunden hatte er Zeit, zu überlegen, zu hoffen, daß es klingeln würde, und gleichzeitig zu hoffen, daß nicht das Telefon, sondern eine der wurmstichigen Dielen oder etwas draußen vor den Fenstern geknackt hatte. Wenn es dann tatsächlich klingelte, zuckte er noch immer zusammen. Er hatte noch nicht gelernt, dieses Zusammenzucken zu beherrschen, obwohl es ihm inzwischen gelang, seine Reaktionen ungefähr so hinzunehmen, wie ein Genesender die Kopfschmerzen und das Zittern hinnahm. Sie würden vorübergehen. Das sagten ihm seine Vernunft und sein Arzt, und bis zur völligen Genesung mußte er sie eben als unvermeidliche Folgen einer langen Krankheit ertragen.

Natürlich war sie es nicht. Die Stimme klang nicht rauchig und schleppend, sondern ein wenig schrill. Isabel.

»Du klingst so müde und lustlos, Lieber. Ich hoffe, du ißt ordentlich. Ich habe nur angerufen, um zu hören, wie es dir geht.«

»Unverändert«, sagte er.

»Viel Arbeit?«

Diese Frage ließ er unbeantwortet. Sie wußte, daß er seit drei Jahren keinen Tag, keine Stunde lang gearbeitet hatte. Sie wußten es alle. Er war ein schlechter Lügner. Aber wenn er log und sagte, daß er arbeitete, nützte es auch nichts. Dann fragten sie nur fröhlich, wann »es« denn erscheine, wovon es handle, und erklärten, wie großartig sie es fänden. Wenn er die Wahrheit sagte und ihnen erklärte, er schreibe kein neues Buch, trösteten sie ihn, es sei noch nicht aller Tage Abend, und bis dahin könnten sie ihm ja helfen, einen Job zu finden. Also sagte er gar nichts mehr.

»Bist du noch da, Lieber?« fragte Isabel. »Gut. Ich dachte, sie hätten uns aus der Leitung geworfen. Ich habe heute einen sehr lieben Brief von Honoré bekommen. Was für ein Glück deine Mutter mit ihm hat! Irgendwie kommt es einem immer viel schlimmer vor, wenn ein Mann eine kranke Frau zu versorgen hat als umgekehrt.«

»Ich wüßte nicht, wieso.«

»Du wüßtest es, wenn du es tun müßtest, Gray. Es war ein wahrer Segen für dich, daß deine Mutter wieder geheiratet hat und noch dazu einen so wunderbaren Mann. Stell dir vor, du müßtest sie jetzt pflegen und versorgen.«

Das war beinahe komisch. Er konnte sich kaum selbst versorgen. »Ist das nicht ein bißchen hypothetisch, Isabel? Sie heiratete Honoré, als ich fünfzehn war. Du könntest genausogut sagen, stell dir vor, dein Vater wäre nicht gestorben, oder du wärst nicht geboren, oder Mutter hätte keine Thrombose bekommen.«

Wie immer, wenn ihr ein Gespräch zu »ernsthaft« wurde, wie sie es nannte, wechselte sie schnell das Thema. »Stell dir vor, ich fliege nach Australien!«

»Wie schön für dich. Was machst du dort?«

»Meine Freundin Molly, mit der ich das Schreibbüro hatte, lebt jetzt in Melbourne und hat mich eingeladen. Ich dachte, ich fahre lieber, bevor ich zu alt bin, und habe für den Anfang der ersten Juniwoche einen Flug gebucht.«

»Dann sehe ich dich vor deiner Abreise wohl nicht mehr«, sagte Gray hoffnungsvoll.

»Vielleicht komme ich auf einen Sprung vorbei, wenn ich Zeit habe. Bei dir draußen ist es so wunderbar friedlich. Du ahnst ja nicht, wie ich dich beneide!« Gray knirschte mit den Zähnen. Isabel hatte eine Wohnung in einer belebten Geschäftsstraße in Kensington. Vielleicht ... »Ich liebe diese stillen Nachmittage in deinem Garten – oder in deiner Wildnis, wie man wohl passender sagt«, fügte sie munter hinzu.

»Dann steht deine Wohnung also leer?«

»Aber durchaus nicht. Ich lasse sie gründlich renovieren.«

Er wünschte, er hätte nicht gefragt, denn nun begann Isabel detailliert zu beschreiben, welche Änderungen, Elektriker- und Installationsarbeiten während ihrer Abwesenheit durchgeführt werden sollten. Wenigstens, dachte er, als er den Hörer vorsichtig auf der Telefonablage deponierte, hält es sie davon ab, auf mir herumzuhacken oder von der Zeit zu reden, in der mein Leben »vielversprechend« ausgesehen hat. Sie hatte ihn noch nicht nach seinen Finanzen gefragt und auch nicht, ob er sich das Haar immer ordentlich schneiden ließ. Nachdem er sich vergewissert hatte, daß ihr Wortschwall munter weiterplätscherte, betrachtete er sich in dem viktorianischen Spiegel, einem viereckigen Stück Glas, das aussah, als habe es jemand angehaucht oder bespuckt. Wie der junge Rasputin, dachte er. Zwischen schulterlangem Haar und krausem Bart – er hatte Weihnachten aufgehört, sich zu rasieren – melancholische Augen, pickelige Haut, vermutlich die Folge einer Ernährung, bei der jeder weniger widerstandsfähige Mensch längst an Skorbut erkrankt wäre.

Das Gesicht im Spiegel hatte wenig Ähnlichkeit mit der Fotografie auf dem Schutzumschlag von *Rausch des Staunens*. Damals hatte er wie ein jüngerer Rupert Brooke ausgesehen. In fünf Monaten von Brooke zu Rasputin, dachte er und nahm den Telefonhörer auf, um wenigstens noch die letzten von Isabels atemlos hervorgestoßenen Sätzen mitzubekommen.

»... Und Doppelfenster für jedes Zimmer, Gray, stell dir das vor!«

»Ich kann es kaum erwarten, alles zu sehen. Bist du mir böse, wenn ich jetzt Lebwohl sage, Isabel? Ich muß weg.«

Sie ertrug es nie, wenn man ihr das Wort abschnitt, hätte noch stundenlang weitergeredet. »Böse? Natürlich nicht, aber ich wollte dir eben sagen ...«

Irgendwo im Hintergrund bellte ihr Hund, was im Telefon merkwürdig hohl klang. Das würde den Wortschwall zum Versiegen bringen. »Auf Wiedersehen, Isabel«, sagte er energisch. Als sie endlich aufgelegt hatte, verstaute er seine Bibliotheksbücher mit einem erleichterten Seufzer in einer Tragetüte und machte sich auf den Weg nach Waltham Abbey.

Einen Barscheck einzulösen, war für ihn der traumatische Höhepunkt jeder Woche. Seit einem halben Jahr lebte er von den Tantiemen, die er im letzten November bekommen hatte, knappe 500 Pfund, von denen er allwöchentlich 8 Pfund abhob. Hinzu kam noch, was er für Gas und Strom bezahlte, und die Ausgaben, die er Weihnachten bei Francis gehabt hatte, waren dabei auch noch nicht berücksichtigt. Es konnte nicht mehr viel übrig sein. Wahrscheinlich hatte er das Konto schon überzogen, und deshalb wartete er verkrampft und voller Unbehagen vor dem Bankschalter – wartete darauf, daß der Kassierer aufstand, ihm einen hochmütig verächtlichen Blick zuwarf und in den hinteren Regionen der Bank verschwand, um sich dort mit einem Vorgesetzten zu beraten.

Dies war noch nie geschehen und geschah auch jetzt nicht. Der Scheck wurde gestempelt, und acht Pfundnoten wechselten aus der Kassenschublade in seine Brieftasche. Für eine dieser Noten kaufte Gray im Supermarkt Brot, Margarine, Büchsenfleisch und Teigwaren. Dann ging er in die Bibliothek.

Als er sich in der Hütte eingerichtet hatte, war er wie alle Leute, die sich vorübergehend von der Welt zurückziehen, fest entschlossen gewesen, all jene Bücher zu lesen, für die er bisher nie Zeit gehabt hatte: Gibbon und Carlyle, Mommsens *Römische Geschichte* und Motleys *Der Aufstieg der holländischen Republik*. Doch zuerst hatte er keine Zeit gehabt, denn seine Gedanken kreisten ausschließlich um sie, und als sie nicht mehr kam, als er sie vertrieben hatte, hatte er sich mit seinen alten Lieblingsbüchern betäubt. An *Vom Winde verweht* konnte man sich nach einer Enthaltsamkeit von vier Monaten schon wieder heranwagen, dachte er und holte den Wälzer und Dr. James' Geistergeschichten aus dem Regal. Nächste Woche würden wahrscheinlich *Jane Eyre*, Sherlock Holmes und Dr. Thorndyke dran sein.

Die Bibliothekarin war neu. Sie warf ihm einen Blick zu, der ihm zu verstehen gab, daß sie bärtige, ungewaschene Männer mochte, die nichts Besseres zu tun hatten, als sich in Bibliotheken herumzudrücken. Gray riskierte es, den Blick zu erwidern, gab aber mittendrin auf. Es hatte keinen Sinn. Es hatte nie einen. Sie hatte pummelige Hände mit abgekauten Fingernägeln, einen »Rettungsring« um die Taille, und während er in den Regalen stöberte, hatte er ihr aufdringlich schrilles Lachen gehört. Ihre Lippen waren zwar weich, aber sie würde ihm nicht genügen.

Die Bücher und die Konservendosen waren schwer, und er hatte einen weiten Rückweg. Pocket Lane war eine tiefe Schneise durch den Wald, ein langer Tunnel ins

Nichts. Auf dem Wegweiser an diesem Ende der Straße stand »London – 15 Meilen«, eine für ihn immer noch unglaubliche Tatsache. Hier herrschte tiefste Provinz, und doch war die Metropole London nur wenige Meilen entfernt. Es war auch stiller als sonst auf dem Land, denn auf den Feldern wurde nicht gearbeitet, keine Traktoren tuckerten vorüber, keine Schafe wurden auf die Weide getrieben. Lichte Stille umgab ihn, nur von Vogelgezwitscher unterbrochen. Es wunderte ihn, daß Menschen hierherzogen, daß sie sich hier freiwillig Häuser kauften, Steuern zahlten, sich hier wohl fühlten. Seine Tragetüte schwingend, kam er am ersten dieser Häuser vorbei, der Willis Farm – die längst keine Farm mehr war –, mit herrlichen Rasenflächen und perfekten Rabatten, auf denen Tulpen in roten und gelben Uniformen in Reih und Glied zur Parade angetreten waren. Dann kam Miss Platts Cottage, das gepflegte Gegenstück zu seinem Schuppen, an dem demonstriert wurde, was frische Farbe und Sorgfalt für Holzschindeln tun konnten. Zuletzt, bevor die asphaltierte Straße in einen holprigen Waldweg überging und der Wald ganz nah heranrückte, stand Mr. Tringhams Haus; mit den stets geschlossenen Fensterläden wirkte es hochmütig und abweisend. Niemand kam heraus, um mit Gray zu sprechen, kein Vorhang bewegte sich. Vielleicht waren alle gestorben. Wer konnte das schon wissen? Manchmal fragte er sich, wie lange es wohl dauern würde, bevor man ihn fand, wenn er plötzlich starb. Aber schließlich gab es ja den Milchmann . . .

Die Weißdornhecken, mit frischem Grün und unzähligen Perlknospen, wurden am Ende der Asphaltstraße von hohen Bäumen abgelöst. Nur Farn und Dornengestrüpp waren kräftig genug, im Schatten dieser Bäume zu gedeihen, deren Wurzeln dem Boden alle Nahrung entzogen.

Und genau hier hatte sie immer ihren Wagen unter den überhängenden Zweigen geparkt, um ihn vor den Blicken der ohnehin nicht neugierigen Nachbarn zu verbergen. Wie sehr hatte sie sich vor Spionen gefürchtet, vor Beobachtern, die nur in ihrer Einbildung existierten, die aber, davon war sie überzeugt, nur darauf warteten, Tiny ausführlich über jeden ihrer Schritte zu unterrichten. Dabei hatte nie jemand etwas von ihrer Beziehung gewußt. Es gab für ihre Zusammenkünfte, für ihre Liebe keinerlei Beweise, so, als habe es sie nie gegeben. Üppig grünes Gras hatte die Reifenspuren ihres Wagens überwuchert, und die zarten Zweige, die abgeknickt waren, wenn sie den Wagen in das Versteck fuhr, hatten sich wieder erholt und waren jetzt dicht belaubt.

Er brauchte nur den Telefonhörer abzuheben und sie zu bitten, dann kam sie zu ihm zurück. Aber daran wollte er nicht denken. Er wollte an *Vom Winde verweht* denken und sich überlegen, was er zum Tee essen sollte. Es war besser, wenn er erst nach sechs mit dem Gedanken spielte, sie anzurufen, denn dann war Tiny zu Hause, und ein Anruf verbot sich von selbst.

Im Volksmund hieß es, Farn sei ein bequemes Bett, und das traf auch zu. Er lag auf den federnden grünen Schößlingen und las. Ab und zu holte er sich frischen Tee aus dem Schuppen, und er legte das Buch erst aus der Hand, als die Sonne untergegangen war und der Himmel hinter dem kunstvollen Muster verschlungener Äste wie flüssiges Gold aussah. Die Vögel verstummten noch vor Sonnenuntergang, und die Stille wurde drückend. Ein Eichhörnchen lief behende zur äußersten Spitze eines Astes und begann an einem jungen Schößling zu knabbern. Gray dachte schon längst nicht mehr, er sei verrückt, weil er mit Eichhörnchen und Vögeln und manchmal sogar mit Bäumen sprach. Ob er verrückt war oder nicht, war ihm gleichgültig. Es schien kaum noch von Bedeutung.

»Ich wette«, sagte er zu dem Eichhörnchen, »du würdest dich nicht damit abgeben, Tee zu trinken – oder, in deinem Fall, Bäume anzuknabbern –, wenn du wüßtest, daß sich nicht ganze vier Meilen von hier entfernt ein wunderschönes Eichhörnchenmädchen vor Sehnsucht nach dir verzehrt. Du würdest sofort ins Haus rennen und sie anrufen. Du bist noch nicht so verkorkst wie wir Menschen, und du würdest auch nicht wegen ein paar unausgegorener Prinzipien auf den hübschesten Betthasen in ganz Essex verzichten. Besonders wenn das Eichhörnchen-Betthäschen einen riesengroßen Haufen süßer Nüsse als Wintervorrat gesammelt hätte. Oder?«

Den Zweig in der winzigen Schnauze, schien das Eichhörnchen zu erstarren und raste im nächsten Moment den Stamm einer mächtigen Buche hinauf. Gray wagte sich nicht in die Nähe des Telefons. Er vertiefte sich wieder in den alten Süden, bis es zum Lesen zu dunkel und zu kalt wurde, um noch länger auf der Erde zu liegen. Der Himmel über ihm war jetzt indigoblau, im Südwesten aber, über London, wölbte er sich in einem stumpfen Rot. Gray stellte sich an die Gartenpforte, wie an schönen Abenden immer um diese Zeit, und betrachtete die schimmernde Dunstglocke über der Stadt.

Später ging er ins Haus und machte eine Dose Spaghetti auf. Am Abend schien sich der schlummernde Wald im Schlaf zu regen und die Hütte ganz in seine belaubten Arme zu schließen. Gray saß in der Küche unter der nackten Glühbirne im Windsorsessel, döste, dachte an sie, obwohl er es gar nicht wollte, und las *Vom Winde verweht* fast zu einem Drittel aus. Dann nickte er ein.

Eine Maus, die ihm über den Fuß lief, weckte ihn, er ging hinauf und zu Bett, eingeschlossen in eine stille, dichte Schwärze.

Es war ein Tag gewesen wie jeder andere, ein Tag, der sich von den 150 vorangegangenen nur dadurch unterschied, daß er warm und sonnig gewesen war.

2

Die Post, dachte Gray, müßte mir eigentlich eine Belohnung zahlen, weil ich ihr so wenig Arbeit mache: Der Postbote mußte kaum häufiger als einmal die Woche den weiten Weg in die Pocket Lane zu seiner Hütte machen, und dann brachte er nur Rechnungen und Honorés wöchentlichen Brief. Der letzte war am vergangenen Donnerstag zusammen mit der Gasrechnung gekommen, einer Forderung über 9 Pfund, die Gray aber erst bezahlen wollte, wenn er wußte, wie es um seine Finanzen bestellt war. Die Honorarabrechnung seines Verlegers würde ihm darüber Aufschluß geben. Es war der 12. oder 13. Mai, und die Aufstellung mußte jetzt bald kommen.

Ehe er einkaufen ging, mußte er wohl noch an Honoré schreiben. *M. Honoré Duval, Petit Trianon* . . . Guter Gott, er konnte das nie schreiben, ohne sich innerlich zu krümmen – *Bajon, France*. Während er den Umschlag beschriftete, überlegte er, was er schreiben sollte; immer eine schwierige Aufgabe. Er hatte schon zwei Tassen Tee getrunken, ehe er begann. »*Cher Honoré, je suis très content de recevoir votre lettre de jeudi dernier, y inclus les nouvelles de maman* . . .« Grays Französisch war zwar schlecht, aber auch nicht schlechter als Honorés Englisch. Wenn sein Stiefvater hartnäckig darauf bestand, in einer Sprache zu schreiben, von deren Grammatik und Syntax er keine Ahnung hatte – einzig und allein deshalb, um ihn zu ärgern, davon war Gray überzeugt –, dann forderte er es ja heraus, daß man es ihm mit gleicher Münze heimzahlte. Es folgten ein paar Bemerkungen über das Wetter. Was gab es sonst noch zu sagen? Ach ja, Isabel! *»Imaginez-vous, Isabel va visiter Australie pour un mois de vacances. Donnez mes bons vœux à maman, votre Gray.«*

Das würde Honorés Geschwätzigkeit ein bißchen bremsen. Gray nahm *Vom Winde verweht* und die Geistergeschichten und brach ins Dorf auf. Dort brachte er den Brief zur Post, kaufte ein halbes Pfund Tee und eine Riesenpackung Frühstücksflocken – die es diese Woche im Sonderangebot gab – und zwei Büchsen mit schwedischen Fleischklößen. *Jane Eyre* war ausgeliehen, und sie hatten nur ein Exemplar. Er musterte die Bibliothekarin finster und empfand eine geradezu lächerliche, fast krankhafte Enttäuschung. War ihr denn nicht klar, daß er einer ihrer besten Kunden war? Wäre Charlotte Brontë noch am Leben, müßte sie wegen der Unfähigkeit solcher Leute.wahrscheinlich Not leiden.

Er nahm statt dessen *Der Mann mit der eisernen Maske* und den ersten Band der Chroniken von Herries mit, warf im Vorbeigehen einen Blick voller Abneigung auf das graue Gemäuer der Abtei und trottete mürrisch in die Pocket Lane zurück. Eine Zigarette hätte ihm über die Niedergeschlagenheit hinweggeholfen, die ihn auf diesem langen Weg immer überkam. Vielleicht konnte er auf die Milch verzichten, weniger Tee trinken und für das Ersparte wöchentlich 40 Zigaretten kaufen. Natürlich war es absurd, so zu leben. Er konnte es leicht ändern. Nun, vielleicht nicht gerade leicht, aber ändern konnte er es. Er konnte sich einen Job suchen, bei dem er körperlich arbeiten mußte, oder sich bei der Post zum Telefonisten ausbilden lassen. Die Hälfte aller Telefonisten in London waren gescheiterte Schriftsteller, enttäuschte Liebende, unverstandene Dichter, unfähige Intellektuelle. Er brauchte nur ein bißchen Energie, ein bißchen Schwung . . .

Die Sonne brannte viel zu heiß für die Jahreszeit, und die feuchte Hitze im Wald war sehr unangenehm. Im Schatten des Unterholzes tanzten summend die Mückenschwärme. Spatzen badeten tschilpend in den Staubmulden auf dem ausgetrockneten Weg, ab und zu kreischte ein Eichelhäher. Der Weg war wilde, unberührte Natur und hatte doch etwas von einem verstaubten Zimmer. Gleichgültig, welche Jahreszeit man schrieb, überall lag totes Laub, braun an der Oberfläche und darunter faul und modrig und zu Erde zerfallend.

Es war Freitag, Zahltag, daher kam der Milchmann später als sonst. Mit seinem klapprigen Wagen durch die tiefen Furchen rumpelnd, kam er Gray entgegen, die Arbeit hinter, das lange Wochenende vor sich.

»Ein schöner Tag, Mr. L. Macht einen richtig glücklich, daß man lebt. Darf ich Sie um 1 Pfund 5 Pence erleichtern?«

Gray bezahlte ihn. Ihm blieben, bis er in einer Woche wieder zur Bank ging, nur 3 Pfund 80 Pence übrig.

»Das sind aber zwei dicke Bücher, mit denen Sie sich abschleppen«, sagte der Milchmann. »Sie sind Student, nicht wahr? Bereiten sich wohl extern auf einen akademischen Grad vor?«

»An der Universität von Waltham Holy Cross«, sagte Gray.

»Universität von Waltham Holy Cross! Sie sind wirklich zum Schreien. Das muß ich meiner Frau erzählen.

Wollen Sie heute nicht wissen, was für einen Tag wir haben?«

»Aber selbstverständlich. Sie sind doch mein Kalender.«

»Also, wir haben Freitag, den 14. Mai, und ich vermute, man muß Sie auch daran erinnern, daß Sie ein Rendezvous haben. Vor Ihrem Haus steht ein Wagen, ein roter Mini. Erwarten Sie ein hübsches Mädchen?«

Isabel. »Das ist meine geliebte Patentante«, sagte Gray verdrießlich.

»Viel Glück mit der Fee. Bis dann.«

»Bis dann – und vielen Dank.«

Verdammte Isabel! Was wollte sie? Jetzt mußte er ihr irgend etwas zum Tee anbieten. Man konnte einer zweiundsechzigjährigen Dame aus Kensington um drei Uhr nachmittags wohl kaum Ravioli oder Frühstücksflocken vorsetzen. Kuchen hatte er schon seit Monaten nicht mehr im Haus gehabt. Und bestimmt hatte sie ihren Hund, diese Dido, mitgebracht. Gray hatte nichts gegen die Labradorhündin – eigentlich mochte er sie sogar lieber als ihre Herrin –, aber Isabel hatte die unangenehme Gewohnheit, für Dido kein Hundefutter mitzubringen, und er mußte regelmäßig seinen kärglichen Vorrat an Corned Beef opfern.

Sie saß bei offener Tür auf dem Beifahrersitz des Mini. Dido buddelte zwischen den Farnen und schnappte manchmal nach Fliegen. Isabel rauchte eine *kingsize*-Zigarette.

»Hier bist du ja endlich, Lieber! Ich habe ein bißchen rumgeschnüffelt, aber du hast kein Fenster offengelassen, und so konnte ich auch nicht einsteigen.«

»Hallo, Isabel, hallo, Dido. Wenn du das Stück umgegraben hast, kannst du Brunnenkresse säen. Das hat mir der Milchmann empfohlen.«

Isabel warf ihm einen befremdeten Blick zu. »Manchmal denke ich, daß du zuviel allein bist.«

»Schon möglich«, erwiderte Gray. Dido kam zu ihm, stellte sich auf die Hinterbeine, legte ihm die erdverkrusteten Vorderpfoten um den Hals und leckte ihm das Gesicht ab. Sie hatte ein wunderschönes Gesicht. Es war viel schöner als die meisten Menschengesichter, fand er – mit einer Ausnahme, immer mit einer Ausnahme. Didos Nase war rosig und kalt. Sie hatte dunkelbraune Augen – freundliche Augen, dachte Gray, ein Ausdruck, der ihm im Zusammenhang mit einem Hund eigentlich seltsam vorkam. »Ich geh jetzt rein und mach uns Tee«, sagte er. Dido, die an jeder Art von Nahrungsaufnahme sehr interessiert war, wedelte mit der langen, buschigen Rute.

Isabel folgte Gray ins Haus. Sie tat, als sehe sie die schmutzigen Teller oder die Fliegenschwärme nicht. Statt dessen musterte sie Gray.

»Ich werde dich nicht fragen, warum du dir nicht das Haar schneiden läßt«, sagte sie mit einem munteren Lachen und setzte sich auf die Stufe vor der Hintertür, die sie erst mit dem Taschentuch abstaubte.

»Sehr gut.« Gray setzte den Kessel auf.

»Nein, aber du bist wirklich kein Teenager mehr. Das Haar reicht dir bis auf die Schultern.«

»Da du mich nicht fragen willst, warum ich es mir nicht schneiden lasse, können wir auch über etwas anderes sprechen«, sagte Gray. »Ich habe leider keinen Kuchen im Haus. Brot ist da.« Er überlegte. »Und ein bißchen Marmelade.«

»Oh, ich habe Kuchen mitgebracht.« Isabel rappelte sich ächzend auf und ging mit Trippelschritten zum Wagen. Sie war klein und dick, trug türkisfarbene Hosen und einen roten Pullover. Gray fand, daß sie wie einer von

Honorés Gartenzwergen aussah. Als sie zurückkam, rauchte sie die zweite Zigarette. »Ich biete dir keine an«, sagte sie. »Du hast mir doch erzählt, du hast es aufgegeben.«

Aus Erfahrung hätte er wissen müssen, daß es kein selbstgebackener Kuchen mit Marzipanfüllung und Zuckerguß sein würde, wie er sich ihn mit wäßrigem Mund vorgestellt hatte. Er nahm die Obsttorte aus der Cellophanhülle, ließ sie aber in der Form aus Alufolie und ersparte es sich, einen Teller zu holen. Dido kam herein und schob die Schnauze zwischen Grays Hand und die Torte.

»Sei nicht lästig, Liebling.« Isabel nannte ihre Hunde – und nur ihre Hunde, nie einen Menschen – immer Liebling. »Vielleicht könnten wir in die Diele umziehen«, fuhr sie zu Gray gewandt fort. »Ich habe es gern bequem, wenn ich Tee trinke.«

Der Telefonhörer lag noch vom Abend vorher neben dem Apparat. Tiny ging am Donnerstagabend regelmäßig in seine Freimaurerloge, und falls sie überhaupt anrufen wollte, war es donnerstags am günstigsten. Vielleicht hatte sie es versucht. Vielleicht hatte sie es schon an vielen Donnerstagabenden versucht. Er legte den Hörer dem Buddha auf die Knie und fragte sich, was er sagen oder tun sollte, wenn sie anrief, solange Isabel noch hier war. Er bildete sich ein, heute einen Hauch von *Amorce dangereuse* zu riechen. Isabel beobachtete, taktvoll schweigend, wie er umständlich mit dem Telefon hantierte. Doch die brennende Neugier in ihren Augen war kaum erträglicher als laut gestellte Fragen. Sie hatte sich mit einer Schachtel Kleenex ausgerüstet wie jemand, der stark erkältet ist. Doch sie war nicht erkältet. Sie staubte die Sitzfläche ihres Lehnsessels mit einem Kleenextuch ab, breitete ein zweites auf ihren Knien aus und erkundigte sich dann, wie er vorankomme.

Gray hatte es aufgegeben, die Alten mit Ausreden zu beschwichtigen. Das erforderte zu viele Lügen, zu viele geschickte Winkelzüge. Das Leben wäre für ihn vielleicht leichter gewesen, wenn er Isabel und Honoré vorgeschwindelt hätte, er schreibe einen neuen Roman, das Haus sei nur so schmutzig, weil er keine Putzfrau bekomme, und er wohne in der Pocket Lane, weil es ihm hier gefiel. Doch er sagte sich, daß es ihm egal sein konnte, was Leute von ihm hielten, von denen er selbst nichts hielt, daher antwortete er, er komme, im wahrsten Sinn des Wortes, überhaupt nicht voran.

»Das ist jammerschade. Du warst ein so entzückender kleiner Junge und hattest phantastische Schulzeugnisse. Und als du dein Universitätsexamen machtest, setzte deine Mutter so große Hoffnungen in dich. Ich möchte dich nicht verletzen, aber wenn mich damals jemand nach deinen Zukunftsaussichten gefragt hätte, hätte ich erklärt, daß du's bis 30 geschafft haben würdest.«

»Du kannst mich nicht verletzen«, sagte Gray wahrheitsgemäß.

»Und dann hast du das Buch geschrieben. Mein Geschmack war es ja nicht, ich mache mir nichts aus Büchern, die keine richtige Handlung haben. Aber alle Leute, die etwas davon verstehen, sagten dir eine großartige Karriere voraus. Und – o Gray, was ist aus dir geworden, wohin hat es geführt?«

»In die Pocket Lane und zu schwedischen Klopsen«, sagte Gray und hätte Dido küssen können, weil sie für Ablenkung sorgte, indem sie mit der Zunge über seinen Teller fuhr.

»Nimm die Schnauze vom Tisch, Liebling. Kuchen ist

für Hündchen gar nicht gesund.« Isabel zündete sich eine neue Zigarette an und inhalierte tief. »Was du brauchst«, sagte sie zu Gray, »ist eine Anregung von außen, etwas, das dich von dir selbst ablenkt.«

»Zum Beispiel?«

»Also, deswegen bin ich eigentlich hier. Nein, ich muß ehrlich sein. Ich bin hier, um dich um einen Gefallen zu bitten, aber es wäre uns beiden geholfen, weil du damit auch dir selbst etwas Gutes tätest. Du gibst doch zu, daß du irgendeine Beschäftigung brauchst.«

»Ich will keinen Job, Isabel. Und auf keinen Fall einen, der nach deinem Herzen ist. Ich tauge weder zum Büroangestellten noch zum Kaufmann, noch zum Marktforscher. Können wir das von Anfang an klarstellen?«

»Es ist nichts dergleichen. Es wird nicht bezahlt und ist kein Job im eigentlichen Sinn. Ich möchte nur, daß du etwas für mich tust, deshalb will ich auch nicht länger um den heißen Brei herumreden. Ich möchte, daß du Dido zu dir nimmst und betreust, während ich in Australien bin.«

Gray sagte nichts. Er beobachtete eine Fliege, die sich auf einem Stück Zuckerguß niedergelassen hatte, das vom Tisch auf den Teppich gefallen war. Dido sah der Fliege ebenfalls zu und begann wild mit den Augen zu rollen, als das Insekt schwerfällig aufflog und an ihrer Nase vorbeisegelte.

»Ich habe mich bisher noch nie von Dido getrennt – und das sind jetzt immerhin fünf Jahre. Ich könnte sie in keinen Zwinger geben. Sie wäre unglücklich und traurig, und ich hätte keinen Spaß an der ganzen Reise.«

London, Kensington – einfach von hier fortgehen und das auf so unkomplizierte Weise. »Du meinst, ich soll in deine Wohnung ziehen?«

»Aber nein, Lieber. Ich habe dir doch erzählt, daß ich die Handwerker habe. Du sollst Dido natürlich hier draußen betreuen. Es gefällt ihr hier, und da du keinen Job hast, braucht sie auch nicht allein zu bleiben. Du könntest wunderschöne Spaziergänge mit ihr machen.«

Das wäre, dachte er, vielleicht gar nicht mal so übel. Er mochte Dido lieber als die meisten Menschen. Isabel würde für ihr Futter sorgen, und vielleicht sprang sogar ein bißchen Bares für ihn heraus.

»Für wie lange?«

»Nur vier Wochen. Ich fliege am Montag, dem 7. Juni. Meine Maschine startet um halb vier in Heathrow. Ich dachte, ich könnte Dido am Sonntagabend zu dir bringen.«

»Am 6.? Tut mir leid, Isabel«, sagte Gray fest. »Das geht nicht. Du mußt dir jemand anders suchen.«

Er dachte nicht daran, auf Francis' Party zu verzichten, und für Isabel schon gar nicht. Francis' Party war das einzige, was ihn noch aufrecht hielt, wie er manchmal glaubte.

Er hatte seit langem alles ganz genau geplant und beschlossen, schon Sonntag morgen nach London zu fahren, im Park umherzuwandern, den Straßenhändlern in der Bayswater Road zuzusehen und etwa gegen vier bei Francis aufzukreuzen. Das bedeutete zwar, daß er bei den Vorbereitungen helfen und Kisten mit Alkohol schleppen mußte, doch das machte ihm nichts aus, weil ihm das bei Francis Pluspunkte einbringen und ihm ein Bett für die Nacht sichern würde. Nun, nicht eigentlich für die Nacht, sondern für den Zeitraum zwischen fünf Uhr morgens und zwölf oder ein Uhr mittags. Er hatte von dieser Party geträumt, die richtigen Leute zum Reden, zu trinken, soviel man wollte, und Zigaretten. Neue Mädchen, darunter vielleicht eins, das ihm half zu vergessen und mit dem er vielleicht das Gästebett, den Teppich oder das Stückchen Fußboden teilen konnte, das man ihm zur Verfügung stellte. Die Vorstellung, auf all das verzichten zu müssen, war unerträglich. Nur eine schwere Krankheit, der Tod seiner Mutter oder etwas ähnlich Unvorhergesehenes konnten ihn dazu bewegen.

»Tut mir leid, an diesem Sonntag habe ich etwas vor.«

»Aber wieso denn? Du hast doch nie etwas vor.«

Gray zögerte. Er hatte sich zwar entschlossen, die Alten nicht mehr zu beschwichtigen, aber sich an diesen Entschluß zu halten, war gar nicht so einfach. Er konnte Isabel weismachen, er sei bei seinem Verleger zum Abendessen eingeladen, doch das war an einem Sonntagabend höchst unwahrscheinlich. Da sie wußte, daß er seit drei Jahren nichts mehr veröffentlicht hatte, würde sie es ihm auch nicht glauben. Wieder entschied er sich für die Wahrheit.

»Ich gehe zu einer Party.«

»An einem Sonntag! Das finde ich aber merkwürdig, Gray. Es sei denn, du willst dort jemanden treffen, der – der dir weiterhelfen kann?«

»Das ist sehr wahrscheinlich«, sagte Gray und dachte an das bisher nur in seiner Einbildung vorhandene Mädchen. Doch da er sich einmal zur Wahrheit entschlossen hatte, fügte er hinzu: »Nein, ich gehe nur zum Vergnügen hin, keine Verpflichtungen. Aber ich möchte hingehen. Tut mir leid, Isabel. Ich merke, daß du denkst, ich sei egoistisch und vielleicht unmoralisch – o ja, das tust du –, aber ich kann's nicht ändern. Auf diese Party verzichte ich weder deinet- noch Didos wegen.«

»Schon gut, das brauchst du nicht. Ich kann dir Dido

auch Montag gegen Mittag bringen und fahre von hier direkt zum Flughafen.«

O Gott, o Gott, dachte er, Hartnäckigkeit, dein Name ist Weib! Kein Wunder, daß sie mit ihrem miesen kleinen Schreibbüro ein Vermögen gemacht hat.

»Isabel«, sagte er geduldig, »das wird keine brave Cocktailparty, bei der nette alte Herrschaften von sechs bis acht belegte Häppchen verzehren und Martini trinken. Das wird eine Orgie, die die ganze Nacht dauert. Ich werde kaum vor fünf oder sechs Uhr morgens ins Bett kommen, und da habe ich keine Lust, um neun wieder aufzustehen und hierherzusausen, um für dich und deinen Hund bereitzustehen.«

»Du bist sehr offen.« Isabel warf den Kopf zurück und hüstelte in dem vergeblichen Bemühen, ihn nicht merken zu lassen, daß sie knallrot geworden war. »Ich habe geglaubt, ein wenig natürliches Schamgefühl in derlei Dingen wäre auch heute noch angebracht. Du hättest wirklich den Anstand haben können, dir eine Ausrede einfallen zu lassen.«

Sie wollten nicht einmal, daß man ehrlich war. Sie wußten, daß man Sex und Alkohol mochte – tatsächlich glaubten sie, man sei noch viel versessener darauf, als man es wirklich war –, doch sie erwarteten, daß man heuchelte und so tat, als sei ein wildes Saufgelage in West Grove nichts anderes als eine Konferenz im *Hyde Park Hotel.* »Kann ich eine Zigarette haben?«

»Selbstverständlich kannst du. Ich hätte dir längst eine angeboten, aber ich dachte, du hast das Rauchen aufgegeben. Folgendes, Lieber: Warum kann ich Dido nicht um zwölf herbringen, sie ins Haus tun – in der Küche einschließen, zum Beispiel –, wo sie in aller Ruhe auf dich warten kann.«

»Okay, das geht.« Es gab offenbar kein Entrinnen. »Ich bin gegen drei Uhr zurück. Drei Stunden kann sie doch wohl allein bleiben?«

»Aber natürlich. Ich stelle ihr eine Schüssel Wasser hin und lasse genug Dosenfutter und Geld für Frischfleisch da, damit du zurechtkommst.« Isabel begann eine endlose Litanei an Instruktionen herunterzubeten, damit es Dido ja an nichts fehle, während die Hündin, von ihrer Herrin unbeobachtet, die letzten Tortenstücke vom Tisch klaute und verschlang. »Wie machen wir es mit dem Schlüssel?«

Als er in die Hütte eingezogen war, hatte er drei Schlüssel vorgefunden. Einen trug er bei sich, einer hing in der Küche über dem Ausguß an einem Nagel, und den dritten ... Wahrscheinlich hatte sie ihn inzwischen weggeworfen und mit ihm jede Erinnerung an ihn. Er ging in die Küche und holte den Schlüssel.

»Ich schließe Dido in der Küche ein«, sagte Isabel, »weil sie zwar stubenrein ist, aber in einer fremden Umgebung doch mal ein kleines Malheur passieren kann. Vor allem, wenn sie sich einsam fühlt.«

Gray meinte, bei dem Allgemeinzustand seiner Behausung falle weder ein kleines noch ein großes Malheur auf, doch er sei mit Isabels Vorschlag einverstanden. Allerdings lasse sich das Küchenfenster nicht öffnen.

»Das macht nichts, es sind ja nur drei Stunden. Wichtig ist, daß du lange mit ihr schmust, wenn du zurückkommst, und mit ihr dann einen tüchtigen Spaziergang machst. Den Schlüssel hänge ich wieder an den Nagel, ja?«

Gray nickte. Während sich Isabel den Mund mit dem Kleenextuch abwischte und mit einem frischen die Krümel von ihrer Hose wedelte, streckte er die Hand nach der

Hündin aus. Dido sprang sofort tapsig auf ihn zu, leckte ihm die Finger, setzte sich neben ihn und preßte ihren weichen goldfarbenen Körper an seine Knie. Gray legte den Arm um sie wie um die Schultern einer Frau. Die Wärme ihres Fleisches, das pulsierende Blut weckten ein merkwürdiges Gefühl in ihm, das ihm in gewisser Weise neu war. Das war kein menschliches Fleisch und Blut. Unter dem wohlgeformten Schädel lebte keine grenzenlose Gedankenwelt. Aber die Wärme und der Druck des Hundekörpers, der echte Zuneigung auszudrücken schien, wirkten auf ihn wie ein plötzlicher scharfer Schmerz, der ihm seine Einsamkeit zum Bewußtsein brachte. Es fehlte nicht viel, und er wäre in Tränen ausgebrochen, hätte seinen Verlust, seine unüberwindliche Apathie, sein vergeudetes Leben und seine Schwäche beweint.

Doch er sagte mit ganz normaler Stimme: »Wir werden uns schon vertragen, nicht wahr, Dido, mein alter Schatz? Wir werden wunderbar miteinander auskommen.«

Dido hob den Kopf und leckte ihm das Gesicht.

3

Zu nachtschlafender Zeit, etwa gegen acht Uhr, hörte er einen Brief auf die Fußmatte fallen. Von Honoré konnte er nicht sein – noch nicht. Die Stromrechnung, zu klein, um seinem Konto etwas anzuhaben, hatte er bezahlt, und die letzte Mahnung des Gaswerks war noch nicht fällig. Es mußte endlich die Honorarabrechnung sein. Es wurde aber auch Zeit. Er erwartete keinen großen Geldsegen, aber wenn es nur 100, nur 50 Pfund waren . . . Ein kleiner finanzieller Rückhalt, der ihm die Kraft gab, von hier wegzugehen, sich in London ein Zimmer zu nehmen und einen Job zu suchen, in einer Bar oder als Tellerwäscher, bis er wieder soweit war, daß er schreiben konnte.

Das Schlafzimmer war von mattem Licht erfüllt, das sich bewegte, wenn der Wind draußen in die Buchenzweige fuhr. Gray lag da, dachte an London, an Notting Hill, Labroke Grove, sprang in Gedanken zurück nach Kensal Green, stellte sich die auch nachts bunt belebten Straßen vor ... Keine Zweige, kein Lehm, kein Laub, das bei jedem Schritt unter den Füßen moderte und raschelte, keine endlosen, leeren Tage mehr. Obwohl er nicht damit gerechnet hatte, noch einmal einzuschlafen, glitt er unversehens in einen Traum. Er träumte nicht von London, was zu erwarten gewesen wäre, sondern von ihr. In den Wochen nach der Trennung hatte er Nacht für Nacht von ihr geträumt, hatte sich wegen dieser Träume vor dem Einschlafen gefürchtet, und sie suchten ihn auch noch heute ein- oder zweimal in der Woche heim. Sie war jetzt bei ihm im Zimmer – in diesem Zimmer –, und ihr Haar wehte im Wind. Haar, das weder rot noch golden, noch braun, sondern wie ein Fuchspelz eine Mischung aus allen dreien war. Ihre Augen, die wie Rauchtopas schimmerten, sahen ihn unverwandt an.

Sie streckte die kleine, mit Ringen überladene Hand aus und sagte: »Wir können wenigstens darüber sprechen. Es schadet doch keinem, wenn wir nur darüber sprechen.«

»Es führt aber auch zu nichts.«

Sie achtete nicht auf seinen Einwand. Vielleicht hatte er ihn auch gar nicht ausgesprochen. Wer weiß so etwas schon, wenn er träumt? »Es ist schon so oft geschehen«, sagte sie. »Viele Menschen in unserer Situation haben es getan. Du wirst einwenden, daß sie gefaßt wurden ...« Er wandte nichts ein, sondern sah ihr nur in die Augen. »Ja, das wirst du sagen, und ich werde antworten: ›Wissen wir denn, wie viele es tun, die man nicht faßt?‹ Und zu denen werden wir gehören.«

»Wir?« sagte er.

»Ja, Liebling, ja, Gray . . .« Sie kam näher. Ihr wehendes Haar berührte seine Haut. Er streckte die Arme nach ihr aus, aber ihr Körper war heiß, ihr Haar züngelnde Flammen. Er wich zurück, stieß das Feuer von sich und schrie, aus der Tiefe des Traums emportauchend: »Ich kann es nicht tun, ich könnte keiner Fliege was zuleide tun!«

Danach hielt es ihn nicht mehr im Bett. Er fröstelte, so stark hatte ihre Nähe sogar im Traum auf ihn gewirkt. Doch war eine Frau in einem Traum wirklich weniger gegenwärtig als in der Realität? – Er stand auf, schlüpfte in die Jeans und ein verwaschenes T-Shirt. Allmählich hörte er auf zu zittern. Im harten Tageslicht, im Gefühl seiner Einsamkeit und der dumpfen, hoffnungslosen Sicherheit, in der er sich wiegte, seit sie nicht mehr da war, wog die Wirklichkeit wieder schwerer als jeder Traum. Er sah auf seine Armbanduhr. Halb zwölf. Er fragte sich, welcher Tag es war.

Als er hinunterkam, sah er als erstes das Gesicht einer buntscheckigen Kuh, die ihn durch das Küchenfenster ansah. Er öffnete die Hintertür und trat hinaus auf das von Brennesseln, Birkenschößlingen und Weißdorngehölz überwucherte Stückchen Land, das eigentlich ein Garten sein sollte. Unter der schlaff an der Leine hängenden grauweißen Wäsche, die er schon vor Tagen hätte abnehmen sollen, wimmelte es geradezu von Kühen. Der Wald war nicht eingezäunt, und die Bauern konnten ihr Vieh nach Herzenslust umherwandern lassen, was für die leidenschaftlichen Gärtner eine Quelle steten Ärgernisses war. Gray ging auf die Kühe zu, tätschelte einigen von ihnen die Nasen, die sich so ähnlich anfühlten wie Didos

Nase, und hielt ihnen einen lauten Vortrag über die Tugenden der Anarchie und die Verachtung des Eigentums. Dann fiel ihm der Brief ein, die Honorarabrechnung, und er ging ihn holen. Aber noch bevor er ihn aufhob, sagte ihm die Briefmarke auf dem Umschlag, diese verdammte affektierte Marianne, die Blumen oder sonst was streute, daß er sich geirrt hatte.

Mein lieber Sohn ... Gray war inzwischen an diese Anrede gewöhnt, vertrug sie aber immer noch schlecht. *Mein lieber Sohn, ich habe Donnerstag abend versucht, Dich anzurufen, aber die Leitung war besetzt, und als ich Freitag wieder versuchte, war sie noch immer nicht frei. Was für ein vergnügliches Leben mußt Du führen mit so vielen Freunden. Du sollst nicht die Ruhe verlieren, aber Maman geht es wieder nicht gut, und der Doktor Villon sagt, sie habe einen neuen Anfall von Lähmung. Es ist viel Arbeit für mich, wenn ich es auch gewöhnt bin, ein* infimier *zu sein und mich Tag und Nacht um Deine Maman kümmere.*

Es wird gut sein, wenn Du kommst. Nicht heute, aber halte Dich bereit, wenn es Maman schlechter geht. Wenn Du kommen mußt, werde ich Dir telefonisch sagen, jetzt ist es soweit, jetzt mußt Du kommen, mein Sohn. Du wirst sagen, Du hast kein Geld für die Eisenbahn oder das avion, aber ich werde Dir das Geld schicken. Nicht in einem Brief, weil das gegen das Gesetz ist, aber an Deine Bank, die Midland Bank in Waltham Abbey, damit Du es Dir dort holen kannst, wenn Du kommen mußt. Ich erledige alles. Ja, Du sagst, das ist komisch, daß Honoré mir Geld schickt, der doch von seinen kleinen Ersparnissen nie etwas ausgeben will. Aber der alte Honoré kennt die Pflichten, die ein Sohn gegen seine Maman hat, und deshalb macht er eine Ausnahme und schickt diesem Sohn, der überhaupt nicht arbeitet, das Geld – 60 Pfund wird die Bank für Dich haben, das arrangement *ist schon gemacht.*

Sei nicht unruhig. Doktor Villon sagt, der liebe Gott holt Maman noch nicht zu sich, und ich brauche Pfarrer Normand nicht zu holen, soll aber Dir Bescheid sagen, weil Du der einzige Sohn und einziges Kind bist. Sei ruhig, mein Junge. Dein Dich liebender Papa Honoré Duval. P. S.: Ich habe dem Bürgermeister die französische Übersetzung Deines Buches geborgt, die Du mir geschenkt hast, und er hat sie in seiner Freizeit gelesen. Du wirst Dich freuen, die Kritik eines so sachverständigen Mannes zu hören. H. D.

Gray wußte, daß die einzige Beziehung des Bürgermeisters von Bajon zur Literatur darin bestand, daß eine seiner Großtanten Hausmädchen bei einer Cousine von Baudelaire gewesen war. Er knüllte den Brief zusammen und warf ihn hinter die Badewanne. Honoré wußte ganz genau, daß er fließend Französisch las, doch er versteifte sich darauf, in dem entsetzlichen Englisch zu schreiben, das er sich als Kellner in Chaumont angeeignet hatte. Gray glaubte nicht, daß seine Mutter tatsächlich in Lebensgefahr war, und er hatte keine Lust, sich auf Dr. Villons Diagnose zu verlassen, der ebenso wie der Bürgermeister einer von Honorés Stammtischbrüdern aus dem *Ecu d'Or* war.

Er wäre nie soweit gegangen, zu behaupten, es sei ihm gleichgültig, ob seine Mutter lebte oder starb, und er hatte selbstverständlich die Absicht, nach Frankreich hinüberzufliegen, falls es wirklich mit ihr zu Ende ginge, aber viel empfand er nicht mehr für sie. Es wäre unwahr gewesen, wenn er behauptet hätte, daß er sie liebe. Es war für ihn ein furchtbarer Schock gewesen, als sie auf einer Frankreichreise, die sie mit Isabel unternahm, auf einen Kellner des *Hotel Chaumont* hereinfiel. Gray war auch heute noch nicht bereit, ihr zuzugestehen, daß sie sich in Honoré verliebt hatte. Er selbst war damals 15 gewesen, seine Mutter 49 und Honoré ungefähr 42. Honoré gab auch jetzt nie sein wahres Alter zu und spielte den armen alten Mann, dem die pflegerischen Pflichten schwer zusetzten. Sie hatten sehr schnell geheiratet, wobei Honoré sehr genau gewußt hatte, daß seiner Braut der Wagen gehörte, in dem sie reiste, und außerdem, was viel mehr zählte, ein ziemlich großes Haus in Wimbledon. Gleichgültig, wie die Verwandten der Braut über diese Ehe dachten, sie war allem Anschein nach glücklich geworden. Das Haus in Wimbledon war verkauft worden, und Honoré hatte in seinem Heimatort Bajon-sur-Lone einen Bungalow gebaut, den sie seither bewohnten. Mme Duval war zum katholischen Glauben übergetreten, und auch das konnte Gray ihr nur schwer verzeihen. Er selbst war nicht religiös, vor allem deshalb, weil seine Mutter ihn praktisch von der Wiege an zum Agnostiker erzogen hatte. Alles, was ihr früher wichtig gewesen war, hatte sie durch ihre zweite Heirat verraten. Jetzt kam der Pfarrer zum Tee zu ihr und malte ihr am Aschermittwoch ein Aschekreuz auf die Stirn – oder hatte es getan, als sie noch gesund genug gewesen war, um in die Kirche zu gehen. Den ersten Schlaganfall hatte sie vor vier Jahren gehabt. Gray war damals hinübergefahren und hatte die Reise aus eigener Tasche von den Honoraren bezahlt, die er mit Kurzgeschichten verdiente. Auch nach dem zweiten Schlaganfall hatte er sie besucht und die Reisekosten von dem erfreulich hohen Vorschuß bestritten, den er für sein Buch bekommen hatte. Manchmal hatte er sich überlegt, was er tun sollte, wenn sie noch einen dritten Schlaganfall bekam, der vielleicht tödlich war. Jetzt wußte er es. Honoré würde dafür bezahlen.

Er hatte schon bezahlt. Es war sehr angenehm zu denken, daß das Geld auf der Bank lag, auf ihn wartete und er sich wegen der ausbleibenden Honorarrechnung nicht mehr so zu sorgen brauchte. Er mischte den Inhalt eines Suppenpäckchens mit Wasser, ließ das Ganze aufkochen und aß, auf der Stufe vor der Haustür sitzend, aus der Kasserolle. Dabei beobachtete er die Kühe, die auf der Suche nach üppigeren Weideplätzen davonzogen. Mals Brennesseln schienen ihnen nicht zu schmecken. Punkt zwölf kam der Milchmann.

»Ich habe inzwischen meine eigene Molkerei«, sagte Gray, der manchmal das Gefühl hatte, seinem Ruf als Entertainer gerecht werden zu müssen. »Wenn Sie nicht aufpassen, sind Sie bald arbeitslos.«

»So, so, Sie haben jetzt Ihre eigene Molkerei, wie? Sie sind ein echter Spaßvogel, wahrhaftig, das sind Sie. Diese Kühe sind Ochsen, haben Sie das nicht gemerkt?«

»Ich bin nur ein schlichter Londoner und auch noch stolz darauf.«

»Nun ja, es muß so 'ne und solche geben, sonst wäre die Welt nicht vollkommen. Nur für die Akten, Mr. L.: Heute ist Donnerstag, der 20. Mai.«

»Danke«, sagte Gray. »Bis dann.«

»Bis dann«, sagte der Milchmann.

Gray spülte einen Berg Geschirr, zum erstenmal nach vier oder fünf Tagen, las das letzte Kapitel der Chronik von Herries und machte sich auf den Weg ins Dorf. Anfang der Woche hatte es geregnet, und der Weg war aufgeweicht und von den Ochsen zertrampelt. Die Herde hatte dampfende Dungfladen hinterlassen, von denen ein scharfer Geruch aufstieg. Gray holte sie am Farmtor ein.

Über Willis wußte er nur, daß er eine Frau mit einem Gesicht wie eine Streitaxt hatte und einen roten Jaguar fuhr. Aber Rinder lebten auf Farmen, und diese Rinder wollten offensichtlich in diese Farm hinein. Sie mußten also hier zu Hause sein. Gray öffnete ihnen das Tor, eine phantasievolle Konstruktion aus Wagenrädern, die zwischen Balken befestigt waren. Dann beobachtete er die Rinder, die schwerfällig die gekieste Zufahrt hinauf und über Mr. Willis' Rasen trabten, eine samtige, schimmernde grüne Fläche, über die ein Sprenger eine Kaskade winziger Wassertropfen sprühte. Gray lehnte sich an den Torpfosten und sah belustigt den täppischen Possen der Ochsen zu.

Drei begannen sofort, sich an den Tulpen gütlich zu tun. Aus ihren weichen Mäulern schienen bunte Blüten und Stengel zu sprießen. Es war ein Bild wie aus einem Disney-Film, fand Gray. Die anderen drängten sich gegenseitig über den Rasen, und einer trottete um das Haus herum. Gray schickte sich eben an, weiterzugehen, und schob sich die Bücher unter den anderen Arm, als im oberen Stockwerk des Hauses ein Fenster aufgerissen wurde und eine Stimme ihn anschrie:

»Haben Sie das Tor aufgemacht?«

Mrs. Willis mit dem Streitaxt-Gesicht.

»Ja. Sie wollten hinein. Gehören sie nicht Ihnen?«

»Uns? Wann hätten wir je Rinder gehalten? Sehen Sie nicht, was Sie angerichtet haben, Sie Dummkopf? Schauen Sie, was Sie getan haben!«

Gray schaute. Der wunderschöne, feuchte Rasen war von ungefähr achtzig Hufen völlig zertrampelt.

»Tut mir leid, aber es ist doch nur Gras. Es heilt schon wieder, oder wie man das nennt.«

»Es heilt!« schrie Mrs. Willis und schwenkte drohend

die Arme. »Sind Sie wahnsinnig? Wissen Sie, was es meinen Mann gekostet hat, einen solchen Rasen zu bekommen? Jahrelange Schwerarbeit und mehrere hundert Pfund. Man sollte Sie für das, was Sie getan haben, bezahlen lassen! Schadenersatz verlangen, Sie – Sie langhaariger Herumtreiber! Ich werde dafür sorgen, daß mein Mann Sie zwingt zu bezahlen, und wenn er prozessieren muß!«

»Verzieh dich, alte Kuh«, sagte Gray über die Schulter zurück.

Kreischende Schmähungen und Androhungen von Strafmaßnahmen verfolgten ihn die Straße hinunter. Er war verärgert und verschreckt, ein Seelenzustand, der sich auch nicht besserte, als er fünf Minuten vor Schalterschluß in die Bank kam und feststellte, daß er nur noch 2 Pfund und 45 Pence auf dem Konto hatte. Er hob alles ab, da er wußte, daß Honorés 60 Pfund jeden Tag eintreffen mußten. Trotzdem wollte er mit dem Geld haushalten und es nicht für teure Konserven ausgeben. Er brachte die Chronik von Herries und *Der Mann mit der eisernen Maske* zurück und wählte *Anthony Absolute, Der Gefangene von Zenda* und *Keine Orchideen für Miss Blandish* aus, lauter Taschenbücher, die auch hier – wie in allen öffentlichen Bibliotheken – gebunden worden waren. Die Bücher waren leicht, aber ausgerechnet an diesem Tag, an dem es gar nicht nötig gewesen wäre, nahm ihn jemand im Auto mit. Er war eben in die Pocket Lane eingebogen, als Miss Platt ihren Wagen neben ihm ausrollen ließ und anhielt.

»Ich freue mich sehr, daß ich Sie treffe, Mr. Lanceton, weil ich Sie gern zu meiner kleinen Party am Dienstag in vierzehn Tagen einladen möchte.«

Gray stieg in den Wagen. »Ihre was?« sagte er. Er hatte

nicht unhöflich sein wollen, denn er mochte Miss Platt, soweit er sie kannte. Doch die Vorstellung, daß eine Siebzigjährige eine Party gab und das noch dazu hier draußen, war fast grotesk.

»Nur ein paar Freunde und Nachbarn, ein paar Drinks und Sandwiches. Am 8. Juni gegen sieben. Ich gehe nämlich von hier weg, wissen Sie? Ich habe das Haus verkauft und ziehe am 9. aus.« Gray murmelte vor sich hin, es tue ihm leid. Sie fuhren an der Farm vorbei, die von der Ochsenplage wieder befreit war. Mrs. Willis stand auf dem Rasen und versuchte, den zertrampelten Boden mit einem Rechen einzuebnen.

»Ja, ich habe es noch am selben Tag verkauft, an dem das Inserat erschien«, fuhr Miss Platt fort. »Zuerst kam mir der Preis, zu dem der Makler mir riet, fast lächerlich hoch vor. 30 000 Pfund für ein solches Häuschen! Können Sie sich das vorstellen? Aber der Mann, der es gekauft hat, zuckte nicht mit der Wimper.«

»Das ist eine Menge Geld«, sagte Gray. Er konnte es kaum glauben. Miss Platts Haus war nicht größer als seine Hütte, nur besser erhalten und gepflegter . . .

»In den letzten Jahren sind die Preise für Häuser und Grundstücke hier um das Dreifache gestiegen. Der Wald kann nicht bebaut werden, also kann es hier auch nie einen Bauboom geben, und London ist so nah. Ich habe mir in West Hampstead eine Wohnung über der meiner Schwester gekauft, weil sie allmählich zu alt ist, um sich selbst zu versorgen. Aber ich finde es dort einfach gräßlich, hier ist es so friedlich.«

»Also mir ist es zu friedlich«, erwiderte Gray aufrichtig. »London wird Ihnen bestimmt großartig gefallen.«

»Hoffen wir's. Sie kommen dann also zu meiner Party?«

»Ja, gern.« Dann fiel ihm etwas ein. »Haben Sie die Willis auch eingeladen?«

»Nein, bisher noch nicht. Sind Sie mit ihnen befreundet?«

»Eher verfeindet. Ich habe die Ochsen in Mrs. Willis' Garten gelassen.«

Miss Platt lachte. »Du meine Güte, da haben Sie sich aber unbeliebt gemacht. Nein, es kommen nur meine Schwester, Mr. Tringham und ein paar Freunde aus Waltham Abbey. Hören Sie manchmal von Malcolm Warriner?«

Gray sagte, er habe Ostern eine Ansichtskarte mit dem Fudschijama bekommen, bedankte sich bei Miss Platt fürs Mitnehmen und stieg aus. Er machte sich eine Kanne Tee, setzte sich in die Küche, las *Der Gefangene von Zenda* und aß ein Marmeladebrot. Wind war aufgekommen und trieb die Wolken vor sich her. Obwohl es noch früh war, war es im Zimmer ziemlich dunkel. Er zündete den Ofen an und öffnete die Brennertür, damit die Wärme sich schneller im Raum verteilte.

Erst als das Telefon anfing zu klingeln, erinnerte er sich, daß der Milchmann gesagt hatte, es sei Donnerstag. Gray hatte vergessen, den Hörer neben den Apparat zu legen, wie er es am Donnerstagabend immer tat. Auf seiner Uhr war es zehn nach sieben. Tiny war etwa vor einer Stunde zu seinen Freimaurern gegangen. Jeden Donnerstagabend hatte sie versucht, ihn zu erreichen, und es nie geschafft, weil er immer den Hörer abgenommen hatte. Heute abend hatte er es vergessen, und sie hatte Glück. Natürlich war sie es, wer sollte es sonst sein? Sie würde mit ihm reden und er mit ihr, und in einer halben Stunde würde sie hier sein. Er ging in die »Diele«, auf das Telefon zu – er stürzte nicht hin, o nein, er ging langsam, bedächtig, ein Mann, der sich seinem verhaßten, unausweichlichen und zugleich ersehnten Schicksal stellen mußte. Sein Herz schlug so stark, daß es ihm weh tat. Sie war in diesem Telefon wie der Geist in der Lampe, wartete darauf, durch seine Berührung erlöst zu werden und in das Zimmer zu schweben, es mit ihrer Gegenwart zu füllen, mit Rot, Gold, Kristallgrün. *Amorce dangereuse . . .*

Er war ganz sicher, daß sie es war, daher meldete er sich auch nicht mit seinem Namen oder nannte Mals Nummer, sondern sagte nur, wie immer, wenn sie anrief, »Hallo«, unglücklich, resigniert, sehnsüchtig und mit sehr leiser Stimme.

»Gray?« sagte Francis. »Ich möchte mit Graham Lanceton sprechen.«

Erleichterung? Verzweiflung? Gray wußte kaum, was er fühlte – wenn es nicht die ersten Symptome einer Herzattacke waren. »Ich bin's doch selber, Idiot. Wer sollte es denn sonst sein? Glaubst du, ich habe einen Butler?«

»Es klang aber gar nicht wie du.«

»Nun, ich war's jedenfalls. Bin es noch.«

»Also jetzt wird es langsam lächerlich. Wenn man dich so hört, könnte man wirklich glauben, du tickst dort draußen nicht mehr ganz richtig. Hör zu, ich rufe dich wegen der Party an. Könntest du vielleicht schon am Samstag kommen?«

Vor zehn Minuten noch wäre Gray vor Freude über den Vorschlag ganz aus dem Häuschen geraten. »Ja, wenn du möchtest.« Es klang lustlos.

»Ich muß Samstag vormittag eine alte Tante von der Victoria Station abholen und möchte, daß jemand in der Wohnung ist, wenn die Elektriker kommen, um die Partybeleuchtung zu installieren. Das Ding hat eine irrwitzige psychedelische Wirkung.«

»Ich komme. Gegen zehn kann ich bei dir sein.« Grays Herz hatte aufgehört zu hämmern. Als er den Hörer auflegte, fühlte er sich schwach, krank. Er ließ sich in den braunen Kunststoffsessel fallen und starrte das schweigende Telefon an, dieses abweisende, überhebliche Telefon, das – verschlossen wie eine Auster – vor ihm kauerte, seinen Blick nicht erwiderte und sich in sich selbst zurückzog, als schlafe es.

Guter Gott, er durfte wirklich nicht anfangen, dieses Ding mit einer Persönlichkeit auszustatten. Das war wirklich neurotisch. Das konnte nur zu einem Ende führen – in eine Nervenheilanstalt und zu einer Schocktherapie oder etwas ähnlichem. Alles andere war besser als das. Es war sogar besser, wenn er jetzt ihre Nummer wählte, mit ihr sprach und ihr klarmachte, daß es zwischen ihnen nie wieder einen Kontakt geben werde.

Aber das hatten sie schon Weihnachten festgelegt, nicht wahr?

»Wenn du mich anrufst, lege ich auf.«

»Warten wir's ab«, hatte sie gesagt. »So viel Willenskraft hast du nicht.«

»Dann mach es mir nicht schwer. Ich habe dir gesagt, daß ich es satt habe, wenn du nicht aufhörst, mich mit deiner wahnwitzigen Idee zu quälen. Es führt zu nichts. Aber offenbar bist du so besessen, daß du nicht aufhören kannst.«

»Ich tu, was ich will. Ich tu immer, was ich will.«

»Na schön. Aber deswegen muß ich noch lange nicht tun, was du willst. Leb wohl. Geh bitte, geh sofort! Wir werden uns nicht wiedersehen.«

»Da hast du verdammt recht«, hatte sie entgegnet.

Das war eindeutig gewesen, oder etwa nicht? Ich liebte dich so brav und treu, beinah zwei ganze Jahr', dann sah ich ein, daß es mit uns nichts war ... Warum aber schwebte er immer noch zwischen Hoffen und Bangen, wenn die Trennung endgültig gewesen war? Warum legte er den Hörer neben den Telefonapparat? Weil sie recht gehabt hatte, weil er, sobald er ihre Stimme am Telefon hören würde, nicht die Willenskraft hätte, die er brauchte, um stark zu bleiben. Weil er stolz darauf war, daß fünf Monate der Trennung nicht ausreichten, seine Liebe zu töten. Doch da sie eine Frau war, würde sie es vielleicht nicht wagen, ihn anzurufen, weil sie fürchtete, zurückgewiesen zu werden. Doch schließlich konnte er sie anrufen ...

Tiny kam nicht vor elf Uhr nach Hause. Sie war dort allein, er hier. Es war alles lächerlich. Er machte sich krank, zerstörte sein Leben. Aus dem Sessel aufspringend, beugte er sich über das Telefon.

Fünf-null-acht ... Er wählte ein bißchen hastig, machte eine kurze Pause und drehte die Scheibe dann bedächtiger, wählte die nächsten drei Zahlen, zögerte bei der letzten, der Neun, zog dann den Finger hastig aus dem Lochkranz und hieb mit der Handkante kräftig auf die Gabel. »O Gott!« stieß er hervor, der Hörer fiel ihm aus der Hand, schwang an der Schnur hin und her und stieß gegen die Golfschläger.

Es hatte keinen Sinn. Einen Abend, vielleicht eine ganze Woche lang würde sie ihn in Frieden lassen. Dann wäre seine Schonfrist vorbei, sie würde ihn wieder peinigen und, wenn sie sich nicht gerade liebten, hartnäckig immer nur von dem einen sprechen. Es war wie eine chinesische Folter. Und er konnte sie nicht wieder hinhalten wie im vergangenen Sommer und im vergangenen Herbst, weil er ihr am Ende wieder sagen müßte, er könne es nicht tun. Wie damals zu Weihnachten würde er ihr sagen, wenn er wählen müßte zwischen dem, was sie von ihm verlange, und der Trennung von ihr, dann würde er sich für die Trennung entscheiden.

Er trat vor die Haustür und blieb mitten im Farn stehen, den die Rinder zu einer Matratze zusammengetrampelt hatten. Schwarze Äste schlugen gegen einen Himmel aus jagenden Wolken. Dort drüben, hinter ihm, lagen Loug hton, Little Cornwall, Combe Park. Was für eine Ironie des Schicksals, dachte er, daß wir uns nacheinander sehnen, daß nur 4 Meilen uns trennen, daß das Telefon in Sekundenschnelle die Verbindung zwischen uns herstellen kann, daß wir beide keine Gewissensbisse haben, weil wir Tiny betrogen, beide vor Ehebruch nicht zurückschrecken ...

Und doch durften sie sich nie wiedersehen, weil sie nicht aufhören würde, von ihm zu fordern, was er um keinen Preis der Welt tun würde – auch nicht für sie.

4

In dieser Nacht schlief er nur wenig. Wahrscheinlich lag es daran, daß er nicht zu seinem üblichen »Schlafmittel« gegriffen und sich selbst eine Geschichte erzählt hatte, eine bei Schriftstellern beliebte Methode. Statt dessen tat er, was er in den schlaflosen Januarnächten getan hatte – er dachte an sie und an ihre erste Begegnung.

Er hatte es nicht gewollt. Er lag da und dachte über die merkwürdigen Folgen eines Zufalls nach: wie ein um eine Kleinigkeit abgeänderter Plan, etwas, das ein Freund sagte, eine Verzögerung oder eine geringfügige Abweichung im Tagesablauf entscheidend die Richtung beeinflussen konnten, die ein Leben nahm. Das war auch geschehen, als seine Mutter und Isabel früher als geplant zu ihrer Frankreichreise aufbrachen, weil das Telefon sie um drei oder vier Uhr morgens geweckt hatte – natürlich hatte sich jemand verwählt – und sie nicht wieder einschlafen konnten. Dadurch erreichten sie in Dover die erste Fähre und waren noch am selben Abend im *Hotel Chaumont*. Wären sie, wie es ihr ursprüngliches Programm vorsah, erst am nächsten Abend dort angekommen, hätte Honoré dienstfrei gehabt. Wer hatte sich damals verwählt? Wer hatte gedankenlos Schicksal gespielt und zwischen drei und vier Uhr morgens eine falsche Nummer gewählt und dadurch eine Ehe gestiftet?

Wer in seinem Fall vorübergehend in die Rolle des Schicksals geschlüpft war, wußte er. Jeff hatte sich seine letzten zwanzig Blatt Schreibmaschinenpapier angeeignet. Wozu? Um Rechnungen zu schreiben? Ein Verzeichnis von Haushaltsgegenständen? Jedenfalls hatte Gray sich neues Papier besorgen müssen. In der Filiale in Notting Hill war es nicht vorrätig. Warum war er nicht durch den Park in die Filiale in der Kensington High Street gegangen? Weil die Ampel auf Rot stand und der 88er anhalten mußte. Ohne zu überlegen, war Gray eingestiegen. Hatte also die Ampel sein Schicksal bestimmt oder der Papierhändler, der das richtige Papier nicht vorrätig hatte, oder Jeff oder Jeffs Kunde, der vor dem Umzug eine genaue Aufstellung über sein Hausinventar verlangte, der jeden Tisch, jeden Stuhl aufgeführt haben wollte? Nein, so konnte er nicht weitermachen, denn dann landete er am Ende bei Adam und Eva, suchte er immer weiter zurück, um festzustellen, wer die Fäden spann, wer die Schere in der Hand hielt und wer die Fäden zerschnitt . . .

Der Bus hatte ihn in die Oxford Street gebracht, und er

war zu Ryman in die Bond Street gegangen. Mit einer neuen Packung Schreibmaschinenpapier unter dem Arm hatte er immer das Gefühl, Bäume ausreißen zu können. Es schüchterte ihn nicht ein, es war eine Herausforderung, dieses jungfräuliche Papier, das er mit prallem Leben füllen konnte. Und weil er, in beflügelnde Gedanken versunken, nicht darauf achtete, wohin er ging, stieß er mit ihr zusammen, bevor er sie überhaupt wahrgenommen hatte, rannte blindlings in die junge Frau hinein, die ihm entgegenkam. Ein paar Päckchen fielen ihr aus der Hand, und ihr Parfumfläschchen zerbrach beim Aufprall am Metallrahmen eines Schaufensters.

Er konnte den Duft auch jetzt noch riechen, diesen Duft, der sich so lange in der Hütte gehalten hatte – einen Duft, der ihm in der beißenden Januarluft verführerisch zu Kopf gestiegen war.

»Haben Sie keine Augen im Kopf?«

»Die Frage kann ich zurückgeben«, hatte er nicht besonders höflich erwidert und war dann weich geworden, weil sie schön war. »Das mit Ihrem Parfum tut mir wirklich leid.«

»Das will ich hoffen. Sie können mir neues kaufen, es ist das mindeste, was Sie tun können.«

Gray zuckte mit den Schultern. »Okay. Wo bekommen wir es?« Er dachte, sie würde jetzt sagen, das sei doch nicht nötig, die Sache sei erledigt, denn er hatte den Eindruck, daß sie durchaus nicht zu den ärmsten der Armen gehörte. Sie trug einen roten Fuchsmantel, der dieselbe Farbe hatte wie ihr Haar, cremefarbene Lederstiefel – die wenigstens 50 Pfund gekostet hatten –, und unter den Handschuhen aus feinem Leder zeichneten sich die Konturen mehrerer Ringe ab.

»Wie heißt Ihr Parfum?« fragte er, als sie in einer

Parfümerie vor einer verwirrenden Vielfalt von Duftwassern standen.

»*Amorce dangereuse.*«

Es kostete fast 20 Pfund. Der Preis kam ihm so astronomisch hoch vor, die kindliche Selbstverständlichkeit, mit der sie es von ihm annahm – vergnügt tupfte sie ihm und sich selbst etwas davon aufs Handgelenk –, so komisch, daß er in lautes Lachen ausbrach. Doch er hörte sofort auf zu lachen, als sie sich so weit vorbeugte, daß ihr Gesicht fast das seine berührte, und als sie, die Hand auf seinen Arm legend, flüsternd fragte: »Wissen Sie, was der Name des Parfums bedeutet?«

»Gefährliche Lockung, gefährliche Versuchung.«

»Ja. Paßt recht gut, nicht wahr?«

»Kommen Sie. Ich lade Sie zu einem Kaffee oder einem Drink ein –was Sie wollen.«

»Tut mir leid, ich habe keine Zeit. Rufen Sie mir ein Taxi.«

Daß sie ihn herumkommandierte, gefiel ihm nicht besonders, doch er rief das Taxi und nannte dem Fahrer die Adresse in der City, die sie ihm gesagt hatte. Während er die Wagentür für sie offenhielt, was reine Ironie war, weil sie alles so selbstverständlich hinnahm, als sei es ihr gutes Recht, verblüffte sie ihn mit ein paar zum Abschied lässig über die Schulter hingeworfenen Worten.

»Morgen, sieben Uhr, New Quebec Street. Okay?«

Selbstverständlich war es okay. Es war phantastisch und gleichzeitig absurd. Das Taxi fuhr an, er verlor es im dichten Verkehr aus den Augen. Seine Hand duftete nach *Amorce dangereuse*. Morgen um sieben in der New Quebec Street. Er wußte nicht, wo die New Quebec Street war, aber er würde sie finden, und er würde dort sein. Ein nettes Abenteuer konnte ihm nicht schaden.

Hatte er, bevor es anfing, wirklich nicht mehr als ein nettes Abenteuer erwartet? Genauso war es, daran erinnerte er sich noch. Und außerdem hatte er gedacht, das Rendezvous werde wahrscheinlich zu gar nichts führen. Solche Verabredungen, die den Beteiligten 30 Stunden Zeit ließen, es sich anders zu überlegen, wurden nur selten eingehalten . . . Aber so war es geschehen. Jeff hatte ihm sein letztes Papier geklaut und ihn, göttergleich, in die Bond Street und zu ihr geschickt. Jeff hatte ihn zugrunde gerichtet, der durch und durch anständige Jeff, der keiner Fliege etwas zuleide tun konnte. Von Rechts wegen sollte Jeff ihn daher auch retten, aber das war natürlich unmöglich. Retten konnte er sich nur selbst, sonst niemand.

Denn er war zugrunde gegangen. Er hatte die Fünfhunderterpackung Schreibmaschinenpapier zwar angebrochen, aber nur etwa hundert Blatt verbraucht. Wie konnte man einen Roman schreiben, bei dem es darum ging, den Schwierigkeiten und Geheimnissen der Liebe auf die Spur zu kommen, und plötzlich merkte man, daß man das Thema ganz falsch angepackt hatte? Wenn man feststellte, daß die Vorstellung von der Liebe, auf der die Handlung basierte, hohl und völlig falsch war, weil man erst jetzt begriff, was Liebe wirklich bedeutete?

Nachdem er die ganze Nacht von ihr geträumt, an sie gedacht hatte, fühlte er sich am Morgen von ihr befreit. Er wußte jedoch, daß es keine endgültige Befreiung war, daß der Dämon, von dem er besessen war, ihn wieder heimsuchen würde, Tag und Nacht, wann es ihm gefiel.

Ein starker, zorniger Wind tobte um das Haus. Seit Tagen war keine Post gekommen. Allmählich beunruhigte ihn das Ausbleiben der Honorarabrechnung. Warum schickte man sie ihm nicht? Die letzte war Anfang November gekommen, und Ende des Monats hatte er den Scheck in der Hand gehabt. Die Abrechnung vom Juni bis einschließlich Dezember vorigen Jahres war noch offen. Aber vielleicht kam überhaupt kein Geld mehr? Solange es sich um Beträge von ein paar hundert Pfund gehandelt hatte, die er bekam, hatte er nie überlegt, ob sie sich die Mühe machen würden, ihm mitzuteilen, daß er nichts mehr zu erwarten hatte. Vielleicht war das nicht üblich. Vielleicht gingen die Buchhalter oder Kassierer oder wer auch immer ganz nüchtern und sachlich eine Namensliste durch, und als sie zu ihm kamen, sagten sie: »Oh, Graham Lanceton? Für ihn ist kein Penny eingegangen. Den können wir vergessen.«

Er holte die November-Abrechnung, die er im Gästeschlafzimmer in einer Kassette aufbewahrte. Im Briefkopf war auch eine Telefonnummer angegeben – die Nummer der Buchhaltung, die irgendwo in Surrey saß, meilenweit vom Verlagshaus in London entfernt. Gray wußte, daß jeder vernünftig und praktisch denkende Autor diese Nummer wählen, sich mit dem Chefbuchhalter verbinden lassen und fragen würde, wo zum Teufel sein Geld bleibe. Ihm widerstrebte so etwas. Er hatte das Gefühl, es zu diesem Zeitpunkt seines Lebens und nach der durchwachten Nacht nicht zu ertragen, sich von der schroffen Stimme eines Buchhalters sagen zu lassen, daß die Kasse leer sei. Er wollte noch eine weitere Woche abwarten, und wenn die Abrechnung dann noch nicht da war, wollte er Peter Marshall anrufen. Peter war sein Lektor und ein sehr netter Kerl, immer freundlich und hilfsbereit, als der *Rausch des Staunens* in Vorbereitung war, und immer noch liebenswürdig und nett, wenn auch mit einem ein wenig leidenden Unterton, als es klar wurde, daß dieser

Rausch vermutlich Grays einziger bleiben würde. Selbstverständlich würde er fragen, ob Gray etwas schrieb, und ihn daran erinnern, daß sein Haus die erste Option auf jeden vollendeten Roman hatte, den Gray hervorbrachte. Auf keinen Fall jedoch würde er ungehalten sein, er würde Gray versprechen, sich um die Sache zu kümmern, und ihn vielleicht zum Essen einladen.

Nachdem er diesen Entschluß gefaßt hatte, inspizierte er seine Speisekammer. Doch nicht einmal er konnte bis Monatsende von zwei Dosen Hackfleisch, einem Glas Himbeergelee und einem steinharten Laib Brot leben, das war ihm klar. Er mußte sich Geld beschaffen. Flüchtig erwog er, Francis anzupumpen – was ziemlich vergebliche Liebesmüh wäre – oder sich an die Sozialhilfe zu wenden (dann aber wollte er hier alles zusammenpacken und es von London aus tun) oder seine Uhr in dem Geschäft bei der Kathedrale zu verkaufen, das schon im Besitz seines Feuerzeugs war. Er wollte sich von der Uhr nicht trennen. Die einzige Lösung war, Honorés Geld anzugreifen – oder wenigstens einen Teil davon. Die Vorstellung, das Geld zu verbrauchen, das man ihm schickte, damit er zu seiner sterbenden Mutter reisen konnte, ließ ihn frösteln, aber dann sagte er sich, das sei Unsinn. Nicht einmal Honoré würde erwarten, daß sein Stiefsohn aus lauter Anstand verhungerte.

Es hatte angefangen zu regnen und goß in Strömen. Er warf sich Mals Ölzeug über, das im Keller hing, und trottete durch die Sintflut zur Bank. Er hob 20 Pfund ab, mit denen er sehr sparsam umgehen wollte. Wenn nötig, würde er nur von Milch und Brot leben, bis der Scheck eintraf. Er steckte das Geld in die Tasche der Ölhaut, und als er später im Laden ein Pfund herausholen wollte, geriet ihm ein zerdrücktes Blatt Papier in die Finger. Gray traute seinen Augen nicht, als er es las. Es war fast sechs Monate her, daß er die Ölhaut das letztemal angehabt hatte – gewöhnlich blieb er zu Hause, wenn es regnete, also mußte er diesen Brief irgendwann im Dezember in die Tasche gesteckt haben. Er war wenige Tage vor Weihnachten abgeschickt worden – o Drusilla, diese Weihnachten! – und kam von seinem Verlag. Der Sachbearbeiter, der die Nebenrechte betreute, schrieb ihm, er habe *Rausch des Staunens* als Fortsetzungsroman nach Jugoslawien verkauft. Vom Erlös stünden Gray hundert Pfund zu. Eine klägliche Summe, aber dennoch Geld. Er mußte also einen Scheck bekommen, sie hatten ihn nicht vergessen. Jetzt brauchte er nicht mehr zu knausern. Er kaufte frisches Fleisch, Tiefkühlgemüse, Brot, Butter und 40 Zigaretten, von denen er sich vor dem Laden sofort eine anzündete.

Ihm wurde ein bißchen schwindlig davon. Von der einen Zigarette abgesehen, die er von Isabel erbettelt hatte, war das seit dem Herbst die erste. Damals hatte er sich immer aus Drusillas Packung bedient.

»Ich muß das Rauchen aufgeben«, hatte er damals gesagt. »Ich habe ein schlechtes Gewissen, weil Tiny mich mit Glimmstengeln versorgt, denn darauf läuft es letzten Endes doch hinaus.«

»Es müßte nicht so sein.«

»Fang bitte nicht wieder an! Gönn uns eine Atempause – wenigstens einen Tag!«

»Du hast von Tiny angefangen.«

Als sie sich das erste Mal trafen, war von Tiny nicht die Rede gewesen, hatte dieser lächerliche Spitzname sich nicht zwischen sie gedrängt. Nur ganz vage hatte sie angedeutet, daß irgendwo im Hintergrund ein Ehemann existierte.

»Mrs. Harvey Janus? Du meine Güte, wenn ich Mr. Harvey Janus wäre, wäre ich über das, was Sie tun, nicht besonders glücklich, doch da ich's nicht bin ...«

Als Gray in der New Quebec Street auf sie wartete, hatte er nicht einmal gewußt, wie sie hieß. Sie verspätete sich, und er dachte schon, sie käme nicht. Das Taxi hielt zwanzig nach sieben neben ihm. Da war er schon nahe daran, aufzugeben, und hatte sich eben klargemacht, daß er sich nicht mehr den Kopf darüber zu zerbrechen brauchte, was er mit ihr unternehmen sollte: spazierengehen oder in die Kneipe setzen oder was? Sie streckte die Hand aus dem Autofenster und winkte ihm. Sie saß in der Mitte des Rücksitzes in weißer Hose, Pelzjacke, einem riesigen schwarzen Hut und mit riesiger schwarzer Sonnenbrille. Eine Sonnenbrille im Januar ...

»He, steigen Sie ein!«

Gray sah den Fahrer an, der ausdruckslos nach vorn starrte.

»Los, steigen Sie schon ein!« Sie klopfte leicht auf die gläserne Trennscheibe zwischen Fahrer und Passagierraum. »Zum *Oranmore Hotel*, Sussex Gardens. Sie wissen nicht, wo das ist? Das überrascht mich nicht. Fahren Sie Sussex Gardens entlang. Das Hotel liegt etwa auf halber Höhe der Straße, auf der rechten Seite.«

Gray verschlug es den Atem. Er stieg ein, sah sie unter hochgezogenen Brauen hervor an und schob dann die Trennscheibe ganz zu, die einen Spalt offengestanden hatte. »Würden Sie mir freundlicherweise erklären ...?«

»Ach, ist es nicht klar genug? Das Hotel wird von einem alten Ehepaar geführt. Man trägt sich bei der Ankunft ein, und dann sagt die alte Lady, ob man vielleicht im voraus bezahlen wolle, vielleicht müsse man am nächsten Tag in aller Herrgottsfrühe aufbrechen ...«

»Aha«, sagte er. Er konnte mit ihrem Tempo kaum mithalten, und ihre direkte Art machte ihm fast Angst. »Wir müssen doch morgen nicht allzufrüh aufbrechen, oder?«

»Nein, nicht morgen früh, sondern heute abend um halb zehn, Schätzchen. Wir haben nur zwei Stunden. Man wird uns sagen, wir sollen den Zimmerschlüssel auf dem Toilettentisch liegenlassen, wenn wir gehen. Lieber Himmel, Sie haben wohl keine Ahnung, was?«

»Meine Freundinnen haben gewöhnlich eine eigene Wohnung oder wenigstens ein Zimmer.«

»Tja, ich bin eben eine verheiratete Frau, die – und das nur zu Ihrer Information – in diesem Moment brav an ihrem Yoga-Kurs teilnimmt.« Sie kicherte triumphierend. »Und ich opfere meinen Yoga-Kurs bestimmt nicht für jeden.«

»Ich will mein Bestes tun, damit Sie es nicht bereuen.«

Das *Oranmore*, dem Stil nach frühes 19. Jahrhundert, war früher wahrscheinlich ein Bordell gewesen. Der Name stand in blauen Leuchtbuchstaben über dem Eingang, doch die beiden »O« waren ausgebrannt. Gray trug sich als »Mr. Browne« mit Ehefrau ein und bekam den Schlüssel für Nummer 3. Die alte Frau verhielt sich genauso, wie »Mrs. Browne« es vorhergesagt hatte.

»Hast du auch einen Vornamen, Mrs. Browne?« fragte Gray auf der Treppe.

»Ich heiße Drusilla.«

Er sperrte die Tür auf. Das Zimmer war klein. Die Einrichtung bestand aus einem Doppelbett, offenbar aus einem Trödelladen, einem Waschbecken und einem Gaskocher. Drusilla zog das Fensterrollo herunter.

»Drusilla – und weiter?« sagte er und umspannte ihre

Taille mit den Händen. Es war eine sehr schmale, zerbrechliche Taille, und als er sie berührte, schob sie das Becken vor.

»Janus. Mrs. Harvey Janus.«

»Wenn ich Mr. Harvey Janus wäre, würde mich die Sache hier nicht besonders glücklich machen, doch da ich es nicht bin . . .« Er öffnete ihre Pelzjacke. Darunter war sie nackt. Er war nicht besonders überrascht, irgendwie hatte er es erwartet. Schon begann er, sich ein Bild von ihr zu machen, schon ahnte er, daß sie kapriziös und sehr direkt war, daß sie gewagte Dinge tat, um zu provozieren. Trotzdem stockte ihm der Atem, als sie so vor ihm stand, er wich einen Schritt zurück und starrte sie an.

Sie fing an zu lachen, nahm den Hut und die Perlenkette ab, zog die Pelzjacke aus, selbstsicher, fest überzeugt, daß Gray nach ihrer Pfeife tanzen würde. Doch er hatte ihre Überheblichkeit allmählich satt.

»Hör auf«, sagte er. Er hob sie hoch und trug sie zum Bett. Sie hörte auf zu lachen, doch ihre Lippen blieben leicht geöffnet, und ihre rauchfarbenen Augen wurden sehr groß. »So ist's besser«, stellte er trocken fest. »Zwei Stunden, hast du gesagt, wenn ich mich recht erinnere.«

Sie hatte dann während dieser zwei Stunden kaum ein Wort gesprochen. Sie hatte ihm nichts über sich erzählt und hatte erst nach seinem Namen gefragt, als sie beim Verlassen des Hotels an der alten Frau vorbeikamen, die ihnen, ganz ihrer Rolle gemäß, einen guten Abend wünschte und sie an den Schlüssel erinnerte. Gray brachte Drusilla zur U-Bahn am Marble Arch, und am Eingang, zwischen den Zeitungshändlern, sagte sie: »Nächsten Donnerstag? Gleiche Zeit, gleicher Ort?«

»Kuß?«

»Du hast eine orale Fixierung«, sagte sie, hob ihm aber

die Lippen entgegen, die schmal, zart und ungeschminkt waren.

Er hatte sich eine Packung Zigaretten gekauft und war den ganzen Weg nach Notting Hill zu Fuß gegangen. Wie hatte die Zigarette damals geschmeckt? Er wußte es nicht mehr. Die er jetzt rauchte, schmeckte nach Asche, und der Rauch kratzte ihn im Hals. Er warf sie zwischen das Farnkraut und hoffte heimlich, das trockene Unterholz werde Feuer fangen und die ganze einsame, totenstille Pocket Lane in Flammen aufgehen.

Heute war nicht einmal der Milchmann gekommen, und Gray sah während des ganzen Wochenendes keine Menschenseele, mit der er reden konnte. Weder Ausflügler noch Spaziergänger drangen so tief in die Pocket Lane vor. Nur der alte Mr. Tringham kam auf seinem Sonntagabendspaziergang am Haus vorbei. Offenbar verließ er sein Haus sonst nie. Gray sah ihn durch das Fenster. Gemächlich dahinschlendernd, las er in einem kleinen schwarzen Buch, ohne ein einziges Mal den Kopf zu heben, ohne nach rechts oder links zu schauen.

Der Telefonhörer baumelte noch immer an der Schnur, der Apparat war zum Schweigen verurteilt.

5

Mitte der Woche bekam er die dritte und letzte Mahnung vom Gaswerk und mit gleicher Post eine Karte von Mal. »Komme im August zurück. Aber keine Sorge, Du kannst bei mir im Schuppen wohnen, bis Du was anderes gefunden hast.« Es wäre Mal bestimmt nicht recht, wenn er nach Hause kam und das Gas war abgesperrt, was sicher passieren würde, wenn er bis Ende der Woche nicht bezahlte. Die Honorarabrechnung war wieder nicht gekommen.

Freitag morgen und so bitterkalt wie im November. Er hatte eine Zigarette aufgehoben und zündete sie jetzt an, als er die Nummer seines Verlags wählte.

»Mr. Marshall ist heute nicht im Haus«, sagte das Mädchen, mit dem er verbunden wurde. »Kann ich etwas für Sie tun?«

»Nein, leider nicht. Ich rufe am Montag wieder an.«

»Mr. Marshall ist ab Montag im Urlaub, Mr. Lanceton.«

Das war es dann wohl. Den ganzen Tag über lag er mit sich im Streit, ob er die Buchhaltungsabteilung in Surrey anrufen sollte, und schließlich war es halb sechs und ohnehin zu spät für heute. Er beschloß, lieber einen Brief zu schreiben, was ihm eine gute Idee schien. Er fragte sich, warum ihm das nicht schon viel früher eingefallen war. Als der Brief fertig war, blieb Gray, die Finger auf den Tasten, noch an der Schreibmaschine sitzen und dachte an den letzten Brief, den er darauf getippt hatte. Das Farbband war jetzt fast durchgescheuert, er hatte es mit den Briefen an Tiny verbraucht. Wenn er sich diese ganze absurde und groteske Geschichte vergegenwärtigte, war er über sich selbst entsetzt. Wie war es nur möglich, daß er, während sie dicht hinter ihm stand, gefügig und widerspruchslos diese gräßlichen Briefe geschrieben hatte? Sie hatte ihn zu ihrem Narren gemacht, und er tat gut daran, sich daran zu erinnern, wenn er das nächste Mal in Versuchung geriet, sie anzurufen.

Er hatte den Hörer wieder auf die Gabel gelegt, doch das Telefon wirkte irgendwie passiv, als schlafe es. Seit Francis vor einer Woche angerufen hatte, schwieg es sich aus. Und Gray hatte auch nicht mehr überlegt, ob er die bewußte Nummer in Loughton anrufen sollte. Er legte den Brief an den Verlag auf das Fensterbrett. Morgen würde er ihn zur Post bringen.

Der Samstag war Badetag. Bevor er sich in dieser Hütte verkrochen hatte, hatte er jeden Tag gebadet. Jetzt verstand er, warum arme Leute so merkwürdig rochen, und er wußte, daß die Besitzer von Badezimmern dafür kein Verständnis hatten, weil Waschen nichts kostete und die Seife billig war. Wenn man in der Hütte baden wollte, mußte man in zwei Kochtöpfen und einem Eimer Wasser erhitzen, und auch dann hatte man nur so viel, daß es knapp bis an die Knie reichte. Als er noch Drusillas Liebhaber gewesen war, hatte er sich dieser Prozedur häufig unterzogen, oder er hatte sich am Ausguß von Kopf bis Fuß mit kaltem Wasser gewaschen. Aber dazu brauchte man einen Ansporn, und nachdem sie sich getrennt hatten, fehlte er ihm völlig. Der Milchmann kam ihm nie sehr nahe, und was die Bibliothekarin dachte, war Gray egal. Daher badete er in der letzten Zeit nur samstags und wusch sich dann auch die Haare. Hinterher verwendete er das Badewasser zum Waschen der Jeans und des T-Shirts, die er die Woche über getragen hatte. Unter der Woche bewahrte er in der Badewanne die schmutzige Wäsche auf und warf sie, bevor er sich ins Wasser setzte, auf den Boden, wo sie ihm als provisorische Badematte diente. Er war schon eine Ewigkeit nicht mehr im Waschsalon gewesen, und die Wäsche fing schon an zu schimmeln. Er hatte sich die Haare gewaschen und spülte sie eben aus, als das Telefon sein warnendes Hüsteln hören ließ. Zehn Sekunden später klingelte es. Drusilla konnte es nicht sein, da sie am Samstag regelmäßig mit Tiny zum Einkaufen fuhr, also ließ er es klingeln, bis er aus der Badewanne gestiegen war und sich in ein graues Badetuch gewickelt hatte.

Fluchend und feuchte Fußspuren zurücklassend, tappte er über den Fliesenboden in die »Diele« und hob ab. Honoré.

»Ich störe wohl, mein Sohn?«

Du ahnst gar nicht wie! dachte Gray und hielt mit einer Hand das rutschende Badetuch fest.

»Wie geht es Mutter?« fragte er, und leichte Angst regte sich in ihm. Er vergaß sogar, Französisch zu sprechen.

»Deshalb rufe ich an. Mutter geht es jetzt besser, also sage ich mir, ich rufe Graham an und erzähle ihm die gute Nachricht, damit er nicht mehr unruhig ist.«

Wahrscheinlicher ist, daß er sein Geld zurückwill, dachte Gray. *»Que vous êtes gentil, Honoré. Entendez, votre argent est arrivé dans la banque. Il paraît que je n'en aurai besoin, mais . . .«*

Es sah Honoré natürlich ähnlich, ihn zu unterbrechen, bevor er fragen konnte, ob er das Geld noch ein bißchen länger behalten dürfe . . .

»Wie du sagst, Graham, du brauchst mein Geld nicht mehr, und der alte Honoré kennt dich so gut.« Gray sah den mahnend erhobenen braunen Zeigefinger vor sich, das habsüchtige, wissende Lächeln. »Besser für dich und mich, du schickst es zurück, *hein*? Bevor du alles ausgibst für Wein und Weiber.«

»Dieses Telefongespräch«, sagte Gray, weil sein Französisch für das, was er ausdrücken wollte, nicht ausreichte, »dieses Telefongespräch kostet dich aber eine Menge.«

»*Bien sûr*, also sage ich Lebwohl. Du schickst es heute zurück, und ich schicke es wieder, wenn es Maman weniger gutgeht.«

»In Ordnung, aber ruf mich nächstes Wochenende nicht an, dann bin ich nämlich nicht hier, sondern bei Francis Croy. *Vous comprenez*?«

Honoré sagte, er habe sehr gut verstanden, und legte auf. Gray wusch seine schmutzige Wäsche und schüttete dann das Badewasser aus. Seine Mutter lag also nicht im Sterben, und er benötigte das Geld nicht für die Reise nach Frankreich. Es war jedoch lächerlich, daß Honoré es sofort wiederhaben wollte. Was machte es ihm denn aus, ob er es jetzt bekam oder – nun ja – etwa in vierzehn Tagen? Besaß er etwa kein Haus und keinen eigenen Wagen? Und womit war das alles bezahlt worden? Mit dem Geld aus der Lebensversicherung von Grays Vater. Da jetzt feststand, daß seine Mutter nicht im Sterben lag, beschäftigte er sich mit einem Thema, das sonst für ihn tabu war – mit ihrem Testament. Es bestimmte, daß er und Honoré zu gleichen Teilen erben sollten. Wenn sie starb . . . Nein, er war schon tief genug gesunken, auch ohne mit ihrem Tod zu spekulieren. Sie würde noch viele Jahre leben, und wenn sie starb, würde er eine Wohnung in London und eine Reihe erfolgreicher Romane geschrieben haben.

Weil es angefangen hatte zu regnen, hängte er die nasse Wäsche über eine Leine, die er in der »Diele« spannte, und las *Antonio Adverso*, bis der Milchmann kam. Die unbefestigte Straße hatte sich durch den Regen in einen leuchtendgelben Morast verwandelt, und die Räder des Lieferwagens waren mit einer dicken gelben Schicht überzogen.

»Ein wunderbares Wetter für Enten. Ein Jammer, daß wir keine sind.«

»Himmel!« stieß Gray wild hervor. »Wie ich dieses Loch hier hasse!«

»Sagen Sie das nicht, Mr. L. Vielen Leuten gefällt es hier.«

»Wo wohnen Sie?«

»Walthamstow«, sagte der Milchmann.

»Ich wünschte, ich könnte auch in Walthamstow wohnen. Wie man sich freiwillig hier draußen begraben kann, begreife ich nicht.«

»Das Waldgebiet ist eine sehr beliebte Wohngegend. Für einige der großen Häuser in der Umgebung von Loughton werden sagenhaft hohe Preise erzielt. Das ist eine richtig vornehme Villengegend.«

»Tatsächlich?« sagte Gray, wie der Milchmann es von ihm erwartete. Der Mann tat ihm leid, weil er so niedergeschlagen aussah, und es war Gray klar, daß das seine Schuld war. Aber die Worte des Milchmannes hatten Gray an seinem wunden Punkt getroffen.

»Wo wohnst du?« hatte er gefragt und ihr mit der Fingerspitze unsichtbare Muster auf den glatten weißen Leib gemalt – weiß wie die Blütenblätter einer Lilie, von dünnen blauen Äderchen durchzogen. »Ich weiß überhaupt nichts von dir.«

»In Loughton.«

»Wo ist denn das, um Himmels willen?«

Sie verzog das Gesicht und zuckte kichernd mit einer Schulter. »Das ist eine richtig vornehme Villengegend«, hatte sie gesagt – genauso wie eben der Milchmann. »Man fährt eine Ewigkeit mit der Central Line – wenn man auf die Untergrundbahn angewiesen ist.«

»Gefällt es dir dort?«

»Ich muß wohnen, wo Tiny wohnt, oder?«

»Tiny?«

»Das ist nur sein Spitzname. Alle nennen ihn so.« Sie hob die Arme, legte sie ihm um den Hals und sagte: »Ich mag dich sehr, Mr. Browne. Wir sollten noch nicht so schnell miteinander Schluß machen. Einverstanden?«

»Nicht in dieser Höhle. Kann ich nicht in deine vornehme Villengegend kommen?«

»Damit alle Nachbarn Tiny beim Bridgespielen versteckte Andeutungen machen können?«

»Dann mußt du nach Tranmere Villas kommen. Macht es dir etwas aus, wenn wir in der Wohnung nicht allein sind?«

»Ich glaube, das wird mir sogar Spaß machen.«

Gray zog die Brauen hoch. »Das paßt aber nicht zu einer braven Hausfrau aus Loughton.«

»Verdammt noch mal, ich hab ihn mit achtzehn geheiratet, das war vor sechs Jahren. Damals war ich völlig ahnungslos. Nichts wußte ich, gar nichts.«

»Du brauchst ja nicht bei ihm zu bleiben.«

»Ich muß«, sagte sie. »Herrgott, wer hat dich denn gebeten, an meinem Lebensstil herumzunörgeln, Herr Richter Browne? Dafür schwänze ich nicht meinen Yoga-Kurs. Dafür ziehe ich mich nicht aus. Wenn's dir nicht gefällt, finde ich schnell einen anderen, der es zu schätzen weiß.«

Sie spielte die Abgebrühte, Erfahrene, war in Wirklichkeit aber ein Grünschnabel, ein naives kleines Mädchen, eine Spätentwicklerin, und er war erst ihr zweiter Liebhaber. Sie gab nicht zu, daß sie das *Oranmore* kannte, weil sie mit dem ersten dort gewesen war. Nein, sie gab es nicht zu, doch er war Schriftsteller und durchschaute sie. Er wußte, daß ihre kessen Redewendungen aus Büchern stammten, sie ihre Kleider bei Harrods kaufte, weil sie beim Friseur in den Illustrierten die Inserate gelesen hatte, und ihre rüde Kaltschnäuzigkeit eine Pose war, die sie den Stars in einem Vorstadtkino abgeschaut hatte. Er wollte das kleine Mädchen finden, das es irgendwo hinter dieser Maskerade gab, und mit demselben Eifer versuchte sie ihn zu überzeugen, daß dieses kleine Mädchen gar nicht existierte.

Als er sie von der U-Bahn abholte, war ihm sofort klar, daß sie noch nie in Notting Hill gewesen war. Hätte er sie nicht zurückgehalten, hätte sie die Straße in Richtung Campden Hill überquert. Niemand, der sie sah, hätte hinter ihrer äußeren Erscheinung so viel Naivität vermutet. Sie trug ein langes purpurfarbenes Kleid, lange Silberketten und hatte sich die Lippen purpurrot geschminkt, denn an diesem Abend hatte sie Make-up aufgelegt. Er brachte sie in die Wohnung, aber nicht ihr, sondern ihm vergingen Lust und Laune, als seine Zimmertür versehentlich geöffnet und rasch wieder geschlossen wurde. Also wanderte er mit ihr durch die düsteren, exotischen, dem langsamen Verfall preisgegebenen Straßen von North Kensington und führte sie in kleine Pubs mit rotem Plüsch und schäbige Salonbars. Sie sah, wie sich ein zum Skelett abgemagerter Junge in einer Telefonzelle einen Schuß setzte. Sie fand es nicht bedrückend und traurig. Ihre Augen gierten nach allem, was sie »Leben« nannte, und sie spielte ihre Rolle so gut, daß Gray fast vergaß, wie arglos und unschuldig sie war.

»In dem Kino dort drüben rauchen sie«, sagte er. »Die Luft ist ganz blau davon.«

»Was ist da schon dabei? Jeder raucht im Kino.«

»Ich habe Hasch gemeint, Drusilla.«

Das kleine Mädchen fuhr wütend auf ihn los. »Verdammt noch mal! Was kann ich denn dafür, daß ich keine Ahnung habe? Ich möchte alles wissen. Ich möchte frei sein, um alles zu erleben, alles zu erfahren, aber du bist gemein und lachst mich nur aus. Ich möchte nach Hause.«

Da hatte er sie wirklich ausgelacht, das arme, kleine Mädchen in Damenkleidern. Sie wollte frei und zugleich sicher und geborgen sein. Ein verwöhntes kleines Mädchen, das sein Leben lang behütet worden war. Dem Reiz ihrer Unschuld verfallen, die schamhaft sein sollte, aber schamlos war, hatte er nur an seinen Genuß gedacht und nicht begriffen, was es bedeuten mußte, ein Kind mit dem reifen Körper einer Frau zu sein. Er hatte nicht überlegt, wie es sich auswirken mußte, wenn jemand die Spitzfindigkeit, die sprachliche Ausdrucksfähigkeit und die Sinnlichkeit eines Erwachsenen besaß, ohne über die erforderliche Reife zu verfügen.

»Ich wußte gar nicht, daß du ein Haus hast«, sagte Gray, als Mal vierzehn Tage vor seiner großen Japanreise eines Abends in Tranmere Villas vorbeischaute.

»Es ist nur ein alter Schuppen, kein fließend heißes Wasser, nicht der geringste Komfort. Ich habe vor fünf Jahren einen Sparvertrag ausbezahlt bekommen, und jemand sagte mir, Immobilien seien *die* Kapitalanlage. Na ja, da hab ich das Ding eben gekauft. Ich fahre manchmal übers Wochenende hin.«

»Wo liegt es denn, um Himmels willen?«

»Im Epping Forest, in der Nähe von Waltham Abbey. Ich bin ganz in der Nähe geboren. Übrigens erwähne ich das Haus nur, weil ich dachte, daß du vielleicht dort wohnen möchtest, während ich nicht hier bin.«

»Ich? Ich bin Londoner mit Haut und Haaren. Das Land ist nichts für mich.«

»Und ob es was für dich wäre. Du könntest dort dein Meisterwerk schreiben. Es liegt ganz einsam, und um dich rum ist nur Stille. Totenstille. Ich verlange keine Miete. Ich möchte nur, daß jemand sich darum kümmert, damit es nicht verkommt.«

»Tut mir leid. Bei mir bist du an der falschen Adresse.«

»Tja, vielleicht wäre die richtige ein Immobilienmakler«, sagte Mal. »Am besten wäre wohl, ich versuche, es zu verkaufen. Ich werde mich an einen Makler in Enfield oder Loughton wenden.«

»In Loughton?«

»Das liegt nur 4 Meilen entfernt. Kennst du es?«

»Gewissermaßen.«

Und weil das Haus nur 4 Meilen von Loughton entfernt war, sagte er zu.

»Eine komische Straße östlich von Waltham Abbey?« sagte Drusilla, als er es ihr erzählte.

»Die Betten im Osten sind weich.«

»Betten, Fußböden, Treppen, Küchentische, mir ist alles recht, Schätzchen. Ich glaube, ich werde ziemlich oft vorbeikommen.«

Die Betten waren nicht mehr weich. Kein Bett ist so hart wie das eines verlassenen Liebhabers. Ihretwegen war er hergekommen, und nun hielt ihn nur noch Armut hier zurück.

Er bezahlte die Gasrechnung, ging in die Bibliothek und lieh sich *Die Sonne ist mein Verderben, Der grüne Hut* und *Die Bergwerke des weisen Salomo* aus, vergaß aber, eine Briefmarke zu kaufen. Doch dazu war Montag immer noch Zeit, schickte er den Brief eben ein paar Tage später ab. Und sobald das Geld kam – sobald er wußte, wieviel er zu erwarten hatte –, würde er den Staub der Pocket Lane für immer von den Schuhen schütteln.

Um halb sechs kam Mr. Tringham vorbei. Wie immer steckte er, ohne nach rechts oder nach links zu blicken, die Nase in sein kleines schwarzes Buch. Das könnte eines Tages auch aus mir werden, dachte Gray. Ein Einsiedler, der gelernt hat, seine Einsamkeit zu lieben, und sie jetzt eifersüchtig hütet. Er mußte fort von hier.

6

Am Mittwoch schickte er den Brief an den Verlag endlich ab. Inzwischen waren von Honorés Geld nur noch 15 Pfund übrig, und die mußte er sich für unvorhergesehene Ausgaben in London aufheben, die sich wohl nicht vermeiden ließen. Francis erwartete bestimmt, daß er eine Flasche Whisky oder Wodka mitbrachte, außerdem brauchte er Zigaretten und mußte wahrscheinlich einmal im Restaurant essen. Bis Montag war er bestimmt total abgebrannt, doch bis dahin waren Abrechnung und Scheck mit Sicherheit eingetroffen. Er gestand sich noch eine weitere Woche in der Hütte zu, um sauberzumachen – um wenigstens ein paar Flecken aus dem Schlafzimmerteppich zu entfernen, zum Beispiel – und Jeff zu bitten, am nächsten Wochenende seinen persönlichen Kram abzuholen. Wenn er es richtig anfing, ließ Francis sich vielleicht dazu überreden, ihn für eine oder zwei Wochen bei sich aufzunehmen. Eine bessere Lösung wäre natürlich, wenn er auf der Party ein Mädchen kennenlernte, das ein eigenes Zimmer hatte und ihn sympathisch genug fand, um sich mit ihm zusammenzutun. Aber die eigentliche Schwierigkeit lag hier wohl darin, ob er für das Mädchen genug Sympathie aufbrachte. Seit er Drusilla liebte, waren für ihn alle anderen langweilig und unattraktiv.

»Nach mir werden alle anderen Frauen für dich wie kaltes Schaffleisch sein«, hatte sie gesagt.

»Das hast du aus einem Buch geklaut. Klingt nach Somerset Maugham.«

»Na und? Wichtig ist, daß es stimmt. Und das tut es.«

»Möglich. Und wie werden dir andere Männer vorkommen?«

»Hast du Angst, ich könnte zu Ian zurückgehen?«

Ian war sein Vorgänger, ein Sportler, Tennistrainer oder etwas ähnliches, der Mann, der sie mit den Annehmlichkeiten des *Oranmore* bekanntgemacht hatte. Gray konnte nicht mitspielen und so tun, als interessiere ihn nicht, was aus ihr wurde. Sie bedeutete ihm inzwischen sehr viel.

»Ja, ich habe Angst, dich zu verlieren, Dru.«

Zuerst hatte sie an der Hütte kein gutes Haar gelassen. Sie hatte sie gründlich besichtigt, ungläubig lachend und erstaunt, daß es kein Badezimmer und keine Toilette im Haus gab. Doch er setzte ihr auseinander, daß Snobismus in materiellen Dingen nicht dem Geist der Zeit entsprach. Sie lernte schnell und war bald genauso schlampig wie er, benutzte Untertassen als Aschenbecher und stellte ihre Teetasse auf den Boden.

»Wer macht bei dir sauber?« fragte er.

»Eine Putzfrau, sie kommt täglich«, antwortete sie, doch er hatte noch immer nicht begriffen, wie reich sie war.

Als sie das erste Mal bei ihm gewesen war, begleitete er sie, um den Abschied hinauszuzögern, zu ihrem Wagen. Einen Mini hatte er erwartet, aber es war ein Jaguar. »Was soll denn das?« sagte er. »Willst du mich auf den Arm nehmen?«

»Wie kommst du darauf? Schau doch, der Schlüssel paßt.«

»Wem gehört er wirklich? Tiny?«

»Er gehört mir. Tiny hat ihn mir zum Geburtstag geschenkt.«

»Du meine Güte, der muß ja in Geld schwimmen. Was macht er beruflich?«

»Er hat Immobilien, Liegenschaften. Ist Direktor mehrerer Firmen und mischt bei einigen sehr lukrativen Geschäften mit.«

Da begriff er, daß sie die Wahrheit gesagt hatte, als sie ihm erzählte, ihr Kleid stamme von Dior, und daß die Ringe, die sie von den Fingern streifte, bevor sie mit ihm ins Bett ging, tatsächlich Platin und Diamanten waren. Tiny verdiente nicht nur gut und lebte gemütlich von sicher 50 000 im Jahr. Er war nicht nur nach den Maßstäben eines armen Teufels reich, sondern auch nach den Maßstäben der anderen Reichen. Aber Gray war nie auf den Gedanken gekommen, sich diesen Überfluß zunutze zu machen. Im Gegenteil, er vermied es geradezu ängstlich, auch nur zu erwähnen, daß sie Geld hatte, und achtete streng darauf, daß er durch sie nicht daran partizipierte. Es wäre ihm hundsgemein vorgekommen, wenn er zum Ehebruch auch noch den Diebstahl hinzugefügt hätte.

Sie hatte sein Buch gelesen, und es hatte ihr gefallen; sie nörgelte nie an ihm herum, er solle etwas Neues schreiben. Das war eines der Dinge, die er an ihr mochte. Sie war keine Moralistin. Sie sagte nicht: »Du solltest arbeiten, denk an deine Zukunft, werde endlich seßhaft.« Sie predigte nicht. Sie war eine Lebenskünstlerin, war genußsüchtig, nahm von jedem, der bereit war zu geben, gab selbst aber auch verschwenderisch. Weil sie so viel gab, ihren Körper, ihre Gedanken, weil sie nichts zurückbehielt, sich preisgab, ihm so natürlich wie ein Kind vertraute, ihm sagte, was sie wollte und fühlte, Dinge, die die meisten Mädchen nie ausgesprochen hätten – weil all das zwischen ihnen geschah, hatte er sie nicht mehr nur einfach gern. Er liebte sie. Und daß er sie liebte, wurde ihm an dem Tag klar, an dem sie nicht anrief und er sich Stunde um Stunde ausmalte, sie sei tot oder zu Ian zurückgekehrt. Er lag die ganze Nacht wach. Doch als sie sich am nächsten Tag meldete, war die Welt für ihn verwandelt.

Sie besuchte ihn vormittags oder nachmittags, wie es sich gerade ergab, aber der Donnerstag war ihr Abend. Denn der Donnerstagabend war der einzige, den Tiny regelmäßig außer Haus verbrachte, an dem sie von ihm frei war. Und seither war kein Donnerstagabend vergangen, an dem Gray nicht daran gedacht hätte, daß sie allein war und vielleicht sogar den Telefonhörer abnahm, wie er jetzt. Er stand eine Zeitlang da und sah den stummen Apparat an, stand nur da und sah ihn an. Alexander Graham Bell hatte viel zu verantworten. Das Telefon hatte etwas Unheimliches, Erschreckendes, Furchtbares an sich. Es kam Gray so vor, als sei der Zauber, der sich vor Urzeiten in Weissagungen manifestiert hatte, in seltsamen Verständigungen über Länder und Meere hinweg, in Seelenverwandtschaften, Beschwörungen und Fetischen, die allein durch die Kraft der Angst töten konnten, jetzt komprimiert und konzentriert in dem kompakten schwarzen Apparat. Ein guter Nachtschlaf konnte von ihm abhängen, glückliche Tage, sein Klingeln konnte ein Leben zerstören oder Jubel auslösen, von der Schwelle des Todes zurückholen, einem verspannten Körper völlige Entspannung bringen. Man konnte seiner Macht nicht entrinnen. Denn obwohl man ihn unschädlich machen konnte, wie Gray es eben getan hatte, war er nicht wirklich geknebelt. Er behielt immer seine letzte, geheime Waffe, den Schrei – den langgezogenen immer lauter werdenden Schrei eines gefangenen, aber immer noch gefährlichen Tieres. Hatte sie Gray einmal nicht ganz einfach dadurch erreicht, daß sie es klingeln und klingeln ließ – damals hatte er den Apparat noch nicht absichtlich mundtot gemacht –, bis er sich, völlig zermürbt, schließlich doch gemeldet hatte?

»Willst dich wohl rar machen, Schätzchen? Aber so leicht entkommst du mir nicht.«

Doch er war ihr entkommen, hatte seine jämmerliche, mit hohen Prinzipien belastete Freiheit zurückgewonnen. Es war nicht leicht gewesen. Nein, ganz und gar nicht. Und wie lange würde es noch dauern, bis es endlich leichter wurde? Er knallte die Tür hinter sich zu, nur fort von dem Dreck, dem Staub und dem reglosen Telefon, und ging hinauf, um die Sachen herauszusuchen, die er zu Francis' Party anziehen wollte. Seine einzige gute Hose und Jacke lagen zusammengerollt auf dem Boden des Kleiderschranks, wohin er sie nach dem Londoner Wochenende mit Drusilla gefeuert hatte. Er zog das noch schmutzige und zerdrückte cremefarbene Seidenhemd heraus, dem noch immer ein Hauch von *Amorce dangereuse* anhaftete. Im dämmrigen Schlafzimmer, über sich das Geräusch des auf das Dach prasselnden Regens, kniete Gray auf dem Teppich, preßte das Gesicht in die weiche Seide und atmete Drusillas Duft.

»Darf ich dein Hemd anziehen, wenn wir ausgehen? Steht es mir?«

»Phantastisch!« Das rotgoldene Haar einer Füchsin, von cremefarbener Seide umschmeichelt, blutrote Fingernägel und unter dem dünnen, fast durchsichtigen Stoff nackte, schwellende Brüste. »Und was soll ich deiner Ansicht nach anziehen? Deine Bluse?«

»Ich kaufe dir ein anderes Hemd, Schätzchen.«

»Das wirst du nicht, nicht von Tinys Geld.«

Tiny war geschäftlich nach Spanien geflogen. Nur deshalb hatten sie ein ganzes Wochenende für sich. Bis dahin hatte er noch nie eine ganze Nacht mit ihr verbringen können. Er wollte nach Cornwall, doch sie bestand auf London, wollte unbedingt ins *Oranmore.*

»Ich will in Lokale, in die ›man‹ nicht geht, echt miese Kneipen besuchen, möchte mal so richtig morbide sein.«

»Doriana Gray«, sagte er.

»Verdammt, du verstehst schon wieder nicht! Du kannst seit zehn Jahren tun und lassen, was du willst. Ich hab zuerst unter der Fuchtel meines Vaters gelebt, und von ihm kam ich auf direktem Weg zu Tiny. Immer hat mich irgendein Widerling behütet. Ich kann keinen Schritt aus dem Haus machen, ohne vorher auszuposaunen, wohin ich gehe, oder ich muß lügen. Ich muß gleich Madrid anrufen, damit ich meine Ruhe habe. Du hast ja keine Ahnung, wie es ist, wenn man nie etwas tun darf.«

»Liebling«, sagte er zärtlich, »all diese Dinge bedeuten nichts, wenn man sie erlebt hat. Sie sind langweilig, banal und alltäglich. Viele Menschen glauben, daß es der Gipfel der Seligkeit sein muß, so zu leben wie du – in einem tollen Haus, mit Modellkleidern, einem rassigen Auto, weiten Ferienreisen. Aber für dich sind diese Dinge banaler Alltag.«

Sie beachtete seinen Einwand nicht. »Ich möchte endlich was erleben, Hasch rauchen, Striptease-Shows und Pornofilme sehen.«

Du lieber Himmel, wie jung sie war! Er hatte damals geglaubt, das sei alles nur Pose, sie spiele sich nur auf. Sie hatten gestritten, weil sein London nicht das London war, das sie kennenlernen wollte. Weil er ihr Soho nicht zeigen und mit ihr in keine Spielhöhle gehen wollte, sondern in kleine Kinos mit der kitschigen Dekoration der dreißiger Jahre, in historische Pubs, in die Orangerie in Kensington Gardens, ins Mercury Theater, in die alten Marställe und zum Kanal in Little Venice. Aber es gefiel ihr dann doch, und sie brachte ihn mit scharfsinnigen Bemerkungen und erstaunlichem Einfühlungsvermögen zum Lachen. Als er nach diesem Wochenende wieder in seiner Hütte hockte, hatte sie ihm so gefehlt, daß es ihn körperlich schmerzte. Daß er das Hemd damals nicht gewaschen hatte, hatte nichts mit Faulheit zu tun. Er wollte, daß es ihren Duft behielt. Denn schon damals, als ihre Affäre ein Jahr dauerte und fast ihren Höhepunkt erreicht hatte, hatte er gewußt, daß er eines Tages greifbare Erinnerungen brauchen würde, zu Erinnerung erstarrtes Leben, das – wie er irgendwo gelesen hatte – gegenwärtiger ist als der Augenblick, in dem etwas geschieht.

Die Zeit war gekommen, die Zeit, sich zu erinnern, und die Zeit, die Erinnerungen zu vertreiben. Er brachte die Kleidungsstücke hinunter, wusch das Hemd und ging in den Keller hinunter. Er hatte kein elektrisches Bügeleisen, aber im Keller hatte er ein altes Bolzeneisen gesehen, das Mals Vorbesitzer zurückgelassen haben mußte.

Die Kellertreppe war steil und führte ungefähr fünf Meter tief in die Erde. Der Raum hatte Wände aus Stein, und der Boden war gefliest. Gray bewahrte hier das Öl für den Heizofen auf, und frühere Besitzer hatten allerlei Gerümpel stehenlassen – ein zerbrochenes Fahrrad, eine uralte Nähmaschine, alte Koffer und stapelweise feuchte, vergilbte Zeitungen. Gray fand das Eisen und den Kolben zwischen den Zeitungen, nahm beides in die Küche mit und legte den Kolben auf die Gasflamme.

Seit er beschlossen hatte, aus der Pocket Lane wegzuziehen, brauchte er sich nicht mehr einzureden, daß die Küche, in der er sich fast zwei Jahre lang größtenteils aufgehalten hatte, weniger widerwärtig und verdreckt war, als seine Augen ihm weismachen wollten. Er hatte sie in der ganzen Zeit nie saubergemacht. Die erbsengrünen Wände hatten »geschwitzt«, und das Kondenswasser war, mit Ölruß und Küchendünsten vermischt, an ihnen hinuntergelaufen. Der Ausguß war braun verkrustet und gesprungen und das Gewirr von Leitungsrohren darunter mit einer dicken Dreckschicht bedeckt. Über den Rohren hingen mehrere vor Schmutz starrende Küchentücher. Eine nackte Glühbirne, die von der Decke baumelte, verbreitete ein trübseliges Licht, das dennoch hell genug war, die Brand- und Teeflecke auf dem Linoleum sichtbar zu machen. Mal hatte ihn gebeten, dafür zu sorgen, daß der Schuppen nicht verkam, daher war er es ihm schuldig, hier Ordnung zu schaffen. Nächste Woche wollte er sich zu einem gründlichen Frühjahrsputz aufraffen.

Draußen war es stockdunkel und ganz still. Nur das leise Plätschern des Regens war zu hören. Gray stand aus dem Windsorsessel auf und legte seine Samthose auf die Badewannenabdeckung. Er hatte noch nie mit einem Kolbenbügeleisen gearbeitet, nur mit elektrischen, die isolierte Griffe hatten. Er wußte natürlich sehr gut, daß man, nachdem man den glühenden Bolzen in das Eisen geschoben hatte, den Griff nur mit einem Topflappen, einem alten Socken oder etwas Ähnlichem anfassen durfte, aber er griff instinktiv, ohne zu überlegen, danach. Der Schmerz war so heftig, daß es ihm schwarz vor den Augen wurde. Mit einem Aufschrei und einem Fluch ließ er das Eisen fallen, umklammerte die verbrannte Hand und taumelte rücklings in den Sessel.

Quer über den Handteller zog sich ein breiter roter Striemen, und der Schmerz strahlte ins Handgelenk, ja sogar bis in die Schulter aus. Nach einer Weile stand Gray auf, hielt die Hand unter den Wasserhahn und ließ eiskaltes Wasser darüberrinnen. Der Schock war so groß, daß ihm die Tränen in die Augen schossen. Doch auch nachdem er das Wasser abgedreht und die Hand abgetrocknet hatte, hörten die Tränen nicht auf zu fließen. Er begann richtig zu weinen, wurde von einem Weinkrampf geschüttelt und schluchzte, den Kopf auf die gekreuzten Arme gelegt, hemmungslos und verzweifelt. Er wußte, daß er nicht wegen seiner verbrannten Hand weinte, obwohl der Schmerz der Auslöser gewesen war. Endlich löste sich die Qual, die sich seit Monaten in ihm aufgestaut hatte. Er weinte um Drusilla, weinte, weil er von ihr besessen war und von dieser Besessenheit nicht loskam, beweinte seine Einsamkeit, den Schmutz, der ihn umgab, und sein vergeudetes Leben.

Seine Hand war steif und schmerzte. Sie fühlte sich riesig an, ein Klumpen rohen Fleischs. Er ließ den Arm aus dem Bett hängen und wälzte sich zwischen den verschwitzten, säuerlich riechenden Laken schlaflos, bis die Vögel ihre Morgengesänge anstimmten und bleiches, wäßrig graues Licht durch die verblaßten Vorhänge drang. Dann schlief er doch noch ein und träumte sofort von Tiny.

Er hatte Drusillas Mann nie gesehen, und sie hatte ihm Tiny auch nie beschrieben. Es war nicht nötig gewesen. Er wußte sehr genau, wie ein 40 Jahre alter, steinreicher Grundstücksmakler aussah, ein Mann, dem humorvolle Eltern oder neidische Mitschüler den Spitznamen »Tiny« gegeben hatten, weil er ein großes, dickes Kind gewesen war. In Grays Phantasie lebte er als Koloß mit gelichtetem schwarzem Haar, der zuviel trank und zuviel rauchte, gewöhnlich, wortkarg und eifersüchtig war.

»Worüber redet er? Was macht ihr, wenn ihr allein seid?«

Sie kicherte. »Er ist ein Mann, oder? Was werden wir da wohl machen?«

»Drusilla, das meine ich doch nicht!« (Zu schmerzlich, daran zu denken, oder es sich vorzustellen. Damals und auch noch jetzt.) »Was habt ihr für gemeinsame Interessen?«

»Wir laden die Nachbarn auf einen Drink ein. Am Samstag fahren wir gemeinsam einkaufen, und hinterher besuchen wir seine alte Mama. Das ist verdammt lästig, kann ich dir sagen. Außerdem sammelt er alte Münzen.«

»O Liebling!«

»Ist das vielleicht meine Schuld? Ach ja, da ist noch was. Manchmal fahren wir in seinem roten Bentley in ein Restaurant und treffen uns dort mit seinen langweiligen Freunden, die alle so alt sind wie er, zum Essen.«

Wenn Gray von Drusillas Mann träumte, saß Tiny immer im Auto, in dem roten Bentley, den er nur von Drusillas Erzählungen her kannte. Er selbst stand dann am Rand einer Waldstraße – einer von mehreren, die bei Wake Arms zusammenliefen. Der schwere rote Wagen raste auf der A 11 heran. Am Steuer saß Tiny. Gray war ganz sicher – er wußte, daß es Tiny war, denn der Mann war so unförmig und außerdem so auffallend angezogen, daß es kein anderer sein konnte. Außerdem weiß man so etwas im Traum. Vor der Kreuzung ging Tiny mit der Geschwindigkeit zwar herunter, fuhr aber noch immer nicht besonders langsam; und anstatt der Fahrspur um die Verkehrsinsel herum zu folgen, jagte der Wagen weiter geradeaus, holperte bebend und schlingernd eine Böschung hinauf, flog ein Stück durch die Luft, fing Feuer und krachte mitten auf die Gegenfahrbahn.

Gray drängte sich mit den anderen Schaulustigen um den verunglückten Bentley. Der Wagen brannte lichterloh, Tiny brannte – eine lebende Fackel, aber noch bei Bewußtsein. Er hob das verkohlte, von Flammen umzüngelte Gesicht und schrie, als er Gray erblickte: »Mörder! Mörder!«

Gray wollte ihn zum Schweigen bringen, preßte ihm die Hand auf den glühendheißen Mund und erstickte die Worte. Seine Hände tauchten in ein Feuerloch. Wild um sich schlagend, wachte er auf und starrte seinen Handteller an, der das Mal von Tinys brennenden Lippen trug.

7

Quer über den Handteller, vom Daumen bis zum kleinen Finger, hatte sich eine längliche Brandblase gebildet. Gray blieb fast den ganzen Donnerstag im Bett, schlief für kurze Zeit ein, wachte auf und starrte gepeinigt auf seine verletzte Hand. Sie war gebrandmarkt, und nach dem schrecklichen und so unglaublich lebhaften Traum hatte er das Gefühl, Tiny habe ihn bestraft.

Am frühen Abend stand er auf – es war Donnerstag. Vorsichtig nahm er den Hörer von der Gabel. In dem halbblinden Spiegel sah sein Gesicht totenblaß aus, die Augenhöhlen wie dunkle Wunden. Eine Zeile aus einem halb vergessenen Theaterstück fiel ihm ein, eine Zeile von Shakespeare vermutlich, und sein Gesicht und die verbrannte Hand anstarrend, hinter der er es verbergen wollte, zitierte er: »›Zeichne mein Angesicht mit meiner Sünde Spuren. Zeichne mein Angesicht . . .‹« Er hatte gegen Tiny gesündigt, gegen sie und, am schlimmsten vielleicht, gegen sich selbst.

In der Nacht schlief er tief, glitt aus einem Traum in den nächsten, ohne ein einziges Mal aufzuwachen, und am Morgen klopfte seine Hand noch immer wie ein überanstrengtes Herz. Der Verband, den er sich aus einem zerrissenen Bettlaken gemacht hatte, half nicht viel, und er mußte alles mit der linken Hand erledigen: Tee kochen, bügeln ... Die Hose hatte unmittelbar unter dem rechten Knie ein kleines Loch, das Drusilla ihm mit der Zigarette hineingebrannt hatte, doch da er es jetzt nicht flicken konnte, mußte es eben so bleiben.

»Ich kann es nicht stopfen«, hatte sie gesagt. »Keine Ahnung, wie man das macht.«

»Was machst du, wenn etwas von deinen Sachen repariert, genäht werden muß?«

»Ich werfe sie weg. Sehe ich so aus, als ob ich geflickte Kleider trüge?«

»Ich kann sie nicht wegwerfen, Dru. Das kann ich mir nicht leisten.«

Da tat sie etwas, wozu sie sich nur selten überwand. Sie küßte ihn. Ihre zarten Lippen, die wirklich Blütenblättern glichen, den Blättern einer Orchidee vielleicht, berührten wie ein Hauch seinen Mundwinkel. Es war eine sehr zärtliche Geste, und etwas in ihm – etwas, über das sie sich schon zu oft lustig gemacht hatte, so daß er sich hütete, ihr allzuviel Zärtlichkeit zu zeigen – trieb ihn dazu zu sagen: »Paß bloß auf, Drusilla, sonst fängst du noch an, mich zu lieben.«

»Ach, geh doch zum Teufel! Was schert es mich, wenn du verhungerst. Von mir nimmst du ja kein Geld.«

»Es ist Tinys Geld, und das nehme ich nicht.«

Die Hose war nie geflickt worden und seine Armbanduhr, die in derselben Woche für immer stehengeblieben war, nicht repariert. Am Donnerstagabend schenkte sie ihm, nachdem sie sich geliebt und einen langen Waldspaziergang im Mondschein gemacht hatten, eine neue Uhr. Die Uhr, die er jetzt trug und die er um keinen Preis der Welt verkaufen würde.

Sie saßen in der »Diele« am Feuer, und er wollte ihr die Uhr zurückgeben, nachdem er sie sich angesehen hatte. »Sie ist wunderschön, und ich liebe dich, aber behalten kann ich sie nicht.«

»Ich habe sie nicht von Tinys Geld bezahlt. Mein Vater hat mir zum Geburtstag einen Scheck geschickt . . .«

»Dazu kann man auch sagen, Kohlen nach Newcastle schicken.«

»Möglich, aber diese Kohlen sind nicht schwarz. Gefällt dir die Uhr?«

»Ich finde sie wundervoll. Zwar komme ich mir jetzt vor wie jemand, der sich aushalten läßt, aber ich finde sie wunderschön.«

Mondaugen, Augen wie eine rauchige Wolke vor blauem Himmel, weiße Haut, an den Schläfen von zarten blauen Adern durchzogen, Haar wie die Flammen, die sie beide wärmten.

»Ich würde dich gern aushalten. Ich wünschte, Tiny wäre tot und das ganze Geld gehörte uns.«

»Wie? Du willst mich heiraten?« Der Gedanke war ihm bisher noch nie gekommen.

»Zur Hölle mit der Ehe! Einmal langt mir.« Sie schauderte, wie andere Leute schaudern, wenn sie das Wort Krebs hören. »Du willst doch nicht wirklich heiraten, oder?«

»Ich möchte mit dir leben, Dru, immer mit dir zusammensein. Ehe oder nicht, das wäre mir egal.«

»Für das Haus allein bekämen wir ein Vermögen. Er hat Hunderttausende auf der Bank und Aktien und sonst noch alles mögliche. Wäre doch schön, wenn er einen Herzinfarkt bekäme, oder?«

»Nicht für ihn«, sagte er.

Die Uhr, die sie ihm genau zehn Monate vor dem

bitteren Ende geschenkt hatte, zeigte jetzt zwölf Uhr mittag. Doch es war Freitag, da kam der Milchmann nie vor drei. Gray ging nach Waltham Abbey, brachte die Bücher zurück, lieh sich aber keine neuen mehr aus. Er hob die 15 Pfund von der Bank ab, und damit war sein Konto leer. Auf dem Rückweg traf er den Milchmann, der ihn bis zum Schuppen mitfahren ließ.

»Morgen gibt's einen heißen Tag, schätze ich«, sagte der Milchmann. »Sollten Sie nicht dasein, wenn ich komme, stelle ich die Milch in den Schatten. In Ordnung?«

»Vor Montag brauche ich keine Milch mehr«, sagte Gray. »Das heißt, eigentlich müssen Sie überhaupt nicht mehr kommen, ich ziehe nächste Woche aus.« Das war ein zusätzlicher Ansporn für ihn, den Entschluß in die Tat umzusetzen. In den paar Tagen, die er nächste Woche noch hier war, konnte er die Milch in Waltham Abbey kaufen. »Ich verschwinde für immer«, sagte er.

Der Milchmann sah ganz betroffen aus. »Na ja, leichter wird meine Arbeit dadurch schon, weil ich nicht mehr bis zu Ihnen raus muß. Aber Sie werden mir fehlen, Mr. L. Egal, wie mir zumute war, Sie haben es immer fertiggebracht, mich aufzuheitern.«

Ein Bajazzo, dachte Gray, ein trauriger Clown. Obwohl ich die ganze Zeit todunglücklich war, hat mich der Milchmann für einen Spaßvogel gehalten. Gray hätte ihn zum Abschied gern noch einmal aufgeheitert – es gehörte ja nicht viel dazu –, aber es fiel ihm absolut nichts ein. »Ja, wir konnten gut miteinander lachen, nicht wahr?« sagte er.

»Das hält die Welt in Bewegung«, sagte der Milchmann. »Sie nehmen es mir nicht übel, wenn ich Sie daran erinnere, daß Sie mir 1 Pfund und 5 Pence schulden?«

Gray bezahlte.

»Wann fahren Sie?«

»Morgen. Aber ich komme noch einmal für ein paar Tage wieder.«

Der Milchmann gab ihm das Wechselgeld und reichte ihm plötzlich die Hand. Gray mußte sich die verletzte Hand kräftig schütteln lassen. Es tat höllisch weh. »Bis dann.«

»Bis dann«, sagte Gray, obwohl er den Milchmann wahrscheinlich nie wiedersehen würde.

Er hatte nichts zu lesen, und seine verbrannte Hand hinderte ihn daran, mit dem Hausputz anzufangen. Daher verbrachte er den Tag damit, seine Papiere auszusortieren, von denen einige in der Kassette, die anderen in einem unordentlichen Haufen auf dem Herd lagen, der ja nicht mehr geheizt wurde. Es war keine sehr erheiternde Beschäftigung. In dem Haufen auf dem Herd fand er alte Honorarabrechnungen, die von Mal zu Mal geringere Beträge auswiesen, eine Mahnung vom Finanzamt, weil er eine Steuernachzahlung schuldig geblieben war, und ein Dutzend Briefentwürfe an Tiny.

Sie noch einmal zu lesen, verursachte Gray Übelkeit. Es waren nur Zettel, zerknittert, fleckig, mit Daumenabdrücken übersät. Auf manchen standen nur zwei oder drei Zeilen mit Maschinenschrift, aber sie zielten darauf ab, ein Leben zu vernichten. Sie waren dazu bestimmt gewesen, einen Mann ins Verderben zu locken. Es war nicht geschehen, doch schlug sich der teuflische Plan noch immer in Grays Feuerträumen nieder.

Jeder Entwurf war datiert. Sie umfaßten einen Zeitraum vom Juni bis Dezember. Obwohl er nie die Absicht gehabt hatte, einen dieser Briefe abzuschicken, obwohl er sie wirklich nur Drusilla zu Gefallen geschrieben hatte, war ihm klar, daß sie ihn von einer Seite zeigten, die er an sich selbst nicht kannte: da kam ein grausames, heimtückisches Ich zum Vorschein, das zwar tief unter Faulheit, Talent, Gutherzigkeit und Vernunft begraben, aber dennoch vorhanden gewesen war. Warum hatte er die Briefe nicht längst verbrannt? Das wollte er auf jeden Fall jetzt tun. Und zwar sofort. Auf einem Fleckchen trockener Erde am hinteren Zaun machte er ein kleines Feuer und fütterte es mit den Briefen. Eine dünne Rauchsäule, mit roten Funken durchsetzt, stieg in die Abendluft. Nach fünf Minuten war alles vorbei.

Er hatte den Wald noch nie in seinem goldenen Schleier aus Morgennebeln gesehen, so selten stand er früh auf. An der Stelle, an der er die Briefe verbrannt hatte, saß das Eichhörnchen.

»Du kannst einziehen, wenn du willst«, sagte Gray. »Sei mein Gast. Deine Nüsse kannst du im Keller horten.«

Er badete und zog ein T-Shirt und die Samthose an. Hoffentlich war das Loch nicht zu sehen. Das Seidenhemd wollte er erst Sonntag abend tragen. Er packte es zusammen mit seiner Zahnbürste und einem Pullover in seine Reisetasche. Es hatte keinen Sinn, noch einmal einen Blick in die »Diele« zu werfen, bevor er ging, und er zog auch die schmutzige Bettwäsche nicht ab. Aber er spülte das Geschirr und stellte es aufs Abtropfbrett. Um neun brach er zum Bahnhof in Waltham Cross auf.

Bis hierher fuhr die Untergrundbahn nicht. Man mußte den Zug aus Hertford nehmen und in London an der Liverpool Street aussteigen. Die Schicksalsmächte hatten es, was Zug- oder Busverbindungen in die nähere Umgebung anbelangte, mit den Leuten aus der Pocket Lane nicht besonders gut gemeint. Es gab günstige Verbindungen nach London, Enfield oder anderen Orten in Hertfordshire, in die nie jemand fuhr, doch es war unglaublich schwierig, nach Loughton zu gelangen, wenn man keinen Wagen hatte und nicht zu Fuß gehen wollte. Bei seinem einzigen Ausflug nach Loughton war Gray bis Wake Arms gelaufen und hatte dort den 20er-Bus genommen, der aus Epping kam.

»Warum willst du denn unbedingt mein Haus sehen?« hatte sie gesagt. »Ich versteh das nicht, aber wenn es sein muß, kannst du Donnerstag abend kommen. Doch nur dieses eine Mal. Wenn dich jemand aus der Nachbarschaft sieht, werde ich sagen, du wolltest mir eine Enzyklopädie verkaufen. Sie glauben sowieso alle, daß ich's mit Handelsvertretern treibe.«

»Ich hoffe, du wirst es mit diesem Handelsvertreter treiben.«

»Tja, du kennst mich doch«, sagte sie.

Kannte er sie wirklich? Es war ein Donnerstag im März, und der Wald war zwar noch nicht belaubt, doch überall saßen schon goldbraune Knospen an den Zweigen. Der Schwarzdorn blühte, die Beeren der Stechpalmen waren aber noch scharlachrot. Gray bestieg den Bus bei einem der vielen am Waldrand gelegenen Teiche, einer ehemaligen Kiesgrube, die sich mit Wasser gefüllt hatte. Am Ufer standen mehrere große Häuser, die in diesem Bezirk auf jedem Stückchen Land, das zur Bebauung freigegeben wurde, in die Höhe schossen. Bis zum Sommer würden die Häuser wahrscheinlich bis zum Wald vorgedrungen sein. Vermutlich wohnte sie in einem solchen Haus, einer Villa im Tudorstil mit vier Schlafzimmern.

Sie hatte ihm einen kleinen Plan gezeichnet und ihm den Weg beschrieben. Die Sonne war untergegangen, aber erst in einer Stunde würde es dunkel werden. Er ging eine Straße entlang, die auf einer Seite an offenes grünes Land grenzte, das sanft in ein weites Tal abfiel. Hinter diesem Tal erhob sich Welle um Welle blauschwarz der Wald. Auf der anderen Seite standen alte Schindelhäuser mit Schieferdächern, der Hütte nicht unähnlich, außerdem neue Häuser, ein Pub. Man nannte das Viertel, dem er sich jetzt näherte und in dem sie wohnte, Little Cornwall, weil es sehr hügelig war. Von den Hügeln konnte man, wie sie gesagt hatte, auf Loughton hinunterschauen, das sich in ein Becken schmiegte, und dann weiter über das Ballungsgebiet von Essex, über die »hübschen« Vorstädte bis zu den fernen Docks an der Themse.

Als Gray auf dem Kamm des Hügels angelangt war, war es schon zu dunkel, und man sah überall in der weiten Ebene kleine Lichter blinken. Er bog am Wintry Hill in eine schmale Straße ein, an der von hohen Mauern umfriedete Grundstücke lagen. Schmiedeeiserne Tore, überhängende Bäume, lange Zufahrten, die durch verschwenderisch angelegte Gärten zu den weit von der Straße zurückgebauten Häusern führten. Dahinter ragte undurchdringlich schwarz der Wald auf, und die Wipfel schienen den jetzt hellgelben Himmel zu berühren. Hier sah es ganz anders aus als unten am Teich, hier atmete alles Luxus, Vornehmheit und viel Geld. Ihr Haus – Tinys Haus – hieß »Combe Park«, ein Name, den sie selbst nicht ohne Hemmungen aussprechen konnte, und über den er sich lustig gemacht hatte, weil er ihn so protzig fand.

Aber das Haus war nicht protzig. Er kam am Ende der Straße zu einem schmiedeeisernen Tor, das weit offenstand. Der Name »Combe Park« war kunstvoll in die Schnörkel und Rosetten eingearbeitet, und Gray sah sofort, daß hier kein normales Einfamilienhaus mit einem hochtrabenden Namen aufgewertet werden sollte. Der Park war riesengroß. Weitläufige Rasenflächen, Blumenbeete und ein Obstgarten, in dem zu Tausenden gelbe Narzissen blühten, ein Teich, so groß wie ein kleiner See, von einem Steingarten umsäumt. Hohe Zypressen und noch höhere Weiden und Zedern schirmten das Haus gegen neugierige Blicke ab. Die Nachbarn hätten schon Ferngläser gebraucht, um durch den dichten Baumgürtel spähen zu können. Das Haus selbst konnte man auch nicht gerade klein nennen. Es sah wie ein riesiger Würfel aus, hatte ein flaches Dach und mehrere Balkone. Ein Teil war weiß verputzt, der andere mit Zedernholz verschalt. Auf dem Dach war eine verglaste Sonnenterrasse, und vor den großen Panoramafenstern dehnte sich eine weite, mit Natursteinen geflieste Terrasse. Dort standen weiße Gartenmöbel und Marmorkübel mit immergrünen Pflanzen.

Zuerst dachte er, das könne nicht ihr Haus sein. Ausgeschlossen, daß er jemanden kannte – geschweige denn liebte –, der soviel Geld hatte. Aber in der Dreiergarage, deren Tore ebenfalls offenstanden, entdeckte er den Jaguar, der in dieser Umgebung zur Größe eines Mini schrumpfte. Der rote Bentley leistete ihm zwar nicht Gesellschaft, trotzdem blieb Gray wie gelähmt vor dem schmiedeeisernen Tor stehen. Er wollte nicht hineingehen, keinen Fuß wollte er auf dieses Grundstück setzen. Er vergaß, daß er sich selbst eingeladen, er darauf bestanden hatte, zu kommen. Er dachte nur daran, wie arm er und wie reich sie war. Wenn er durch das Tor trat und unter ihren Augen die Zufahrt hinaufging, würde er sich wie ein hübscher Dorfjunge vorkommen, den die Gutsherrin zu sich befohlen hatte. Und vielleicht erwachte auch die Habgier in ihm. Vielleicht fing auch er an, Tiny den Herzinfarkt zu wünschen.

Gray machte kehrt, ging zur Bushaltestelle zurück, mußte eine halbe Stunde warten und fuhr nach Hause. Er war noch nicht einmal fünf Minuten da, als das Telefon klingelte.

»Verdammt, was hast du dir eigentlich dabei gedacht! Ich sah dich am Tor, kam herunter, um dir die Haustür zu öffnen, aber du warst nicht mehr da. Wovor hast du Angst?«

»Vor deinem Geld, Drusilla.«

»Meine Güte«, sagte sie gedehnt, und ihre Kleinmädchenstimme bekam das Timbre eines Vamps. »Es könnte dir gehören, wenn er an einem Herzinfarkt oder bei einem Autounfall sterben würde.«

»Das sind sinnlose Phantastereien, Dru«, hatte er gesagt.

Gray stieg an der Liverpool Street in einen Zug der »Circle Line« genannten U-Bahnstrecke und in Bayswater wieder aus. Queensway, unglaublich lebendig mit den unzähligen Kleiderläden und Obsthandlungen, Whiteley's Cupola, die interessanten, schicken Leute – all das heiterte ihn auf. Und das Wetter war einzigartig, der Himmel so strahlend blau, daß Porchester Hall auf ihn fast klassisch wirkte. Wie sehr hatte er London vermißt!

Francis wohnte nördlich von Westbourne Grove in einer der alten Straßen mit den viktorianischen Häusern, von denen keines dem anderen gleicht. Jedes dieser Häuser steht inmitten eines Gartens mit alten Sträuchern und Blumen, die durch den Staub und grelles Licht zu hellem Rosa und Gold verblaßt scheinen. Francis' Wohnung, ein ehemaliger Wintergarten und auch jetzt noch ein rotblauer Kristallpalast, war in zwei Räume unterteilt worden, an die eine große Küche und ein Badezimmer angebaut worden waren.

Francis öffnete Gray die rote Glastür und sagte: »Hallo, du kommst spät. Gut, daß ich meine Tante nun doch nicht abholen mußte. Wir können anfangen, die Möbel umzustellen. Das ist Charmian.«

Gray sagte »Hi« und wünschte im nächsten Augenblick, ihm wäre etwas anderes eingefallen, denn mit »Hi« hatte er immer Drusilla begrüßt. Charmian, die wahrscheinlich ohnehin zu Francis gehörte, war nicht das Mädchen, das ihn Drusilla vergessen ließ. Sie war plump, stupsnasig und linkisch. Das blonde Haar ringelte sich in unzähligen Löckchen, und sie trug einen Minirock, der ihr nicht stand, weil sie zu dicke Oberschenkel hatte. Während sie mit übereinandergeschlagenen Beinen auf dem Fensterbrett saß und eine Banane aß, schoben Gray und Francis das mächtige viktorianische Büfett und die Aufsatzkommode aus dem Wohn- ins Schlafzimmer, rückten die Betten heraus und bauten sie zu Diwans um, auf die sich die Gäste, allein oder zu zweit, zurückziehen konnten. Gray hatte die verletzte Hand dick verbunden, aber es pochte unablässig darin, und der Schmerz breitete sich im ganzen Arm aus.

»Ich wollte dich anrufen und dir sagen, daß du heute noch nicht zu kommen brauchst, aber deine Leitung war ständig besetzt«, beklagte sich Francis. »Legst du den Hörer eigentlich nie auf? Wovor hast du Angst? Vor deinen Gläubigern?«

Charmian lachte schrill. Der Hörer lag immer noch neben dem Telefon, erinnerte sich Gray. Er hatte ihn seit Donnerstag nicht mehr aufgelegt.

Bald darauf kamen die Elektriker, um die Partybeleuchtung anzubringen. Sie brauchten Stunden dazu und tranken unzählige Tassen dünnen Tee, den Charmian aus Teebeuteln machte. Gray fragte sich, wann sie wohl etwas zu essen bekämen, da Francis und das Mädchen erklärt hatten, sie lebten diät. Endlich zogen die Elektriker ab, und sie gingen zu dritt ins *Redan*, wo Francis und Charmian Orangensaft tranken. Gray bestellte sich ein Bier. Es war fast sechs Uhr.

»Hoffentlich hast du Geld bei dir«, sagte Francis. »Ich habe meins in der anderen Jacke vergessen.«

Gray sagte, ja, er habe Geld bei sich. Francis war ein Glückspilz, weil er noch eine zweite Jacke besaß. »Sobald du deinen Orangensaft ausgetrunken hast, kannst du dein Geld schnell holen, dann könnten wir vielleicht irgendwo was essen.«

»Tja, also die Sache ist die. Charmian und ich essen mit ein paar Leuten, die wir nicht besonders gut kennen. Daß wir sie nicht kennen, erwähne ich nur, damit du einsiehst, daß wir niemanden mitbringen können.«

»Nein, das ginge wirklich nicht«, sagte Charmian. Sie hatte Gray minutenlang unverwandt angestarrt und fing plötzlich an, ihm einen Vortrag zu halten. »Ich habe dein Buch gelesen, Francis hat es mir geliehen. Es ist geradezu eine Schande, daß du nicht mehr schreibst. Ich meine, daß du überhaupt nicht arbeitest. Es geht mich nichts an, das weiß ich . . .«

»Kluges Kind!«

»Seid friedlich, ihr zwei«, sagte Francis.

Charmian ließ sich nicht beirren. »Du lebst in diesem scheußlichen Loch wie ein Hippie vom Lande, und . . . Meiner Meinung nach bist du nicht ganz richtig im Kopf. Einfach beknackt. Du legst tagelang den Telefonhörer nicht auf, und wenn du mit Menschen zusammen bist, hat man den Eindruck, du bist überhaupt nicht da, verstehst du, was ich meine? Du bist auf einem Trip, der nie zu Ende geht. Kaum zu glauben, daß du je *Rausch des Staunens* geschrieben hast!«

Gray zuckte mit den Schultern. »Ich gehe jetzt was essen und hinterher ins Kino. Amüsiert euch gut mit den Leuten, die ihr nicht kennt.«

Sie hat natürlich recht, dachte er, als er sich allein auf die Suche nach einem billigen chinesischen Restaurant machte. Es ging sie nichts an, und sie war dumm und langweilig, aber sie hatte recht. Er mußte sein Leben ändern, und zwar schnell.

Die Leute an den Nebentischen und etwas, das Charmian über seinen »Trip« gesagt hatte, weckten Erinnerungen in ihm, dabei hatte er so sehr gehofft, London werde ihm helfen, sie zu vertreiben. Er lutschte an den kandierten Früchten, die in einer Porzellanschale vor ihm standen. Die konnten die Wirklichkeit kaum schlimmer entstellen, als Gray es ohnehin tat.

Drusilla im Frühling. Drusilla, bevor sie mit den Briefen anfing. »Du kennst einen Haufen verrückter, ausgeflippter Leute, nicht wahr?« hatte sie gesagt. »Die ganze Westbourne Grove- und Portobello-Road-Clique?«

»Ein paar kenne ich, ja.«

»Könntest du mir ein bißchen LSD besorgen, Gray?«

Die Bezeichnung LSD war ihm so ungewohnt, daß er sie zuerst verständnislos angesehen hatte. »Was soll ich dir besorgen, Dru?«

»Du meine Güte, bist du taub? Ich meine Trips. Ich möchte mal einen Trip einwerfen und richtig high sein.«

8

Zuerst sah er sich im *Classic Cinema* einen alten schwedischen Film mit blassen Strindberg-Charakteren aus den Märchenwäldern der Gebrüder Grimm an, und dann marschierte er, weil die Nacht warm und klar war, nach Paddington und durch Sussex Gardens.

Das *Oranmore* existierte nicht mehr. Vielmehr, es existierte zwar noch, war aber leuchtend weiß gestrichen und hatte einen neuen Namen: *The Grand Europa.* Vor dem Haus stand ein großer deutscher Touristenbus. Ein Heidelberger Damenstift auf Pauschalreise, dachte Gray, der die durchweg stattlich und müde aussehenden Frauen beim Aussteigen beobachtete. Sie trugen fast alle Hüte und trotteten, von der energischen vielsprachigen Reiseleiterin ermuntert, einen Ausdruck milder Verwirrung in den Gesichtern, durch den Hoteleingang. Ob die Alte am Empfang wohl jeder einen Schlüssel aushändigt und ihr sagt, sie solle ihn auf dem Toilettentisch liegenlassen, für den Fall, daß sie in aller Herrgottsfrühe abreisen will? fragte sich Gray. Die deutschen Frauen taten ihm leid, denn man hatte ihnen bestimmt weisgemacht, man habe sie im Herzen von London in einem renommierten alten Hotel untergebracht, nur wenige Gehminuten von der Oxford Street und dem Hyde Park entfernt, und nun lud man sie im *Oranmore* ab – für ihn noch immer ein Hort der Erinnerungen an verlorenes Glück.

Ein junger Portier kam die Treppe herunter, um den Gästen zu helfen. Ihm folgte eine freundliche junge Frau. Allem Anschein nach waren die beiden Alten zusammen mit dem alten Namen verschwunden. Er spürte einen heftigen Schmerz, ein brennendes Verlangen, nur noch einmal Drusillas Stimme zu hören, als er in die Edgware Road einbog.

Er versuchte, die Erinnerung an die Briefe weit von sich zu schieben. Dann wieder dachte er nur an das Glück, das sie ihm geschenkt hatte. Wenn er sie nur so haben könnte, ohne Forderungen, ohne Komplikationen! Doch das war unmöglich. Nur noch einmal ihre Stimme hören . . .

Und wenn er sie jetzt anriefe? Es war fast Mitternacht. Sie würde mit Tiny im Ehebett liegen, in einem Zimmer mit Blick auf den dunklen Wald. Vielleicht schlief er oder las noch eines der Bücher, die er so liebte – Memoiren eines Tycoons, eines pensionierten Generals, und sie las einen Roman. Obwohl Gray dieses Zimmer nie betreten hatte, sah er die beiden deutlich vor sich: den grobschlächtigen Mann, dem lockiges schwarzes Brusthaar aus der halboffenen Jacke eines schwarzroten Seidenpyjamas quoll. Daneben das schlanke Mädchen in weißen Rüschen, das feurige Haar offen. Das Zimmer mit flauschigem weißen Teppich, weißen Brokatvorhängen, zierlichen Möbeln in den Farben Elfenbein und Gold. Zwischen den beiden das Telefon, weiß, stumm und drohend.

Er konnte sie anrufen, aber nicht mit ihr sprechen. Doch er würde ihre Stimme hören. Wenn sie nicht wußte, wer anrief, wenn es niemand war, den sie einfach mit »Hi« begrüßen konnte, dann sagte sie nur kühl und gleichgültig: »Ja?« Und wenn niemand antwortete: »Wer, zum Teufel, ist denn dran?« Aber er konnte sie nicht anrufen, nicht jetzt, um Mitternacht.

Er ging am *Odeon Cinema* vorbei zum Marble Arch. An der Kinokasse standen die Leute Schlange für die Spätvorstellung. Es waren noch viele Passanten unterwegs. Er wußte, daß er sie anrufen mußte. Ihm war, als sei es zu spät und er könne nicht mehr umkehren, obwohl er nichts getan, keinen Entschluß gefaßt, sondern nur überlegt hatte.

Er ging zur U-Bahnstation am Marble Arch, betrat eine Telefonzelle. Für 2 Pence konnte er ihre Stimme kaufen, ein oder zwei Worte zu hören bekommen oder sogar ein paar Sätze, wenn er Glück hatte. Sein Herzschlag dröhnte, und seine Hände waren schweißnaß. Angenommen, es meldete sich jemand anders? Angenommen, sie waren weggezogen? Sie konnten auf Urlaub sein, den ersten der zwei oder drei Jahresurlaube genommen haben, in denen er sich, trotz der Ansichtskarten, die sie ihm schrieb, sehr einsam gefühlt hatte. Mit zitternder Hand griff er nach dem Hörer und legte den Finger auf die Fünf.

Fünf-Null-Acht, dann vier Zahlen auf einmal, schließlich die Neun. Er lehnte sich an die Glasscheibe, wie Eis lag der Hörer in seiner verbrannten Hand. Ich bin verrückt, dachte er, jetzt ist der Zusammenbruch da ... Vielleicht waren sie mit Freunden ausgegangen, vielleicht ... Er hörte das Freizeichen und warf zitternd die Münze ein. Mit einem hohlen Klirren fiel sie durch den Apparat.

»Ja?« Weder Tiny noch ein Fremder, nein – sie. Und noch einmal ungeduldig: »Ja?«

Er hatte beschlossen, nichts zu sagen, doch es hätte dieses Entschlusses gar nicht bedurft. Er konnte nicht sprechen, atmete aber schwer wie einer, der nachts Frauen anrief.

»Wer zum Teufel ist denn dran?«

Er hörte zu, als spräche sie nicht zu ihm – was ja eigentlich auch nicht der Fall war, sondern als spielte jemand ein Band ab.

»Hören Sie zu«, sagte sie, »wer immer Sie sind, Sie verdammter Witzbold! Sie haben Ihren Spaß gehabt, Sie perverses Miststück. Also verpissen Sie sich!«

Sie knallte den Hörer auf, daß es klang wie ein Pistolenschuß. Er zündete sich eine Zigarette an. Seine Finger zitterten noch immer. Er hatte ihre Stimme gehört, genau das hatte er doch gewollt, eine letzte Erinnerung an sie. Sie würde nie wieder mit ihm sprechen, und er würde sich für ewige Zeiten an ihre Abschiedsworte erinnern, an den endgültig letzten Auftritt der Primadonna: »Sie perverses Miststück, verpissen Sie sich!« Schwankend trat er auf die Straße zurück.

Gegen zehn Uhr morgens tauchte Francis überraschend mit einer Tasse Tee an Grays Bett auf. Francis hatte im Schlafzimmer geschlafen und Gray in einem der Betten, die sie ins Wohnzimmer gerückt hatten, wo die Sonne jetzt mit roten, blauen und goldenen Strahlen durch das Glas drang und tanzende Kringel auf den Fußboden malte.

»Ich muß mich wegen gestern abend bei dir entschuldigen«, sagte Francis. »Charmian ist ein wunderbares Mädchen, aber ziemlich impulsiv.«

»Vergiß es.«

»Ich habe sie mir deshalb vorgenommen, das darfst du mir glauben«, sagte Francis hochtrabend. »Schließlich kann man sich das, was ein alter Freund einem schon mal sagen darf, nicht von jemandem gefallen lassen, den man eben erst kennengelernt hat. Alles hat seine Grenzen. Aber sonst ist sie ein tolles Mädchen, nicht wahr?«

Gray lächelte unverbindlich. »Seid ihr beide . . .«

»Wir schlafen noch nicht miteinander, wenn du das meinst. Charmian hat in dieser Beziehung sehr strenge Ansichten. Man muß natürlich abwarten, aber vielleicht wäre es ganz gut für mich, wenn ich jetzt bald ans Heiraten dächte.«

»Bald?« sagte Gray erschrocken, weil er seine Pläne für die unmittelbare Zukunft gefährdet sah. Als Jungverheirateter würde Francis ihn kaum bei sich aufnehmen. »Ihr wollt schon bald heiraten?«

»Mein Gott, nein! Und vielleicht heirate ich auch gar nicht Charmian. Ich denke nur, daß die Ehe das nächste große Ereignis in meinem Leben sein sollte.«

Gray trank einen Schluck Tee. Das war der richtige Augenblick, er mußte ihn nutzen. »Ich möchte wieder nach London ziehen, Francis«, sagte er.

»Endlich siehst du's selber ein! Ich predige es dir doch schon seit einer Ewigkeit.«

»Ich bekomme jetzt bald meine Honorare, und . . . Na ja, könnte ich eine Zeitlang bei dir wohnen, bis ich ein Zimmer gefunden habe?«

»Hier? Bei mir?«

»Es wäre höchstens für ein, zwei Monate.«

Francis verzog das Gesicht. »Das kommt mir ziemlich ungelegen. Außerdem müßtest du dich an der Miete beteiligen. Die Wohnung kostet mich 40 Pfund pro Woche.«

Wenn der Scheck kommt, habe ich sicher 100, dachte Gray und sagte: »Gut, machen wir halbe-halbe.«

Vielleicht war es sein schlechtes Gewissen wegen der Strafpredigt, die Charmian Gray gehalten hatte, das Francis bewog, den finanziellen Versprechungen Grays weniger skeptisch gegenüber zu sein. »Na schön«, sagte er unfreundlich. »Von mir aus bleib sechs Wochen. Wann willst du kommen? Charmian und ich fahren morgen für ein paar Tage zu ihrer Familie nach Devon. Wie wär's mit nächstem Samstag?«

»Das paßt mir großartig.«

Nachdem er gebadet hatte – in einem richtigen Badezimmer mit heißem Wasser, das aus der Leitung kam –, ging er zu Fuß nach Tranmere Villas. Jeff lag noch im Bett. Der neue Untermieter kam an die Tür. Er bewohnte das Zimmer, in dem Gray und Drusilla sich einmal geliebt hatten.

»Ist Sally nicht zu Hause?« fragte Gray, als Jeff verschlafen, mürrisch und ohne Brille kurzsichtig blinzelnd aus seinem Schlafzimmer kam.

»Sie ist abgehauen. Vor ein paar Wochen.«

»Das tut mir wirklich leid.« Er wußte, wie das war. »Ihr wart lange zusammen.«

»Fünf Jahre. Sie hat einen Kerl kennengelernt und ist mit ihm auf die Insel Mull gezogen.«

»Tut mir ehrlich leid, Jeff.«

Jeff machte Kaffee, und sie redeten über Sally, den Kerl, Einsamkeit, die Insel Mull, einen ehemaligen Mitschüler, der vor kurzem zum Abgeordneten von Grays Wahlkreis gewählt worden war, und über verschiedene Leute, die sie früher gekannt hatten und die jetzt in alle Winde zerstreut schienen. Dann erzählte Gray dem Freund, daß er wieder nach London zurückwolle.

»Am Samstag könnte ich deinen Kram abholen, dem steht nichts im Weg«, sagte Jeff. »Viel ist es ja nicht, oder?«

»Ein paar Bücher, eine Schreibmaschine, Kleidung.«

»Gut. Sagen wir gegen drei. Wenn du es dir anders überlegst, ruf mich an. Übrigens, hier liegt irgendwo ein Brief für dich. Kam vor ungefähr einem Monat, gerade als Sally mich sitzenließ. Sah aus wie eine Rechnung, und da ich den Kopf voll hatte mit Sally und allem anderen, bin ich nie dazu gekommen, ihn dir zu schicken. Ich weiß, ich hätte es tun sollen, aber mir ging's einfach zu mies. Zum Glück bin ich inzwischen einigermaßen drüber weg.«

Gray wünschte, dasselbe von sich sagen zu können. Er nahm den Umschlag und wußte, noch bevor er ihn öffnete, was er enthielt. Wie war es möglich, daß er so viele wichtige Dinge vergaß, und sich an alles erinnerte, das vergangen, tot und sinnlos war? Sie hatte ihn verlassen, und er war nach London gefahren und hatte Weihnachten bei Francis verbracht, fest entschlossen, nie wieder in die Pocket Lane zurückzukehren, nie wieder einen Fuß in Drusillas Nähe zu setzen. Und er hatte an den Verlag geschrieben und gebeten, die nächste Honorarabrechnung nach Tranmere Villas zu schicken, weil das die einzige feste Adresse war, die er in London hatte. Wie konnte er das so völlig vergessen? Weil er so hilflos und verwirrt gewesen war, daß er sich auf der Flucht vor seinen zäheren Artgenossen in der Pocket Lane verkrochen hatte.

Er schlitzte den Umschlag auf. »*Rausch des Staunens*: Verkaufte Exemplare, England: 10 Pfund; Frankreich: 6 Pfund 50 Pence; Italien: 12 Pfund 26 Pence. Gesamthonorar: 28 Pfund 76 Pence.«

»Da Sie sowieso nur faul herumsitzen, könnten Sie mir helfen, das Essen vorzubereiten«, sagte Charmian. »Es gibt keinen richtigen Lunch. Wir nehmen uns nur etwas von dem Zeug.« Das »Zeug« war ein Berg aus grünem Salat, Tomaten, in Folie verpackter Käse, Bratenfleisch und verschiedene Wurstsorten in Klarsichtpackungen und mehrere Stangen französisches Weißbrot. »Es sei denn, Sie wollen uns zum Essen einladen.«

»Also wirklich, Schätzchen!« sagte Francis.

Gray ärgerte sich nicht über sie. Er war noch viel zu erschüttert über die Honorarabrechnung, um sich über andere Dinge entrüsten zu können. Auf dem Weg zu Jeff hatte er eine Flasche spanischen Chablis für die Party gekauft und jetzt nur noch 5 Pfund 7 Pence übrig.

»Wir haben alles hier«, sagte Francis versöhnlich. »Wozu also ausgehen? Jetzt klingelt das Telefon schon wieder!«

Seit Gray zurückgekommen war, hatte es fast ununterbrochen geklingelt. Leute, die absagten oder wissen wollten, ob sie Freunde mitbringen durften. Ein paar wußten auch nicht mehr genau, wo Francis wohnte.

»Du ziehst also hier ein«, sagte Charmian, während sie energisch die Tomaten wusch.

Gray zuckte mit den Schultern. War das überhaupt noch möglich? »Höchstens für ein paar Wochen.«

»Meine Mutter hatte mal eine Freundin übers Wochenende eingeladen, und die war nach drei Jahren immer noch dagewesen. Du bist ganz schön genervt, nicht? Mir ist aufgefallen, daß du jedesmal zusammenzuckst, wenn das Telefon klingelt.«

Gray schnitt sich ein Stück Käse ab und überlegte sich den Text eines groben Briefes, den er dem Verlag wegen der jugoslawischen Rechte schreiben wollte. Er war noch nicht sehr weit gekommen, als Francis in die Küche zurückkam. Mit besorgter, aber auch leicht verlegener Miene legte er Gray die Hand auf die Schulter.

»Es ist dein Stiefvater«, sagte er. »Deine Mutter scheint sehr krank zu sein. Er möchte dich sprechen.«

Gray ging ins Wohnzimmer. Honoré, der in der Aufregung noch gebrochener englisch sprach als sonst, überfiel ihn mit einem Wortschwall: »Mein Sohn, ich versuche dich in deinem Haus zu finden, aber immer ist das Telefon besetzen. Dann ich mich erinnere, daß du zu Francis gegangen bist, und ich finde der Nummer. Oh, wie schwierig es war, ihn zu finden!«

»Was gibt es, Honoré?« sagte Gray auf englisch.

»Es geht um Maman. Sie sterben, denke ich.«

»Sie ist tot?«

»Nein, nein, *pas du tout* – durchaus nicht. Sie haben eine schwere Lähmung, und der Doktor Villon ist jetzt bei ihr, und er sagen, sie sterben sehr bald, morgen, er wußte nicht. Er wünscht, sie zu schicken in das Hospital in Jency, aber ich sage, nein, nicht solange der alte Honoré die Kraft haben, für sie zu pflegen. Du kommst, *hein*? Du kommst noch heute?«

»Natürlich«, sagte Gray mit einem merkwürdig hohlen Gefühl in der Magengrube. »Ja, ich komme.«

»Du hast den Geld, du hast ihn bei dir? Ich gebe dir genug Geld, daß du kannst bis Paris fliegen. Dann du nimmst den Bus nach Bajon. Du fliegst also noch heute von London Airport ab, und ich sehe dich heute abend im ›Le Petit Trianon‹.«

»Ich komme so schnell wie möglich. Ich fahre nach Hause, hole meinen Paß, und dann komme ich.«

Er ging in die Küche zurück. Francis und Charmian saßen schweigend am Tisch und machten den Umständen angemessene lange Gesichter.

»Tut mir ehrlich leid, daß deine Mutter so krank ist«, sagte Charmian fast schroff.

»Ja, nun, selbstverständlich«, sagte Francis. »Können wir irgendwas für dich tun?«

Es gab etwas, aber Gray wollte noch ein bißchen warten, bevor er ihn darum bat. Er wußte sehr gut, daß sich die Leute bei einem Todesfall oder einem bevorstehenden Todesfall immer hilfsbereit zeigten, in Wahrheit aber nicht mehr anzubieten hatten als ihr Mitgefühl und einen Drink.

»Ich kann natürlich nicht zur Party bleiben. Am besten, ich breche gleich auf, weil ich ja noch mal in die Pocket Lane muß, bevor ich zum Flughafen fahre.«

»Trink vorher noch einen Schluck«, sagte Francis.

Der Whisky auf leeren Magen gab Gray Mut. »Etwas könntest du schon für mich tun«, sagte er.

Francis fragte nicht einmal, was das war, und seufzte nur leicht auf. »Du hast wahrscheinlich kein Geld für die Reise.«

»5 Pfund habe ich noch, das ist alles.«

»O Gott!« sagte Charmian, aber es klang nicht unfreundlich.

»Wieviel brauchst du?«

»Hör zu, Francis, ich erwarte jeden Tag einen Scheck. Es wäre nur ein kurzfristiges Darlehen. Ich weiß, daß das Geld unterwegs ist, weil das Buch – beziehungsweise die Übersetzungsrechte – nach Jugoslawien verkauft wurden.«

»Die kommunistischen Länder zahlen nie einen Penny«, sagte Charmian mit großem Nachdruck. »Jedenfalls keine Autorenhonorare. Meine Mutter ist mit einem sehr berühmten Schriftsteller befreundet, und er sagt, die Verleger müßten so hohe Steuern zahlen oder so was Ähnliches, daß sie das Geld lieber hinter dem Eisernen Vorhang auf der Bank liegenlassen.«

Das war für Gray wie eine kalte Dusche. Er zweifelte Charmians Behauptung auch nicht an. Ihm fiel jetzt ein, daß sein Lektor Peter Marshall beim Lunch ungefähr dasselbe gesagt hatte. Nur hatte Peter hinzugefügt: »Wenn wir die jugoslawischen Rechte verkaufen, lassen wir das Geld auf unserem Konto in Belgrad liegen. Dann können Sie mal in Jugoslawien Urlaub machen.« Schade, daß Honoré nicht in Belgrad lebte.

»O Gott, das darf ja nicht wahr sein!«

Francis seufzte abermals. »Wieviel brauchst du?« fragte er noch einmal.

»Etwa 70 Pfund.«

»Gray, glaub mir, ich bin nicht herzlos, aber wo soll ich an einem Sonntag 70 Pfund hernehmen, zum Teufel? Ich habe höchstens 10 bei mir. Hast du was da, Schätzchen?«

»4 Pfund 50 Pence vielleicht«, antwortete Charmian. Sie war offenbar zu dem Schluß gekommen, daß genug getrauert worden sei, und fing wieder an, sich mit Schinken und Salat vollzustopfen.

»Dann muß ich wohl zu meinem Tabakhändler gehen und ihn fragen, ob er mir einen Scheck einlöst.«

Gray rief den Flughafen an und erfuhr, daß um halb neun eine Maschine abging. Er war wie betäubt. Was sollte nur werden, wenn er aus Frankreich zurückkam? Wenn der Scheck kam, würde er mit den 5 Pfund, die er jetzt noch hatte, ungefähr über 33 Pfund verfügen. Er schuldete Francis aber 70 und sollte ihm außerdem noch 20 Pfund wöchentlich für dieses verdammte Treibhaus bezahlen. Er schloß die Augen und barg das Gesicht in den Händen . . .

Unweigerlich dachte er daran, daß er ganz anders dastünde, hätte er sich auf Drusillas Forderung eingelassen. Natürlich würde er trotzdem nach Bajon fahren, doch sonst wäre alles anders. Er wäre nicht von der Hilfsbereitschaft anderer Leute abhängig, Charmian würde ihn nicht verachten, Francis wäre ihm gegenüber nicht so überheblich, und er selbst würde nicht vor lauter Geldsorgen fast den Verstand verlieren . . .

Eine leichte Berührung an der Schulter riß ihn aus

seinen Gedanken. »Kopf hoch«, sagte Francis, »ich habe deine 70 Pfund!«

»Ich bin dir sehr dankbar, Francis.«

»Ich möchte dich nicht ausgerechnet jetzt drängen, aber ich habe selber nicht viel übrig. Und ich habe Ausgaben – die Reise nach Devon, die Miete und alles andere eben. Ich wäre – ach was, du verstehst schon, was ich meine.«

Gray nickte. Natürlich verstand er, aber es schien ihm sinnlos zu versprechen, daß er das Geld bald zurückzahlen werde. Es hätte wenig überzeugend geklungen, und Francis hätte ihm ohnehin nicht geglaubt.

»Amüsiert euch gut auf der Party.«

»Wir werden auf dich trinken«, sagte Francis.

Charmian hob den Kopf und rang sich zum Abschied ein halbherziges Lächeln ab. Francis setzte eine nachsichtige und gleichzeitig ungeduldige Miene auf. Sie waren beide froh, ihn loszuwerden. Das Geräusch, mit dem die rote Glastür hinter ihm zufiel, klang unverkennbar erleichtert.

Wenn er nach Drusillas Plan gehandelt hätte, säße er jetzt im Taxi, das ihn aus seiner Luxuswohnung zum Flughafen brachte, in der Tasche einen Flugschein erster Klasse, die teuren Schweinslederkoffer auf dem Beifahrersitz, die Taschen voller Geld. Tiny trage immer Unsummen bei sich, hatte sie ihm einmal erzählt, weil er gern bar bezahle. Und in Bajon würden die Zimmermädchen im *Ecu d'Or* das beste Zimmer des Hauses für ihn vorbereiten. Mit eigenem Bad selbstverständlich. Und vor allem hätte er keine Sorgen mehr.

Während er auf den Zug wartete, kam es ihm so vor, als seien seine Schwierigkeiten die Strafe dafür, daß er sich geweigert hatte, mit ihr ein Mordkomplott gegen ihren Mann zu schmieden.

9

Obwohl er während der Bahnfahrt nur an Geld – oder vielmehr an Geldmangel – dachte, fiel ihm das Testament seiner Mutter erst ein, als er wieder in der Pocket Lane war. Er sollte mit Honoré zu gleichen Teilen erben. Doch sich jetzt damit zu beschäftigen, schien ihm zu niederträchtig. Er verdrängte den Gedanken, so verlockend er auch war, packte ein paar Sachen, legte die Honorarabrechnung in die Kassette und nahm seinen Paß heraus. Er hielt es für überflüssig, die Kassette abzuschließen, daher klappte er nur den Deckel zu und ließ den Schlüssel stecken. Dann ging er in die »Diele« und legte den Telefonhörer auf. Hatte er vor der Abreise noch etwas zu erledigen? Irgend etwas ging ihm im Kopf herum. Was war es nur? Jeff brauchte er nicht abzusagen, nächsten Samstag war er längst wieder da, und Francis nahm ihn bestimmt bei sich auf, wenn er erfuhr, daß Gray geerbt hatte. Nein, da war noch etwas anderes, eine Verabredung, eine Verpflichtung, die er übernommen hatte . . . Plötzlich erinnerte er sich wieder. Miss Platts Party. Auf dem Weg zum Bahnhof wollte er sich bei ihr aufhalten und ihr sagen, daß er nicht kommen konnte. Von der Gartentür aus betrachtet, sah die Hütte aus, als sei sie seit Jahren unbewohnt. Die Schindeln, vom Regen durchweicht und verzogen, von der Sonne ausgedörrt und gebleicht, hatten das Aussehen von Austernschalen angenommen. Tief in ein Dickicht aus Farnkräutern gebettet, war dieses Haus nur noch eine verrottende Bruchbude mit ausgeblaßten und fleckigen Baumwollvorhängen hinter schmutzigen Fenstern. Silberbirken und Buchen mit stahlgrauen Stämmen umdrängten es, als wollten sie es in seiner Hinfälligkeit beschützen. Es sah so verlassen und übriggeblieben aus wie ein Stück Abfall, das jemand mitten im Wald abgeladen hatte. Aber es war 30 000 Pfund wert. Das hatte Miss Platt gesagt. Wenn Mal es verkaufen wollte, würde er es sofort für diese unglaublich hohe Summe an den Mann bringen.

Er fand Miss Platt in ihrem Vorgarten beim Beschneiden der Frührosen.

»Leider kann ich nicht zu Ihrer Party kommen«, sagte Gray. »Ich muß nach Frankreich. Meine Mutter lebt dort, und sie ist sehr krank.«

»Das tut mir aber leid. Kann ich etwas für Sie tun?« Miss Platt legte die Gartenschere aus der Hand. »Soll ich ›White Cottage‹ ein bißchen im Auge behalten?«

Wären die Briefe an Tiny nicht gewesen, hätte Gray inzwischen vergessen, daß die Hütte so hieß. »Besten Dank, doch das ist wirklich nicht nötig. Ich habe nichts, das sich zu stehlen lohnte.«

»Wie Sie wollen, aber es wäre wirklich keine Mühe für mich. Ich hoffe, es geht Ihrer Mutter bald wieder besser. Eine Mutter hat man nur einmal im Leben, nicht wahr. Ich glaube, für einen Mann ist es noch schwerer, sie zu verlieren.«

Als er die Pocket Lane hinunterging, vorbei am verwüsteten Rasen der Willis, vorbei an der Farm, und dann in die Beech Road einbog, dachte er über das nach, was Miss Platt gesagt hatte. Eine Mutter hat man nur einmal . . . Seit Honorés Anruf hatte er immer an Geld gedacht, an Drusilla und Geld, an das Geld seiner Mutter – doch nicht an seine Mutter selbst. Liebte er sie? Bedeutete es ihm etwas, ob sie lebte oder starb? In seiner Vorstellung gab es zwei Mütter, zwei voneinander völlig verschiedene Frauen. Die Frau, die ihren Sohn, ihr Land und ihre Freunde wegen eines kleinen, häßlichen französischen Kellners im Stich gelassen, und die andere, die nach dem Tod ihres ersten Mannes ihrem Sohn ein Heim geschaffen, ihn geliebt und verwöhnt hatte. An diese Frau, die er verloren hatte, die seit vierzehn Jahren für ihn tot war, versuchte er jetzt zu denken. Sie war ihm mehr Freundin und Gefährtin als Mutter gewesen, und er hatte sie mit der wilden, erbitterten Verzweiflung eines Fünfzehnjährigen betrauert, der noch nicht fähig war, die Macht einer Leidenschaft, einer Besessenheit zu begreifen. Jetzt hatte er sie selbst erlebt und verstand. Deshalb hatte er seiner Mutter verziehen, lieben konnte er sie nicht mehr.

Damals hatte er sie betrauert. Aber weil sie in Wirklichkeit nicht zwei Frauen war, sondern nur eine, konnte er um die Sterbende nicht mehr trauern, die seit langem nicht mehr ihm, sondern Honoré gehörte.

Für Tiny war ein Flug nach Paris etwas so Alltägliches wie die Fahrt mit dem Wagen über die Hauptstraße von Loughton. Er flog nach Amerika, Hongkong, Australien. Nach Kopenhagen zum Lunch und nach Hause zurück zum Abendessen. Einmal, erinnerte sich Gray, war er übers Wochenende nach Paris geflogen ...

»Dann kannst du ja zu mir kommen, Dru«, hatte Gray gesagt. »Wir haben das ganze Wochenende für uns.«

»Und endlich eine Gelegenheit, einen Trip einzuwerfen – wie du es nennst.«

»Ich dachte, das hättest du längst vergessen.«

»Wie wenig du mich kennst! Ich vergesse nie etwas. Du kannst doch was besorgen, nicht wahr? Oder hast du nur angegeben, um bei mir Eindruck zu schinden?«

»Aber nein, ich kenne jemanden, der Stoff besorgen kann.«

»Doch du hast die Absicht, den moralisch Überlegenen zu spielen, wie? Verdammt noch mal, du machst mich krank. Was schadet es schon? Es macht nicht süchtig, das weiß ich genau.«

Aus Pop-Taschenbüchern mit Titeln wie *Gras* oder *Der Club der Haschischraucher* oder *New Yorker Einsichten*, dachte Gray.

»Hör zu, Dru, ich glaube einfach, daß es falsch ist, eine Droge wie LSD zu nehmen – zum Spaß, aus Sensationslust.«

»Hast du's schon mal gemacht?«

»Ja, einmal, vor ungefähr vier Jahren.«

»Also das ist wirklich großartig! Du kommst mir vor wie einer dieser komischen alten Heiligen, die jede Nacht Orgien feierten, bis sie ungefähr 40 waren, und dann anfingen zu predigen, Sex sei Sünde, weil sie selber schon jenseits von Gut und Böse waren.«

»Es war kein schönes Erlebnis, Dru – für mich jedenfalls nicht.«

»Warum soll ich's nicht auch versuchen? Warum du und warum ich nicht? Ich habe noch nie tun dürfen, was mir Spaß macht, und du willst mich ständig daran hindern, Erfahrungen zu sammeln. Ich komme am Wochenende nicht zu dir, wenn du kein LSD besorgst. Ich fliege mit Tiny nach Paris. Und dann geht's rund, während er in seinem dämlichen Seminar sitzt. Ich schwöre dir, ich gehe mit dem ersten Kerl ins Bett, der mich auf der Straße anmacht.« Sie schmiegte sich an ihn und bettelte: »Wir könnten es doch zusammen nehmen, Gray. Angeblich hat man viel mehr vom Sex, er ist viel aufregender. Stell dir mich noch aufregender vor, als ich ohnehin schon bin!«

Natürlich hatte er den Stoff besorgt. Es gab nur sehr wenig, was er nicht für sie getan hätte – mit Ausnahme des einen. Er selbst hatte es jedoch abgelehnt, die Droge zu nehmen. Es war zu gefährlich. Wenn einer sie nahm, sollte der andere aufpassen, beobachten, wenn nötig zurückhalten. Denn obwohl die Reaktion innerlich gefestigter Menschen meist nur in Halluzinationen, einer Erweiterung des Bewußtseins und einer Verfeinerung der Sinne bestand, gerieten andere in Raserei, wurden gewalttätig, verloren jede Kontrolle über sich. Und Drusilla war gewiß kein innerlich gefestigter Mensch, das mußte er zugeben, auch wenn er sie noch so sehr liebte.

Es war Anfang Mai gewesen, vor etwas mehr als einem Jahr also. Kalt und scharf hatte der Ostwind ums Haus gepfiffen. Am Samstag vormittag waren sie in sein Schlafzimmer gegangen, und er hatte ihr die Droge gegeben, während der Wind heulte und irgendwo hoch über ihnen Tinys Maschine nach Frankreich flog. Der massige Tiny in seinem teuren Anzug lehnte sich auf dem weich gepolsterten Erster-Klasse-Sitz zurück, ließ sich von der Stewardess einen doppelten Scotch servieren, vertiefte sich in seine *Financial Times* – und hatte nicht die leiseste Ahnung, was sich Tausende von Metern unter ihm gerade zutrug. Argloser, unschuldiger Tiny, dem nie in den Sinn gekommen wäre . . .

So manchen Mann gibt es, der jetzt – in diesem Augenblick –,
noch während ich dies sage, seine Frau im Arm hält
und nicht ahnt, daß ein andrer ihr beigewohnt, als er verreist
war,
daß sein nächster Nachbar in seinem Weiher fischte,
sein Nachbar Sir Smile . . .

Gray fröstelte es plötzlich. Es war häßlich, wenn man es so ungeschminkt aussprach, denn er war Tinys Nachbar gewesen, im geographischen wie im ethischen Sinn, hatte im ersten Brief sogar eigens darauf hingewiesen. Er war ›Sir Smile‹, Tinys Nachbar, der in seiner Abwesenheit in seinem Weiher fischte – wie derb und treffend war doch dieser Vergleich aus der Zeit König Jakobs. Eigentlich hatte er Tiny nie als Mann, als realen Menschen betrachtet, außer als es darum ging zu sagen: Bis hierher und nicht weiter.

Doch das war jetzt Vergangenheit. Vielleicht betrog sie jetzt Tiny und ihn – den Betrogenen und Betrüger – mit einem anderen Nachbarn, dem ewig lächelnden Tennisspieler . . .

Gray blockte die Erinnerungen ab. Tief unten sah er schon die Lichter von Paris. Er schnallte sich an, drückte die Zigarette aus und wappnete sich gegen die nächsten Schwierigkeiten und Prüfungen, die ihm bevorstanden.

Die Maschine hatte Verspätung gehabt, und der einzige Bus, der noch fuhr, brachte ihn nur bis Jency. Die letzten 10 Meilen bis Bajon fuhr Gray als Anhalter. Das einzige Haus in Bajon, in dem noch Licht brannte, war das *Ecu d'Or*, Stammlokal von Honoré, dem Bürgermeister und M. Reville, dem Glasfabrikanten. Honoré würde jetzt aber kaum dort sein. Gray zündete ein Streichholz an, um seine Uhr ablesen zu können. Es war kurz vor Mitternacht. Merkwürdig, gestern um diese Zeit hatte er aus einer Telefonzelle an der U-Bahnstation Marble Arch Drusilla angerufen.

Er ging an der Gruppe dicht beieinanderstehender Kastanienbäume vorbei, vorbei an dem Haus, das »Les Marrons« hieß, und bog dann in die kleine Seitenstraße ein, die sich hinter ein paar Bungalows genauso jämmerlich zwischen Feldern und Wäldern verlor wie die Pocket

Lane. Am äußersten Ende stand dann ein kleines Gehöft mit Namen »Les Fonds«. Honoré und Grays Mutter wohnten im vierten Bungalow. In einem Vorderzimmer brannte Licht, und Gray sah, daß ein breiter grüner Betonstreifen alles Wachstum im Keim erstickt hatte, er sah den Teich mit dem Plastikrand und um den Teich herum den ganzen Zirkus grellbunt bemalter Gartenzwerge – angelnde Frösche, verschämt-nackte Kinder, Löwen mit gelben Glotzaugen, fette Enten –, der Honorés ganzer Stolz war. Gnädigerweise war das Licht zu schlecht, um den mit abwechselnd rosa und grünen Klinkern verkleideten Bungalow in seiner ganzen Scheußlichkeit sichtbar zu machen.

Nicht zum erstenmal wunderte sich Gray über diese merkwürdige Anomalie der Franzosen. Sie haben der Welt vielleicht mehr an Kunst und Kultur geschenkt als jede andere Nation und sind in allen Geschmacksfragen höchste Autorität, aber sie haben ein Bürgertum hervorgebracht, das auf der ganzen Welt den schlechtesten Geschmack hat. Wie sonderbar, daß diese Franzosen, die sich voller Stolz eines Gabriel* und eines Le Notre** rühmen, auch die Nation eines Honoré Duval waren.

Gray klingelte und hörte, wie Honoré zur Tür gerannt kam.

»Ah, mein Sohn, endlich bist du da!« Honoré umarmte ihn, küßte ihn auf beiden Wangen. Wie gewöhnlich roch er stark nach Knoblauch. »Hast du einen guten Flug gehabt? Reg dich nicht auf, *ce n'est pas fini* – es ist noch nicht vorbei. Sie lebt. Sie schläft. Du gehst zu ihr, nein?«

* 1698–1782, franz. Baumeister

** 1613–1700, franz. Gartenbaumeister; Schöpfer d. Französischen Gartens

»Gleich, Honoré. Hast du etwas zu essen da?«

»Ich koche für dich«, sagte Honoré mit einem Überschwang, der, wie Gray aus Erfahrung wußte, bald von einem listigen Mißtrauen verdrängt werden würde. »Ich bereite das Omelett.«

»Ich möchte nur ein bißchen Brot und Käse.«

»Was, nachdem ich dich drei oder vier Jahre nicht sehe? Du glaubst, ich bin ein so schlechter Vater? Komm, setz dich zu mir in die Küche, und ich koche.«

Gray wünschte, er hätte nichts vom Essen gesagt. Obwohl Franzose und ein ehemaliger Kellner, der zwei Drittel seines Lebens in unmittelbarer Nähe der französischen *haute cuisine* und im Ambiente ihrer Tradition zugebracht hatte, war Honoré ein entsetzlich schlechter Koch. Da er wußte, daß die Feinheit der französischen Küche von der richtigen Mischung der Küchenkräuter abhängt, ging er verschwenderisch mit Rosmarin und Basilikum um. Er wußte auch, daß Sahne bei den meisten Speisen eine nicht unwesentliche Rolle spielt, aber er war zu geizig, um Sahne zu verwenden. Das wäre weniger unerträglich gewesen, hätte er einfach Spiegeleier oder einen schlichten Eintopf zubereitet, doch solche Speisen strafte er mit Verachtung. Es mußten die altbewährten französischen Gerichte sein, jene traditionsreichen, herrlichen Köstlichkeiten, die von der ganzen Welt geliebt und nachgeahmt werden – nur ohne Sahne und ohne Wein, dafür aber mit löffelweise hineingestreuten Kräutern.

»Lösch aus, bitte«, sagte Honoré, als Gray ihm müde in die Küche folgte. Damit die Stromrechnung möglichst niedrig blieb, verlangte Honoré, daß man das Licht ausschaltete, wenn man ein Zimmer verließ. Gray knipste es aus und ließ sich auf einen der leuchtendblauen Plastikstühle mit den scharlachrot und blau gemusterten Sitzflächen fallen. Es war sehr still, fast so still wie in der Hütte.

In der Mitte des Küchentisches stand eine rote Plastikgeranie in einem weißen Plastiktopf, und Plastikblumen schmückten auch das Fensterbrett. Die Wanduhr war aus orangefarbenem Glas und hatte Zeiger aus Chrom, und auf den Wandfliesen prangten prächtige Schlösser in Reliefarbeit. Alle Farben eines Tropenvogels waren in dieser makel- und fleckenlosen Küche zu finden, die in den rosigen Schein einer Lampe mit rosa Schirm getaucht war.

Honoré, der sich eine Schürze umgebunden hatte, begann Eier schaumig zu schlagen und streute prisenweise getrocknete Petersilie und getrockneten Schnittlauch hinein, bis die Mischung eine stumpfgrüne Farbe hatte. Beim Kochen mußte man sich konzentrieren und schweigen, und deshalb wechselten Gray und Honoré längere Zeit kein einziges Wort. Gray musterte seinen Stiefvater nachdenklich.

Er war mager und nicht einmal mittelgroß, hatte braune Haut und schwarzes Haar, das allmählich grau wurde. Seine an den Mundwinkeln sichelförmig nach oben verzogenen schmalen Lippen lächelten immer, aber die kleinen schwarzen Augen blickten listig, kühl und berechnend. Er war ein französischer Bauer und sah auch so aus, oder schlimmer: er sah aus wie ein französischer Bauer in einer englischen Satire.

Gray hatte immer daran herumgerätselt, was seine kultivierte Mutter an diesem Mann gefunden hatte. Doch jetzt, nachdem er ihn drei Jahre lang nicht gesehen hatte, glaubte er zu verstehen. Vielleicht, weil er älter geworden war, vielleicht aber auch, weil er erst in den letzten Jahren die Macht kennengelernt hatte, die der Sex über die Menschen hat. Für eine Frau wie seine Mutter, verwöhnt, gebildet, kultiviert, war dieser kleine, gewiß sehr vitale Mann mit den scharfen Augen und dem berechnenden Lächeln vermutlich das gewesen, was Drusilla für ihn war – die verkörperte Triebhaftigkeit. Honoré erinnerte Gray immer an einen jener Händler, die in Wimbledon von Tür zu Tür gingen und Zwiebeln verkauften. War es möglich, daß die äußerlich kühle und zivilisierte Enid Lanceton sich von den kleinen braunen Männern mit den Zwiebelzöpfen auf alten Fahrrädern so angezogen gefühlt hatte, daß sie einen für sich haben wollte? Nun, sie hat ihn gefunden, dachte Gray mit einem Blick auf Honoré, die Plastikblumen und die mit Töpfen und Pfannen gemusterten gelben Vorhänge. Und sie hat für ihren Fund sehr gut bezahlt.

»*Voilà!*« sagte Honoré und klatschte das Omelett auf einen rotgrün karierten Teller. »Komm und iß schnell, sonst wird sie kalt.«

Gray aß »sie« schnell. Das Omelett sah wie ein dünn paniertes, gebratenes Kohlblatt aus und schmeckte wie ein Komposthaufen. Gray würgte es so rasch wie möglich hinunter und hoffte, kurze Pausen vermeiden zu können, damit er nicht den vollen Geschmack zu spüren bekam. Das Haus war von einem leisen Geräusch erfüllt, das ihn an das regelmäßige, einmal an- und dann allmählich abschwellende Surren einer Maschine erinnerte. Er konnte sich nicht vorstellen, was es war, doch war außer dem Geklapper, das Honoré im Spülbecken mit dem Geschirr veranstaltete, kein anderes Geräusch als dieses Summen zu hören.

»Und jetzt eine Tasse guten französischen Kaffee.«

Guter Kaffee war das allerletzte, das man im »Le Petit

Trianon« bekam. Honoré verachtete den Pulverkaffee, zu dem sich seine Nachbarn inzwischen bekehrt hatten, doch sein Geiz verbot ihm, jedesmal frischen Kaffee zu machen. Daher kochte er einmal wöchentlich einen Topf Wasser mit Kaffee und Zichorie, und dieses salzige und bittere Gebräu wurde so lange aufgewärmt, bis der letzte Tropfen getrunken war. Grays Magen hatte schwedische Büchsenklopse, -ravioli, -rindfleisch und -oliven hingenommen, ohne sich aufzulehnen, doch gegen Honorés Kaffee revoltierte er.

»Nein, vielen Dank, wenn ich so spät noch Kaffee trinke, kann ich nicht schlafen. Ich möchte jetzt zu Mutter.«

Ihr Schlafzimmer – das gemeinsame Schlafzimmer – war der einzige Raum im Haus, in dem sie es geschafft hatte, ihren Geschmack durchzusetzen. Einfache Nußbaummöbel, der Teppich, die Vorhänge und die Bettwäsche meerblau. An der Wand über dem Bett hing eine vergoldete Ikone der Madonna mit Kind.

Die Sterbende lag auf dem Rücken, die Hände auf der blauen Steppdecke. Sie atmete schwer und röchelnd. Es war das qualvolle, eintönige Geräusch, das Gray vorhin gehört hatte und das durch alle Wände drang. Er ging auf das Bett zu und blickte in das eingefallene, leere Gesicht auf dem meerblauen Kissen. Bisher hatte er sich seine Mutter immer als Doppelwesen vorgestellt, jetzt sah er, daß es drei Frauen waren: seine Mutter, Honorés Frau – beide aufgezehrt von einer dritten und letzten.

»Küß sie, mein Sohn«, sagte Honoré. »Umarme sie!«

Gray beachtete ihn nicht. Er nahm ihre Hand und hielt sie fest. Sie war sehr kalt. Seine Mutter regte sich nicht, und auch ihr Atemrhythmus veränderte sich nicht.

»Enid, Graham ist hier. Dein Junge ist endlich hier.«

»Ach, laß doch«, sagte Gray. »Was hat das für einen Sinn?«

Wie immer, wenn er aufgeregt war, wurde Honoré von seinem Englisch im Stich gelassen und brach in einen rasenden gallischen Wortschwall aus, von dem Gray nur mitbekam, daß Angelsachsen gefühllos und kalt seien.

»Ich gehe ins Bett«, sagte Gray. »Gute Nacht.«

Honoré zuckte mit den Schultern. »Gute Nacht, mein Sohn. Du weißt doch noch, wo dein Zimmer ist, *hein*? Den ganzen Tag renne ich die Treppe rauf und runter, und die Arbeit ist nie zu Ende. Trotzdem, ich nehme mir die Zeit, dir frische Umschläge zu geben.«

Gewohnt, daß Honoré französische Ausdrücke direkt und wörtlich übersetzte, wußte Gray, daß er meinte, er habe das Bett frisch bezogen. Er ging in »sein« Zimmer, das Honoré nach seinen Vorstellungen für »den Sohn des Hauses« eingerichtet hatte.

Blau war die vorherrschende Farbe – Blau für einen Jungen –, Magentarosen auf dem blauen Teppich, gelbe Narzissen auf den blauen Vorhängen. Früher hatte als einziges Bild eine Pieta an der Wand gehangen. Doch nachdem Gray dem Stiefvater gesagt hatte, er finde sie abscheulich, hatte Honoré sie ausgetauscht.

Das Gemälde, das jetzt das Zimmer schmückte, zeigte Mme Roland* in einem blauen Kleid auf den Stufen einer rotsilbernen Guillotine. Darunter standen ihre angeblich letzten Worte: *»O Liberté, que de crimes on commet en ton nom!«*

Die Wahrheit dieser Worte lag klar auf der Hand. Im Namen der Freiheit wurden viele Verbrechen begangen –

* Jeanne-Marie Roland de Platière, 1754–93, französische Politikerin u. Literatin

die Ehe seiner Mutter war eins davon. Um ihrer Freiheit willen hatte Drusilla ein noch viel schlimmeres Verbrechen geplant. Gray glaubte, die Gedanken daran würden ihn wach halten. Aber das Bett war das bequemste, in dem er je geschlafen, und das Beste, was »Le Petit Trianon« überhaupt zu bieten hatte, unvergleichlich weicher als das Bett in der Hütte oder bei Francis oder das Bett am Fenster im *Oranmore*. Gray schlief sofort ein.

10

Er wurde um sieben Uhr von einem so gräßlichen Lärm geweckt, daß er zuerst dachte, seine Mutter müsse nachts gestorben sein und Honoré habe das ganze Dorf herbeizitiert. Kein einzelner Mensch konnte doch einen solchen Krach machen, während er für drei Leute das Frühstück vorbereitete. Dann hörte Gray durch das Heulen und Jaulen hindurch das Röcheln und begriff, daß Honoré seine ihm eigene Methode anwandte, um ihm zu sagen, daß es höchste Zeit sei, aufzustehen. Er drehte sich eigensinnig auf die andere Seite und blieb, obwohl er nicht wieder einschlafen konnte, bis acht Uhr liegen. Da flog die Tür auf, und ein Staubsauger ging gegen ihn zum Angriff vor.

»›Morgenstund hat Gold im Mund‹«, zitierte Honoré fröhlich, der nach dem Staubsauger einrückte.

Das Gold imponiert dir wohl am meisten, dachte Gray und sagte laut: »Um das beherzigen zu können, muß man aber auch früh zu Bett gehen. Kann ich baden?«

Im »Le Petit Trianon« konnte man nicht damit rechnen, daß es heißes Wasser gab. Es gab zwar ein Badezimmer mit Fischen auf den Wandkacheln und einem pelzigen, pfirsichfarben bezogenen Toilettendeckel, aber der große Boiler wurde nicht geheizt. Honoré erhitzte das Wasser, das er zum Abspülen brauchte, auf dem Herd. Wenn man baden wollte, mußte man das ein paar Stunden oder sogar Tage vorher anmelden.

»Später«, sagte Honoré. In rasantem Französisch hielt er Gray vor Augen, daß es Stromrechnungen gab, daß es ohnehin ungesund sei, zuviel zu baden, und daß er im Moment keine Zeit hatte, den Boiler einzuschalten.

»Tut mir leid, ich habe nicht alles mitbekommen«, sagte Gray verblüfft.

»Aha!« Sein Stiefvater drohte ihm mit dem Finger und fuhrwerkte gleichzeitig energisch mit dem Staubsauger im Zimmer umher. »Ich denke, du kannst gar nicht so gut Französisch, wie du immer sagst. Jetzt hast du Gelegenheit, dich darin zu üben. Das Frühstück wartet. Komm.«

Gray stand auf und wusch sich mit heißem Wasser, das auf dem Herd erhitzt worden war. Die billige käsefarbene Seife, die Honoré ihm gab, war so scharf, daß er fast aufgeschrien hätte. Auf dem Herd stand ein Topf Kaffee, und auf dem Tisch lag eine halbe Baguette. Es ist bei den Franzosen Sitte, das Stangenweißbrot jeden Morgen frisch zu kaufen; nicht so bei Honoré. Er brachte es nicht übers Herz, etwas wegzuwerfen, und altbackene Baguettes mußten bis zum letzten Bissen gegessen werden, obwohl sie am Ende aussahen und schmeckten wie versteinerte Luffaschwämme.

Nachdem Dr. Villon seine Visite gemacht und verkündet hatte, der Zustand der Patientin sei unverändert, ging Gray ins Dorf, um frisches Brot zu holen. Bajon hatte sich seit seinem letzten Besuch nicht sehr verändert. Das *Ecu d'Or* hatte einen Anstrich noch immer dringend nötig, die graubraunen Bauernhäuser schliefen noch immer wie schwerfällige alte Tiere hinter graubraunen Mauern. Die vier Läden an der nach dem Krieg entstandenen Promenade, die Weinhandlung, der Bäcker, der Fleischer und die Gemischtwarenhandlung mit Postamt, hatten noch dieselben Besitzer. Gray ging bis ans Ende der Dorfstraße, um nachzusehen, ob die Büstenhalterreklame noch da war. Sie war da. Ein riesiges Plakat an einem Bretterzaun, darauf in Spitzen gehüllte, schwellende Zwillingshügel und darunter die Worte: *»Desirée, Votre Soutien-gorge«*. Gray machte kehrt, kam an zwei neuen Läden und an einem Friseur vorbei, der den anspruchsvollen Namen »Jeanne Moreau« trug, und kam zu dem Straßenschild mit der Aufschrift *»Nids de Poule«*. Als er das erste Mal in Bajon gewesen war, hatte er gedacht, es seien tatsächlich Hühnernester auf der Straße, aber Honoré hatte ihn ausgelacht und ihn spöttisch belehrt, daß es sich ganz einfach um Schlaglöcher handle.

Der Tag verging langsam, und die drückende Hitze machte schläfrig. Gray entdeckte unter den Büchern, die seine Mutter aus Wimbledon mitgebracht hatte, *Die treue Nymphe* und setzte sich damit in den Garten, ein 10 Meter langes und 8 Meter breites Rasenstück. Darauf standen drei von Honoré errichtete seltsame Gebilde – Dreibeine aus grünen Stangen, von je einem Gipskopf gekrönt. Von den Stangen hingen jeweils an drei Ketten befestigte Schalen, die mit gelben Ringelblumen gefüllt waren. Gray konnte sich an diese kunstvollen Scheußlichkeiten nicht gewöhnen, die mit peinlicher Sorgfalt und großer Mühe eigens für die paar armseligen Blümchen angefertigt worden waren. Doch die Sonne war warm, und wenn er im Freien saß und las, verging wenigstens die Zeit.

Gegen acht Uhr erklärte Honoré, ein armer alter Mann, seit aller Herrgottsfrühe auf den Beinen, erschöpft von seiner Arbeit als Koch, Krankenpfleger und Hausmann, verdiene am Abend ein bißchen Unterhaltung und Zerstreuung. Gray bleibe bestimmt gern bei Enid, während er selbst im *Ecu d'Or* einen *fine* trinke. Im Lauf des Tages waren ein paar Nachbarinnen dagewesen und hatten sich erboten, eine Weile bei der Kranken zu sitzen, doch Honoré hatte immer abgelehnt und gesagt, Graham lasse es sich nicht nehmen, bei seiner Mami zu bleiben.

Der Atem seiner Mutter ging unverändert röchelnd. Gray saß an ihrem Bett und las *Die treue Nymphe* zu Ende. Dann fing er *Die blaue Lagune* an. Honoré kam, nach Cognac riechend, um elf zurück und verkündete, der Bürgermeister habe gesagt, er würde den Autor von *Rausch des Staunens* gern kennenlernen.

Am nächsten Morgen erschien Pfarrer Normand, eine untersetzte, düstere schwarze Gestalt. Honoré behandelte ihn, als sei er mindestens der Erzbischof persönlich. Er blieb lange bei Grays Mutter im Schlafzimmer und wich erst, als Dr. Villon kam. Weder Priester noch Arzt sprachen mit Gray. Sie konnten nicht Englisch, und Honoré hatte ihnen gesagt, Gray verstehe kein Französisch. Das eine Woche alte Gebräu wurde serviert, das die beiden ältlichen Männer mit großem Vergnügen zu trinken schienen. Sie lobten Honoré wegen seiner selbstlosen Hingabe für seine kranke Frau. Der Himmel werde es ihm lohnen – so Pfarrer Normand –, und irdischer Lohn sei ihm ebenfalls bald gewiß in Form von »Le Petit Trianon« und Enids Ersparnissen, das wiederum war Dr. Villon. Da sie glauben mußten, daß Gray sie nicht verstand, unterhielten sie sich ganz offen über Enids unmittelbar bevorstehenden Tod und den glücklichen Umstand, daß Honoré zwar nicht wegen Geld geheiratet, aber Geld auch nicht verachtet hatte.

Gray traute ihm durchaus zu, daß er ein wenig nachhelfen würde, falls seine Mutter sich mit dem Sterben zu lange Zeit ließ. Honoré zeigte weder Schmerz noch Trauer, nur ein leichtes Unbehagen, als die beiden das Geld seiner Frau erwähnten. Der Priester und der Arzt bewunderten ihn wegen der schicksalsergebenen Tapferkeit, aber Gray glaubte nicht, daß es Tapferkeit war. Er hatte den Widerwillen in Honorés Augen gesehen, hatte gesehen, wie sie voller Abscheu aufblitzten, wenn er seine Frau fütterte oder ihr das Gesicht wusch und sich unbeobachtet glaubte.

Wie viele Ehemänner und -frauen waren unter gewissen Umständen fähig zu morden? Möglicherweise sehr viele. Seit Gray in Frankreich war, hatte er kaum an Drusilla gedacht. Hier gab es nichts, das ihn an sie erinnerte. Er war, nachdem ihre Affäre begonnen hatte, nicht mehr in Frankreich gewesen, und auch sie war nie in die Nähe von Bajon gekommen. Tiny und sie machten Urlaub in St. Tropez oder St. Moritz – den beiden Mekkas des Tourismus – oder in exotischeren Gegenden. Aber jetzt dachte er an sie, wie immer bei dem Stichwort ›Mord unter Ehegatten‹.

Wann hatte sie zum erstenmal davon gesprochen? Im März? Im April? Nein, sie hatte die Droge ja erst im Mai genommen . . .

Es hatte ungefähr eine halbe Stunde gedauert, bis die Wirkung einsetzte. Dann begann sie ihm zu schildern, was sie sah. Das alte Schlafzimmer mit den Deckenbalken weitete sich, wurde höher, breiter, länger, bis es die Dimensionen eines königlichen Saales annahm. Die Wolken vor dem Fenster färbten sich purpurn und wurden riesengroß. Sie hatte noch nie solche Wolken gesehen. Sie stand auf, um sie genauer zu betrachten, und verstand nicht, wieso das Fenster nicht 30 oder 40 Meter entfernt, sondern ganz nah war.

Sie trug einen Ring mit einem ungeschliffenen Amethyst, den sie ihm als Bergkette voller geheimnisvoller Höhlen beschrieb. Sie sagte, in den Höhlen gingen ununterbrochen kleine Leute ein und aus. Gray lehnte es ab, mit ihr zu schlafen, es kam ihm unrecht und unnatürlich vor, und sie schien nicht gekränkt zu sein. Also gingen sie hinunter, und er kochte etwas zum Lunch. Das Essen jagte ihr Angst ein. Die Gemüse in der Suppe kamen ihr vor wie wabbelnde Seetiere in einem Teich. Dann saß sie sehr lange ganz still da, erzählte ihm nichts mehr und sagte schließlich:

»Ich mag das nicht. Es verändert mein ganzes Wesen.«

»Natürlich. Was hast du erwartet?«

»Ich habe keine sexuellen Gefühle mehr – bin ganz geschlechtslos. Stell dir vor, wenn das so bleibt . . .«

»Es bleibt nicht so. Die Wirkung läßt bald nach, und dann wirst du schlafen.«

»Was passiert, wenn ich jetzt Auto fahre?«

»Um Himmels willen, du baust garantiert einen Unfall! Du siehst alles verzerrt und hast kein Gefühl für Entfernungen.«

»Ich möchte es versuchen. Nur hier in der Pocket Lane.«

Er hatte sie mit Gewalt zurückhalten müssen. Obwohl er gewußt hatte, daß so etwas passieren konnte, hatte er nicht geahnt, daß sie so kräftig war. Sie kämpfte mit ihm, schlug ihn, trat ihn gegen die Schienbeine. Aber schließlich konnte er ihr die Wagenschlüssel abnehmen, und als sie ruhiger geworden war, gingen sie spazieren.

Sie gingen durch den Wald und begegneten ein paar

Reitern. Drusilla sagte, es sei ein Trupp Kavallerie, und sie hätten grausame und traurige Gesichter. Gray setzte sich mit ihr unter einen Baum, doch die Vögel erschreckten sie. Sie sagte, sie wollten sie angreifen und mit den Schnäbeln in Stücke hacken. Am frühen Abend schlief sie ein. Einmal wachte sie auf und erzählte ihm, sie habe geträumt, die Vögel hätten Tinys Flugzeug angegriffen und ein Loch hineingepickt, bis Tiny herausgefallen sei. Ein Vogel sei sie selbst gewesen, eine Harpye mit Federn und Schwanz und den Brüsten und dem Gesicht einer Frau und lang herabwallendem Haar.

»Ich begreife nicht, wie Leute das zum Spaß nehmen können«, sagte sie, als sie am nächsten Abend nach Hause fuhr. »Warum hast du's mir gegeben, zum Teufel?«

»Weil du mich so lange genervt hast, bis ich nachgegeben habe. Ich wünschte, ich hätte es nicht getan.«

Wie oft hatte er sich das noch gewünscht! Denn es war nicht das Ende, sondern erst der Anfang. Damals hatte alles angefangen. Aber das spielte keine Rolle mehr; es war alles vorbei . . .

»Steh auf, mein Sohn. Träumst du etwa?«

Honorés Stimme hatte einen vorwurfsvollen Unterton. Er erwartete, daß junge Menschen – besonders junge Leute, die nicht für sich selbst sorgten – sofort aufsprangen, wenn ältere Leute einen Raum betraten oder verließen. Dr. Villon und Pfarrer Normand brachen auf, bewunderten aber, bevor sie gingen, noch wortreich Honorés Sprachkenntnisse. Gray sagte höflich *au revoir,* blieb aber ruhig sitzen. Als sie draußen im Flur waren, wehrte Honoré ihre überschwenglichen Komplimente ab, indem er bescheiden erklärte, jemand, der jahrelang in leitender Stellung im Hotelfach tätig gewesen sei, müsse schließlich mehrere Sprachen beherrschen.

Nach dem Abendessen – einer merkwürdigen Mixtur aus Büchsenhummersuppe, Büchsenkrabben und weißen Fischstückchen, die Honoré *Bouillabaisse* nannte – machte Gray einen langen Spaziergang bis zu dem Bauernhof am Ende der Straße. Es gab hier fast genauso viele Mücken und Fliegen wie in der Pocket Lane. Alles hier erinnerte ihn an die Pocket Lane, einzige Ausnahme war das unaufhörliche Gebell eines Kettenhundes. Gray wußte, daß die französischen Bauern ihre Hunde gern an der Kette hielten. Wahrscheinlich gewöhnten sich die Tiere mit der Zeit daran, und wahrscheinlich wurde dieser Hund nachts von der Kette gelassen. Doch aus irgendeinem Grund war Gray durch den Anblick und das Gebell tief beunruhigt. Warum, wußte er nicht. Er konnte sich nicht erklären, wieso der magere Schäferhund, der an der Kette zerrte und ununterbrochen heiser und vergeblich bellte, in ihm ein Gefühl auslöste, das fast einer eisigen Furcht glich.

Als er nach Hause kam, hatte Honoré sich mit schwarzem Jackett, schwarzer Krawatte und Baskenmütze herausgeputzt, bereit für seinen Cognac im *Ecu d'Or.*

»Grüß den Bürgermeister von mir«, sagte Gray.

»Morgen besucht er uns. Er spricht gut Englisch – nicht so gut wie ich, aber gut. Du mußt aufstehen, wenn er hereinkommt, Graham, das gehört sich so. Schließlich bist du noch ein junger Spund und er ein ehrenhafter und vernünftiger alter Mann. Ich gehe jetzt. Ach, übrigens, vergiß nicht, Maman ihren Kaffee zu geben.«

Gray widerte es an. Es widerte ihn an, die Kranke, die schlecht roch und sabberte, mit einem Arm zu stützen, während er mit der anderen die Schnabeltasse zwischen die zitternden Lippen schob. Aber er konnte sich nicht weigern. Sie war seine Mutter. Es waren diese Lippen, die vor unendlich langer Zeit gesagt hatten: »Wie schön, dich wieder zu Hause zu haben, Liebling«, diese Hände, die sein Gesicht umfangen hatten, wenn sie ihn zum Abschied küßte, die Namensschildchen in seine Schulkleider eingenäht und ihm Tee gebracht hatten, wenn er in den Ferien spät aufgewacht war.

Als er sie mit der warmen Milch fütterte, die nur eine Spur Kaffee enthielt, liefen wenigstens drei Viertel auf die Bettdecke. Seine Mutter behielt nur den Rest bei sich. Sie kam ihm schwächer vor als am Abend vorher, ihre Augen starrer und viel weiter entrückt, ihr Körper noch schlaffer. Sie erkannte ihn nicht. Wahrscheinlich dachte sie, er sei jemand aus dem Dorf, der Honoré bei der Pflege half. Doch auch er erkannte sie nicht wieder. Das war nicht die Mutter, die er geliebt, und nicht die Mutter, die er gehaßt hatte, das war nur eine alte Französin, vor der es ihn ekelte und für die er Mitleid empfand.

Er stellte die Tasse weg und legte die Mutter in die Kissen zurück. Ihr Kopf rollte zur Seite, und sie begann wieder zu röcheln, aber unregelmäßig und mühsam. Er hatte noch nie einen Menschen sterben sehen. Doch was immer Honoré oder der Arzt sagen mochten, wie viele falsche Alarme es gegeben, wie oft Honoré ihn wieder beruhigt hatte, Gray wußte, daß sie jetzt im Sterben lag. Morgen oder übermorgen würde sie sterben.

Er saß an ihrem Bett und las *Die blaue Lagune* zu Ende, erleichtert, als Honoré nach Hause kam und die Mutter noch lebte.

Enids Sterben dauerte noch den ganzen nächsten Tag, einen Mittwoch. Auch Honoré war sich jetzt klar darüber. Er und Dr. Villon saßen in der Küche, tranken Kaffee, warteten. Honoré sagte immer wieder, er wünschte sich, sie würde endlich erlöst. Das erinnerte Gray an Theobald

Pontifex aus dem Buch *Der Weg allen Fleisches.* Genau dieselben Worte hatte Pontifex nämlich gesagt, als seine ungeliebte Frau auf dem Sterbebett gelegen hatte. Gray fand das Buch unter den Büchern seiner Mutter und begann es zu lesen, obwohl es eine ganz andere als seine übliche Lektüre war, ein großer, bedeutender Roman, wie er sie früher am liebsten gelesen hatte.

Pfarrer Normand kam und spendete ihr die Sterbesakramente. Er ging, ohne Kaffee getrunken zu haben. Vielleicht war die Dosis vom Vortag für ihn zuviel gewesen, oder er glaubte, es schicke sich nicht im Haus einer Sterbenden. Der Bürgermeister kam nicht. Inzwischen wußte das ganze Dorf, daß Enid endlich starb. Sie war nicht beliebt gewesen. Wie hätten sie eine Ausländerin, und noch dazu eine Engländerin, lieben können? Aber alle liebten Honoré, der hier geboren, der einer der Ihren war, und der, als er zu Vermögen kam, bescheiden in sein Heimatdorf zurückkehrte.

An diesem Abend ging Honoré nicht ins *Ecu d'Or,* obwohl Enid friedlicher schlief als am Tag vorher. Er marschierte noch einmal mit dem Staubsauger durch das Haus und holte den Staub aus allen Winkeln und Ritzen, er machte wieder grüne Omeletts und schaltete endlich den Boiler ein, damit Gray baden konnte. In einen mit Drachen geschmückten Morgenmantel seines Stiefvaters gehüllt, kam Gray gegen elf aus dem Badezimmer und hoffte, ins Bett flüchten zu können. Aber Honoré fing ihn auf dem Flur ab.

»Jetzt können wir miteinander reden, denke ich«, sagte Honoré. »Bisher hatten wir keine *minute* Zeit?«

»Wenn du unbedingt willst.«

»Ich will, Graham«, sagte Honoré und fügte, als Gray ihm ins Wohnzimmer folgte, hinzu: »Lösch aus, bitte.«

Gray drehte das Licht im Flur ab. Sein Stiefvater zündete sich eine Zigarette an und korkte die Cognacflasche zu, aus der er getrunken hatte, während Gray im Bad gewesen war.

»Setz dich, mein Sohn. So, Graham, du kennst doch das Testament von Maman.«

»Ja«, sagte Gray zurückhaltend.

»Die Hälfte für dich und die Hälfte für mich, ja?«

»Ich möchte lieber nicht darüber sprechen. Sie ist noch nicht tot.«

»Aber Graham, ich spreche doch gar nicht davon, ich spreche über dich. Ich bin unruhig, weil ich mich frage, was ohne Geld aus dir werden soll«.

»Ich werde nicht ohne Geld dastehen, nachdem ... Aber nein, darüber wollen wir wirklich nicht sprechen.«

Honoré zog ausgiebig an seiner Zigarette. Er schien nachzudenken, machte ein listiges Gesicht und schien sich nicht besonders wohl zu fühlen. Plötzlich sagte er laut und schnell: »Du mußt nur mehr Bücher schreiben. Das kannst du, dazu hast du Talent, das weiß ich, ich, Honoré Duval. Nur ein armer alter Kellner, wirst du sagen, aber außerdem Franzose, und wir Franzosen spüren so etwas.« Er schlug sich auf die eingefallene Brust. »Wir haben es da drin, es ist in uns eingebaut, von Geburt an.«

»Man sagt angeboren«, korrigierte ihn Gray. »Obwohl ich es bezweifle.« Ihm war schon häufig aufgefallen, daß Honoré ein armer alter Kellner war, wenn er etwas wollte, und ein internationaler Manager, wenn er sich wichtig tat.

»Du schreibst also mehr Bücher und bist wieder reich und unabhängig, *hein?*«

»Vielleicht.« Gray fragte sich, wohin das alles führen sollte, und nahm sich fest vor, Honoré nicht die geringste

Chance zu geben, sein Ziel zu erreichen. »Ich möchte auch darüber nicht sprechen. Und jetzt gehe ich ins Bett.«

»Okay, okay, reden wir ein andermal. Aber ich sage dir, es ist schlecht, sehr schlecht, auf Geld zu hoffen, das man nicht mit seiner Hände Arbeit erwirbt. Selbstverdientes Geld ist für einen Mann das einzige gute Geld.«

Leute, die im Glashaus sitzen, sollten nicht mit Steinen werfen, dachte Gray. »Reden wir von was anderem«, sagte er.

»Okay, sehr gut. Sprechen wir über England. Ich habe England nur einmal besucht, sehr kalt, sehr viel Regen. Aber ich mache dort viele Freunde. Mamans Freunde lieben mich alle. Erzähl mir einmal, wie geht es Mrs. Palmer und Mrs. Harcourt und Mrs. Warriner?«

Resigniert berichtete Gray, daß er die beiden erstgenannten aus den Augen verloren hatte, Mals Mutter aber, soviel er wußte, noch in Wimbledon lebte und glücklich und zufrieden war. Honoré nickte weise, er hatte sein inneres Gleichgewicht wiedergewonnen, drückte seine Zigarette aus und zündete sich die nächste an.

»Und wie«, sagte er, »geht es der guten Isabel?«

11

Auch Gray hatte sich eine Zigarette anzünden wollen. Honoré hatte ihm sein brennendes Streichholz gereicht, und er hielt es nach unten, damit die Flamme sich wieder erholte. Jetzt ließ er es in den Aschenbecher fallen und nahm die Zigarette aus dem Mund.

»Isabel?« sagte er.

»Du siehst aufgeregt aus, Graham, als ob du ein Gespenst gesehen hättest. Vielleicht hast du zu heiß gebadet.

Hol dir eine Decke von deinem Bett, sonst bekommst du Rheuma.«

Gray sagte automatisch, doch die Worte hatten weder Sinn noch Bedeutung für ihn: »Mir ist nicht kalt.«

Honoré zuckte über die Torheit der Jugend die Schultern. Sie nahmen einfach keinen Rat an, diese jungen Leute. Auf französisch begann er ein Loblied auf Isabel zu singen, pries ihren starken englischen Charakter, den Mut, als unverheiratete Frau *d'un certain âge* allein nach Australien zu reisen.

Gray erhob sich steif und sagte: »Ich gehe schlafen.«

»In der Mitte unserer Unterhaltung? Ich verstehe. Okay, Graham, mach, was du willst. Gute Manieren machen den Mann. Auch ein englisches Sprichwort. Merkwürdig, daß englische Menschen englische Sprichwörter für Unsinn halten.«

Gray ging hinaus, knallte die Tür hinter sich zu und mißachtete Honorés Mahnung, das Licht im Flur auszudrehen. Er schloß sich in sein Zimmer ein und setzte sich auf das Bett. Er fror jetzt wirklich durch und durch, sein ganzer Körper war mit Gänsehaut bedeckt.

Isabel. Wie, um Gottes willen, hatte er Isabel vergessen können? Und er hatte sie einfach vergessen. Als er in der Hütte war, um seinen Paß zu holen, hatte er gewußt, daß da noch etwas war, eine dumpfe Unruhe hatte ihn gequält, aber dann war ihm nur Miss Platts Party eingefallen, obwohl es verdammt unwichtig gewesen war, ob er nun hinging oder nicht. Aber es war gar nicht die Party, es war Isabel, die sein Unterbewußtsein beschäftigt hatte. Schattenhafte, flüchtige Erinnerung, die sich nicht fassen ließ, war immer wieder für Sekundenbruchteile aufgeblitzt und hatte ihm Angst und Unbehagen eingeflößt, zum Beispiel als er auf dem Bauernhof den Kettenhund bellen hörte. War es möglich, daß er sich geirrt hatte, daß es um ein anderes Wochenende ging?

In der Küche lag eine alte Ausgabe von *Le Soir* vom Freitag. Er ging hinunter und entdeckte sie nach längerem Suchen, Honoré hatte den Abfalleimer damit ausgelegt. *Vendredi, le 4. juin* und Fotos von einer Flutkatastrophe in einer Stadt auf den Antipoden. Wenn Freitag der 4. gewesen war, dann war der nächste Mittwoch der 9. Juni und Montag war der 7. gewesen. Aber wozu rechnete er eigentlich nach? Isabels Tag war der gewesen, an dem er von Francis zurückkommen sollte.

Er ließ sich auf einen Küchenstuhl fallen und preßte die Hände so fest an den Kopf, daß seine verbrannte Hand wieder zu pochen begann. Was sollte er tun, verdammt noch mal? Er saß hier in Bajon fest, hatte kein Geld, und seine Mutter lag im Sterben.

Er versuchte kühl und vernünftig zu überlegen, wie sich alles abgespielt haben mußte. Am Montag, dem 7. Juni, mußte Isabel um die Mittagszeit in ihrem Mini die Pocket Lane hinuntergefahren sein. Mit dem Schlüssel, den sie von ihm bekommen hatte, hatte sie den Schuppen aufgesperrt, die Küchentür geöffnet, auf der Badewannenabdeckung ein Dutzend oder mehr Dosen Hundefutter deponiert und eine Schüssel Wasser auf den Boden gestellt. Dann hatte sie den Hund zum Abschied geküßt, hatte ihn gestreichelt, ihm versprochen, bald wiederzukommen, und war gegangen. Seither war Dido allein und wartete.

»Gray ist bald wieder da«, hatte Isabel bestimmt gesagt, »er wird für dich sorgen. Sei brav und schlaf, bis er kommt.« Sie hatte den Schlüssel an den Haken gehängt, die Küchentür zugemacht und war nach Heathrow zum Flughafen gefahren. Jetzt war sie längst in Australien.

Es war unvorstellbar, aber so mußte es gewesen sein. Was hätte es verhindern sollen? Isabel hatte gewußt, daß sie in ein leeres Haus kam, in ein abgeschlossenes, total verschmutztes, schäbiges Haus. Er hatte keine Nachricht hinterlassen, nichts deutete darauf hin, daß er nach Frankreich gefahren war, er hatte nur mit Miss Platt darüber gesprochen. Aber Miss Platt kannte Isabel nicht und hätte sie, selbst wenn sie im Garten gewesen wäre, nicht aufgehalten, um ihr von Grays Abreise zu erzählen. Schließlich behelligte man Fremde nicht aus heiterem Himmel mit den Angelegenheiten seiner Nachbarn.

Der Hund, nur er allein war wichtig. Dido, der Hund mit dem schönen Gesicht und den sanften Augen. O Gott, jetzt waren sie bestimmt nicht mehr sanft! Nicht, nachdem Dido länger als zwei Tage ohne Futter und mit wenig Wasser in dem stickigen Loch eingesperrt war. Jetzt würden diese Augen wild und halb wahnsinnig vor Angst sein. Das Futter, das in erreichbarer Nähe stand, war teuflischerweise für Dido trotzdem unerreichbar, da nicht einmal die größten und kräftigsten Fänge und Klauen die Dosen öffnen konnten. In diesem Augenblick würden die Fänge und die Klauen an der verriegelten Hintertür zerren, am Schloß der Speisekammer, an der Kellertür, bis Dido erschöpft und kraftlos zu bellen und zu heulen begann, verzweifelt und aus einer viel größeren Qual heraus als der Kettenhund des Bauern.

Niemand konnte sie hören. Bis zum Samstagabend, wenn Mr. Tringham seinen Spaziergang machte, kam niemand am Schuppen vorbei . . . Gray stand auf und ging ins Wohnzimmer, wo Honoré immer noch saß. Die Cognacflasche war jetzt wieder offen.

»Honoré, darf ich telefonieren?«

Das war eine Bitte von unvorstellbarer Tragweite, dagegen verblaßte Grays Wunsch nach einem Bad völlig. Honoré benutzte das Telefon vielleicht dreimal im Jahr, um seinem Stiefsohn etwas Wichtiges mitzuteilen, und vielleicht ebensooft, um Dr. Villon anzurufen. Es stand in seinem und Enids gemeinsamen Schlafzimmer zwischen den beiden Betten und war schwerer erreichbar als ein Arzt des Gesundheitsdienstes in einem überfüllten Londoner Krankenhaus.

Nachdem er Gray einen Blick vorwurfsvollen Erstaunens zugeworfen hatte, sagte Honoré, das Telefon sei in Enids Zimmer, und Enid zehn Minuten vor Mitternacht zu stören, wäre eine Sünde, und außerdem habe er gedacht, Gray schlafe längst.

»Es ist dringend«, fügte Gray ohne Erklärung hinzu.

Doch so leicht ließ Honoré ihn nicht davonkommen. Wen wolle er anrufen und warum? Er beantwortete sich die Frage gleich selbst und meinte, es könne nur eine Frau sein, mit der sich Gray verabredet habe. Jetzt sei ihm wohl klargeworden, daß er nicht zu dem Rendezvous kommen konnte. Das stimmte in gewisser Weise sogar, aber das gab Gray nicht zu. Ob Graham denn nicht wisse, daß die Kosten eines Telefongesprächs nach England *formidable* seien. Außerdem sei eine Frau, die man noch um Mitternacht anrufen könne, bestimmt nicht tugendhaft und die Beziehung zwischen Graham und ihr unmoralisch. Er, Honoré Duval, werde aber keinerlei Unmoral Vorschub leisten, ganz besonders nicht um Mitternacht.

Nicht zum erstenmal dachte Gray, wie lächerlich es war, daß die Franzosen, von denen die Engländer glaubten, sie seien frivol und sexbesessen, sehr strenge Moralvorstellungen hatten, ihrerseits jedoch die Engländer für frivol und unmoralisch hielten.

»Es handelt sich um etwas, das ich in der Eile vergessen

habe«, sagte er, bemüht, nicht die Geduld zu verlieren. »Es hat mit Isabel zu tun.«

»Isabel«, entgegnete Honoré, »ist in Australien. Geh jetzt ins Bett, Graham. Morgen sehen wir weiter, *hein?*«

Gray sah ein, daß es sinnlos war. Wen hätte er außerdem anrufen können? In seiner Panik hatte er sich das gar nicht überlegt. Schließlich war es mitten in der Nacht. Außerdem, dachte er, kann man vor morgen früh ohnehin nichts tun. Ihm war übel, und er fror noch immer.

Er konnte nicht schlafen. Er wälzte sich von einer Seite auf die andere, stand manchmal auf und ging zum Fenster. Dann dämmerte der Morgen, und der Kettenhund begann zu bellen. Gray warf sich mit dem Gesicht nach unten auf das Bett. Gegen fünf fiel er in einen leichten Schlummer, der mehr Traum war als Schlaf. Es war jener so häufig wiederkehrende Traum, in dem Drusilla ihm sagte, daß sie ihn heiraten wolle.

»Willst du Tiny um die Scheidung bitten?« hatte er damals gefragt und wiederholte die Worte jetzt im Traum.

»Wie kann ich das? Außerdem läßt er sich nie scheiden.«

»Wenn du ihn verließest und fünf Jahre getrennt lebtest, müßte er sich scheiden lassen, ob er will oder nicht.«

»Fünf Jahre! Wo werden wir in fünf Jahren sein? Wer soll für meinen Unterhalt sorgen? Du etwa?«

»Wir müßten eben beide arbeiten. Man spricht zwar viel von Arbeitslosigkeit, aber es gibt eine Menge Arbeit, wenn man nicht wählerisch ist.«

Arbeiten – mit diesen zarten, gepflegten Händen, die noch nie mehr getan hatten, als Blumen in eine Vase zu ordnen, Sahne zu schlagen, eine Seidenbluse zu waschen ... Sie sah ihn an und verzog die Lippen.

»Gray, ich kann ohne Geld nicht leben. Ich habe immer

Geld gehabt. Auch vor meiner Ehe habe ich immer alles bekommen, was ich wollte. Ich kann mir nicht vorstellen, was das für ein Leben wäre, wenn ich nicht jederzeit in jeden Laden gehen und kaufen könnte, was mir gefällt.«

»Dann muß alles beim alten bleiben.«

»Vielleicht stirbt er«, sagte sie. »Wenn er stirbt, gehört alles mir. Es steht in seinem Testament, ich hab's gesehen. Er hat Aktien im Wert von ein paar hunderttausend Pfund. Keine Million, aber Hunderttausende sind es.«

»Na und? Sie gehören ihm. Und außerdem, was würdest du denn mit so viel Geld anfangen?«

»Ich würde es dir geben«, sagte sie.

»Das klingt aber gar nicht nach meiner hartgesottenen kleinen Dru.«

»Verdammt! Verdammt! Ich möchte aber, daß du es bekommst.«

»Und wie willst du das bewerkstelligen? Soll ich ihn vielleicht umbringen?«

»Ja«, sagte sie.

In Schweiß gebadet fuhr Gray in die Höhe. »Ich kann nicht!« stieß er hervor. »Ich kann niemanden töten – weder Mensch noch Tier, keine Fliege, keine Wespe . . .« Und dann fiel die Erinnerung über ihn her. Er konnte nicht töten und tötete doch, tötete in diesem Augenblick einen Hund. Zugleich mit diesem Gedanken überkam ihn ungeheure Erleichterung, die beruhigende Erkenntnis, daß alles in Ordnung war. Isabel hatte Dido bestimmt nicht allein in der Hütte gelassen, weil sie den Milchmann getroffen hatte. Sie wollte um zwölf kommen, und sie war immer pünktlich. Der genauso pünktliche Milchmann kam auch um zwölf, außer am Freitag, und er wußte, daß Gray weggefahren war, und hatte es Isabel bestimmt gesagt. Wahrscheinlich war sie wütend gewesen, weil er ihr das Konzept verdorben hatte, aber Dido hatte sie gewiß nicht dagelassen.

Er fiel sofort in einen tiefen, traumlosen Schlaf, aus dem er um acht Uhr von Dr. Villons salbungsvoller Stimme geweckt wurde. Das Röcheln war nicht mehr zu hören. Gray stand auf, zog sich an und schämte sich ein bißchen, weil er so glücklich war, während seine Mutter im Sterben lag oder vielleicht gar nicht mehr lebte.

Enid war noch nicht tot. Ein winziger Lebensfunke flackerte noch in dem siechen Körper, ganz schwach hob und senkte sich ihre Brust unter der Bettdecke. Gray tat jetzt, wozu Honoré ihn drängen wollte, wozu er sich aber in Gegenwart seines Stiefvaters nie bereitgefunden hätte. Er küßte die Mutter sanft auf die eingefallene, gelbliche Wange. Dann ging er in die Küche, wo Honoré dem Arzt eben wieder erklärte, er wünschte, sie wäre schon erlöst.

»Bonjour«, sagte Gray. *»Je crois qu'il fera chaud aujourd'hui.«*

Der Doktor schien zu denken, ein Wunder habe Gray die Zunge gelöst, und hielt ihm einen langen Vortrag über das Wetter, die Ernte, den Tourismus, den Zustand der französischen Straßen und die Folgen der Trockenheit.

»Entschuldigen Sie«, sagte Gray, »ich muß frisches Brot holen.«

Das harte weiße Sonnenlicht schien den Ort zu lähmen. Die Straße war staubig. In der Ferne unter der Büstenhalterreklame – *Desirée. Votre Soutien-gorge* – flimmerten Luftspiegelungen über den Schlaglöchern. Gray kaufte zwei Baguettestangen, ging zurück und kam an einem Milchmann mit Pferdewagen vorüber. Dieser Milchmann trug ein schwarzes T-Shirt und eine schwarze Baskenmütze, und obwohl er durch und durch französisch wirkte, hatte er eine unbestimmte Ähnlichkeit mit seinem Milchmann aus der Pocket Lane. Dieser Eindruck wurde noch verstärkt, als der Franzose die Hand hob und »Bonjour, Monsieur!« rief.

Gray winkte zurück. Er würde seinen Milchmann nie wiedersehen und ihn von allen Leuten in der Pocket Lane am meisten vermissen. Es war irgendwie rührend gewesen, wie er ihm zum Abschied die Hand geschüttelt hatte und ...

Gütiger Gott! Wie konnte er das nur vergessen? Isabel war dem Milchmann natürlich nicht begegnet, weil er nicht mehr kam. Gray hatte ihn bezahlt und sich für immer von ihm verabschiedet. Und er hatte an diesem Ende der Pocket Lane niemand sonst zu beliefern. Das hatte er selbst gesagt. Wenn er Gray schon als Kunden verliere, hatte er gesagt, dann müsse er sich eben damit trösten, daß er jetzt nicht mehr den weiten Weg in die Pocket Lane zu fahren brauche. O Gott! Er hatte sich die paar Stunden Schlaf durch eine Illusion verschafft. Seit gestern abend hatte sich nichts zum Besseren gewendet, im Gegenteil, es war noch schlimmer geworden. Dido war im Schuppen eingesperrt, und das – es war jetzt nach neun – seit fast 70 Stunden.

Ihm wurde fast schwarz vor den Augen, als er sich, die Baguettes unter dem Arm, in der brütenden Hitze stehend, diese Ungeheuerlichkeit vergegenwärtigte. Am liebsten wäre er weggelaufen und hätte sich irgendwo auf der anderen Seite der Erde verkrochen. Doch es war lächerlich, so etwas zu denken. Er mußte bleiben und jemanden anrufen. Und das sofort.

Aber wen? Miss Platt fiel ihm als erste ein. Sie wohnte am nächsten und war eine nette, freundliche Frau, die Tiere bestimmt liebte, andererseits aber keine von den alten Hexen, die sich aufspielten und ihm mit Genuß seine Grausamkeit vorhalten und dann in der ganzen Nachbarschaft ausposaunen würden. Sie war praktisch und selbständig und hatte bestimmt keine Angst vor einem Hund, der inzwischen vor Furcht und Hunger halb wild war. Warum hatte er nur nein gesagt, als Miss Platt ihm angeboten hatte, sich während seiner Abwesenheit um die Hütte zu kümmern? Wäre er damit einverstanden gewesen, sähe jetzt alles anders aus. Sinnlos, daran einen Gedanken zu verschwenden. Das einzig Wichtige war im Moment, daß er sich Miss Platts Nummer verschaffte.

»Wie blaß dein Gesicht ist«, sagte Honoré, als Gray das Brot auf den Küchentisch legte. »Es ist der Schock«, wandte er sich auf französisch an Dr. Villon. »Hoffentlich wird er nicht krank. Was soll aus mir werden, wenn ich mich um zwei *malades* kümmern muß?«

»Ich möchte gern telefonieren, Honoré, bitte!«

»Ah, du willst wohl die unmoralische Dame anrufen, wie?«

»Die Dame ist 70 und meine Nachbarin. Ich muß sie bitten, in meinem Haus etwas zu erledigen.«

»Mais le téléphone se trouve dans la chambre de Madame Duval!« rief Dr. Villon, der das Wort »telefonieren« aufgeschnappt hatte.

Gray sagte, das wisse er, doch die Schnur sei lang und reiche bis in den Flur. Etwas über *formidable* Kosten murmelnd, holte Honoré den Apparat und stellte ihn im Flur auf den Boden. Gray wählte die Auslandsauskunft, und dann fiel ihm ein, daß Miss Platt vor zwei Tagen nach London gezogen war.

Aber das war kein Grund zur Verzweiflung. Es gab schließlich noch mehr Leute. Francis zum Beispiel. Francis würde sich zwar ungern dazu bereit finden, aber er würde es tun. Jeder würde es tun, nur ein menschliches

Ungeheuer sich weigern. Doch nein, Francis war doch nicht die Lösung, er war mit Charmian in Devon. Dann Jeff. Jeff hatte den Laster und konnte sehr schnell in der Pocket Lane sein. Gut. Gray wählte und hörte nach einer längeren Verzögerung das Freizeichen. Jeff war der beste, den er darum bitten konnte. Er würde ihm keine Vorwürfe machen, keine umständlichen Erklärungen verlangen und keine Hemmungen haben, in die Hütte einzubrechen. Das war leider notwendig, denn Gray hatte einen Schlüssel, der zweite hing am Haken, und den dritten ...

Nachdem sich auch nach dem zwanzigsten Läuten niemand meldete, gab er auf. Es hatte nicht viel Sinn, Zeit zu verschwenden. Jeff mußte mit dem Laster unterwegs sein. Wer kam sonst noch in Frage? Hunderte von Leuten, David, Sally, Liam, Bob ... David war bestimmt in der Arbeit, doch nur der Himmel wußte, wo. Sally war nach Mull durchgebrannt. Liam war auch nicht mehr in London, hatte Jeff gesagt. Bob saß vermutlich in einer Vorlesung. Natürlich konnte er sich an Mrs. Warriner wenden. Mal hatte zwar öfter von ihr gesprochen, aber Gray hatte sie seit drei Jahren nicht mehr gesehen. Er brachte es nicht fertig, einer sechzigjährigen Dame, die keinen Wagen hatte, die umständliche Fahrt von Wimbledon in die Pocket Lane zuzumuten.

Zurück in die Pocket Lane. Wen konnte er dort noch anrufen? Ein Jammer, daß er nicht mit der Bibliothekarin geflirtet oder jemanden von der Farm näher kennengelernt hatte. Mr. Tringham hatte kein Telefon. Blieben nur noch die Willis übrig. Fast hätte ihn der Mut verlassen, doch es half nichts, er mußte es durchstehen. Er sah Dido vor sich, sah sie entkräftet auf dem Boden liegen, die geschwollene Zunge zwischen den gefletschten Zähnen – und im nächsten Moment bat er das Mädchen von der

Auskunft, ihm die Nummer von Mrs. Willis herauszusuchen.

»*Ouieliese*«, wiederholte die Telefonistin. Wahrscheinlich gab es für eine französische Zunge keinen schwereren Namen.

»Buchstabieren Sie bitte.«

Gray buchstabierte, bekam die Nummer, ließ die Verbindung herstellen. Das Freizeichen . . . Sie war bestimmt verreist. Die ganze Welt war im Urlaub. Gray setzte sich auf den Boden und fuhr sich mit der Hand über die schweißnasse Stirn. Klick. Sie meldete sich.

»Pocket Farm.«

»Ich habe ein Gespräch aus Bajon-sur-Lone, Frankreich, für Sie.«

»Ja, in Ordnung. Wer spricht bitte?«

»Mrs. Willis? Hier spricht Graham Lanceton.«

»Wer?«

»Graham Lanceton. Zwischen uns hat es, als wir uns das letzte Mal sahen, leider ein kleines Mißverständnis gegeben. Ich wohne im ›White Cottage‹, und es geht darum . . .«

»Sind Sie der Mensch, der die Unverschämtheit hatte, die Kühe in unseren Garten zu jagen? Der Mann, der mir die übelsten Ausdrücke an den Kopf warf, die ich in meinem ganzen Leben . . .«

»Ja, ja, und es tut mir entsetzlich leid. Bitte legen Sie nicht auf.«

Aber sie legte auf. Mit einem schrillen »Sie sind wohl wahnsinnig!« knallte sie den Hörer auf die Gabel. Gray fluchte und versetzte dem Telefon einen Tritt. Er ging zu Honoré und dem Doktor in die Küche und schenkte sich eine Tasse Kaffee ein. Honoré lächelte schief.

»Nun? Erfolg gehabt?«

»Nein.« Er wollte mit jemandem darüber sprechen, die Meinung eines Dritten hören, selbst wenn er so hoffnungslos ungeeignet war wie sein Stiefvater. Honoré war engstirnig und ein Spießbürger, aber Spießer waren oft recht praktisch und wußten sich in Notsituationen zu helfen. Gray setzte sich und erzählte Honoré die Geschichte seines jämmerlichen Versagens.

Auf Honorés Gesicht malte sich totale Verständnislosigkeit. Einen Moment lang schwieg er wie betäubt. Dann übersetzte er dem Doktor, was er eben von Gray erfahren hatte. Sie palaverten eine Weile in einem solchen Tempo, daß Gray kein Wort verstand, schüttelten die Köpfe, zuckten mit den Schultern, fuchtelten mit den Händen in der Luft herum. Endlich sagte Honoré auf englisch: »Deine Maman stirbt, und du machst dir Sorgen um einen Hund?«

»Das habe ich dir doch gesagt.«

»Um einen Hund!« Honoré warf die Arme in die Luft, stieß einen gackernden Laut aus und sagte in verständlichem Französisch zu Dr. Villon: »Ich weiß, es ist ein Klischee, aber die Engländer sind alle verrückt. Sogar ich, der ich mit einer Engländerin verheiratet bin, sehe mich gezwungen, es zuzugeben. Sie sind verrückt, und sie lieben Tiere mehr als Menschen.«

»Ich sehe jetzt nach meiner Patientin«, sagte Dr. Villon und warf Gray einen Blick abgrundtiefer Verachtung zu.

Gray ging in den Flur zurück. Aus seinem Körper war alle Wärme gewichen, ihm war kalt, und er zitterte. Der Hund mußte gerettet werden, und er mußte jemanden anrufen, der es für ihn tat. Es gab nur noch einen einzigen Menschen, der ihm helfen konnte.

Merkwürdigerweise war sie für die Aufgabe sogar am besten geeignet. Sie würde nicht zögern, würde sich nicht fürchten. Sie hatte einen Schlüssel. Sie wohnte nah genug, um in einer Viertelstunde in der Pocket Lane sein zu können.

Es war Donnerstag. An einem Donnerstag war sie seine Geliebte geworden, und an einem Donnerstag hatten sie sich getrennt. Donnerstag war immer ihr Tag gewesen – der Tag des Thor, des mächtigsten unter den Göttern.

Gray setzte sich auf den Boden, faßte aber das Telefon nicht an. Noch nicht. Aber er wich ihm auch nicht aus, er maß es wie einen Gegner im Duell. Und er wußte, daß das Telefon gewinnen würde. Reglos, völlig gelassen, selbstgefällig wartete es darauf, daß er kapitulierte. Obwohl es schwieg, schien es zu sagen: Ich bin der Zauber, der Retter, der Herzensbrecher, der Vermittler zwischen Liebenden, der Gott, der einem Hund das Leben wiedergibt und dich in die alten Fesseln zurückzwingt.

12

Sonnenlicht strömte durch das mattierte Glas der Haustür und blendete ihn beinahe. In einem so strahlend hellen sommerlichen Licht hatte sie an jenem Morgen in der Küche der Hütte gestanden, in der jetzt Dido eingesperrt war. Drusilla war so schön gewesen, und das Licht hatte eine solche Leuchtkraft gehabt, daß ihm die Augen weh getan hatten. Mit großen Augen, von der Sonne, die sie im Rücken hatte, ungestört, hatte sie gesagt: »Ja, warum nicht? Warum sollen wir ihn nicht umbringen?«

»Du machst Witze. Das kann nicht dein Ernst sein!«

»Warum nicht? Ich habe mir sogar schon genau überlegt, wie wir es machen. Du lockst ihn unter einem Vorwand her und gibst ihm LSD, genau wie mir. Nur darf er natürlich nichts davon wissen. Misch es ihm in den Tee. Du darfst ihn erst weglassen, wenn es richtig wirkt. Dann setzt er sich in seinen Wagen, fährt los und – wummm! Irgendwo zwischen hier und Loughton erwischt es ihn.«

»Abgesehen von der Tatsache, daß ich das nie tun würde, ist dein Plan absurd. Es ist ein alter Hut, Leute aus Jux auf einen Trip zu schicken.«

»Verdammt, das ist kein Jux! Es klappt, du wirst sehen.«

Er lachte wie jemand, dem die Phantastereien eines anderen peinlich sind, und sagte, aus dem grellen Licht in den kühlen Schatten ausweichend, mit einem Achselzucken: »Dann tu's doch selbst, wenn du meinst, daß du nicht anders kannst. Schließlich ist er dein Mann. Gib ihm LSD und laß ihn auf der Loughton High Road gegen eine Mauer fahren. Aber erwarte nicht, daß ich dir den Stoff besorge.«

»Gray . . .« Die Hand in der seinen, die schmalen, duftenden Lippen an seinem Hals, an seinem Ohr. »Gray, laß uns drüber reden. Einfach so, zum Spaß, wenn du willst. Aber überlegen wir doch mal, ob es ginge. Wir tun so, als sei ich die unglückliche Ehefrau und du ihr Liebhaber wie in einem Kriminalroman. Zum Beispiel Mrs. Thompson und Frederic Bywaters oder Mrs. Bravo und ihr alter Doktor. Nur drüber reden, Gray, ja?«

Gray sprang auf die Füße und verzog sich in den Schatten, als der alte Doktor seiner Mutter aus dem Krankenzimmer kam. Dr. Villon warf die Hände in die Höhe, seufzte und verschwand in der Küche. Gray kauerte sich wieder neben das Telefon, nahm den Hörer von der Gabel und legte sofort wieder auf. Er konnte nicht mit ihr sprechen. Wie hatte er es auch nur in Erwägung ziehen können? Es mußte andere Leute geben, irgend jemand mußte dasein ... Aber er hatte schon an alle gedacht, es war niemand da.

Es gab nur eine Möglichkeit, er mußte sich zwingen, endlich alles, was mit ihr zusammenhing, ganz nüchtern und sachlich zu sehen, er mußte alle Träume vergessen. Er durfte nicht mehr jedes Erlebnis mit ihr Szene für Szene nachvollziehen, mußte sich ohne Beschönigung sagen, was geschehen war und was er tat. Nun gut. Er hatte eine Liebesaffäre gehabt, eine sehr befriedigende, wie die meisten Menschen irgendwann im Leben. Sie war zu Ende, weil Drusilla und er zu verschieden waren. Aber warum sollten sie nicht befreundet bleiben? Sollte er sich vielleicht sein Leben lang fürchten, die Frauen wiederzusehen, mit denen er eine Beziehung gehabt hatte? Das wären trübe Aussichten. Es war lächerlich, wie ein Neurotiker zu reagieren, weil man eine alte Freundin anrufen wollte.

Eine alte Freundin? Drusilla? Nicht mehr als das? Er konnte ja den ganzen Tag neben dem Telefon hocken bleiben und grübeln. Und unterdessen blieb der Hund eingesperrt, verhungerte oder wurde verrückt vor Angst. Einmal wollte Gray noch mit Drusilla sprechen, nur ein einziges Mal. Vielleicht tat es ihm sogar gut. Wahrscheinlich würde es ihn für alle Zeiten kurieren, wenn er ihre Stimme und die dummen, albernen Dinge hörte, die sie zweifellos sagen würde.

Ein leichtes Lächeln, ein bißchen blasiert und bedauernd – ganz Don Juan, der seine abgelegte Geliebte um der alten Zeiten willen anruft – nahm er den Hörer auf und wählte ihre Nummer. Zuerst die Vorwahl und dann die sieben Zahlen. Es war so einfach. Ihm zitterte die Hand, was lächerlich war. Er räusperte sich und zählte mit, wie oft es klingelte: einmal, zweimal, dreimal ...

»Ja?«

Das Herz drehte sich ihm im Leib um. Er preßte die Hand darauf, als könne er es auf diese Weise durch Haut, Fleisch und Rippen hindurch beschwichtigen. Die Versuchung, auch jetzt zu tun, was er Samstag nacht getan hatte, nur zu atmen, zuzuhören und nicht zu sprechen, wurde beinahe übermächtig. Er schloß die Augen und sah die Sonne als scharlachfarbenen See, eine brennende, von Meteoren gespaltene Fläche.

»Ja?«

Wieder räusperte er sich. Seine Kehle war knochentrocken. »Drusilla.« Mehr brachte er nicht heraus, aber es genügte. Es genügte, um ein tiefes, ein absolutes Schweigen auszulösen, das schließlich von einem langen Seufzer gebrochen wurde.

»Du hast dir lange Zeit gelassen«, sagte sie langsam und sprach jedes einzelne Wort sehr sorgfältig aus. Dann mit schockierender Schroffheit, genau wie früher: »Was willst du?«

»Dru, ich ...« Wo war der Don Juan, der lässig seine alten Freundinnen anrief? Gray versuchte diese flüchtige Gestalt zu fassen, die nie sein zweites Ich gewesen war, versuchte mit seiner Stimme zu sprechen. »Wie geht's?« fragte er. »Wie ist es dir in all den Monaten ergangen?«

»Gut. Mir geht es immer gut. Aber du hast mich doch bestimmt nicht angerufen, um mich das zu fragen.«

»Nein, nein«, antwortete Don Juan. »Ich rufe dich als guter alter Freund an.«

»Als alter – was bitte? Du hast vielleicht Nerven!«

»Dru ...« Fest und energisch jetzt. An nichts anderes als an den Hund denken. »Ich habe dich angerufen, weil ich dich um einen Gefallen bitten möchte.«

»Warum soll ich dir einen Gefallen tun? Hast du denn je etwas für mich getan?«

»Bitte, Dru, hör zu! Ich weiß, ich habe kein Recht, dich um etwas zu bitten. Ich würde es auch nicht tun, aber es ist furchtbar dringend. Und ich kann niemand anders darum bitten.« Es war leicht, nach dem ersten Schock war es wirklich leicht. »Ich bin in Frankreich. Meine Mutter liegt im Sterben ...« Und dann erzählte er ihr alles, wie vorhin Honoré, aber weniger weitschweifig.

Ein Laut wie ein leises, zitterndes Stöhnen drang an sein Ohr. Im ersten Moment glaubte er, sie weine, nicht weil seine Geschichte sie gerührt hatte, sondern um sie beide, um das, was sie verloren hatte. Dann schnappte sie nach Luft, und er begriff, daß sie lachte.

»Was für ein Idiot du bist! Du bringst wirklich nichts als Chaos hervor.«

»Aber du fährst hinüber, ja?«

Eine Pause. Wieder ein unterdrücktes Lachen. Er redete ganz normal und freundlich mit ihr, und sie lachte auch ganz normal und freundlich. Es war kaum zu glauben.

»Ich fahre«, sagte sie. »Mir bleibt auch kaum etwas anderes übrig, nicht wahr? Was soll ich tun, wenn ich den Hund herausgeholt habe?«

»Könntest du ihn zu einem Tierarzt bringen?«

»Ich kenne keinen verdammten Tierarzt. Oh, schon gut, ich finde einen. Ich glaube wirklich, du hast den Verstand verloren.«

»Das ist durchaus möglich. Dru – kannst du – würdest du mich unter dieser Nummer zurückrufen? Ich kann nicht noch einmal telefonieren, weil mein Stiefvater sonst überschnappt.«

»Ich rufe dich an. Irgendwann im Lauf des Abends. Das Verhalten deines Stiefvaters überrascht mich nicht. Du hast kein Geld, das ist der Jammer mit dir. Und Leute, die kein Geld haben, nimmt man nicht ernst, man behandelt sie wie Kinder. So ist das Leben nun mal.«

»Dru . . .«

»Ja?«

»Nichts«, sagte er. »Du rufst bestimmt zurück?«

»Habe ich das nicht schon gesagt?« Sie legte sehr heftig auf und gab ihm nicht einmal Gelegenheit, »auf Wiedersehen« zu sagen. Sie selbst verabschiedete sich nie am Telefon. Aber auch sonst nicht, wie ihm einfiel. Nie hatte er sie »auf Wiedersehen« sagen gehört. Er rappelte sich auf, ging ins Bad und erbrach sich in die Toilette.

Enid röchelte unregelmäßig, mit längeren und kürzeren Pausen dazwischen. Sonst war das Haus still. Gray lag im blauen Zimmer auf seinem Bett. Er hatte die blauen Vorhänge zwar zugezogen, aber die Mittagsglut ließ sich nicht ausschließen. Mme Roland sagte, erhaben noch angesichts des Schafotts, verächtlich zu ihm: »O Freiheit, welche Verbrechen werden in deinem Namen begangen!«

Nun also! Er hatte es getan, und es war nicht allzu schlimm gewesen. Daß ihm schlecht wurde, war nur natürlich, nachdem sich die ungeheure Spannung in seinem Innern gelöst hatte. Er hatte mit der fallengelassenen Geliebten gesprochen, und der Hund würde gerettet werden. Kühl und praktisch, wurde er allmählich zu dem, was Honoré oder Isabel eine reife, erwachsene Persönlichkeit nannten. Na schön. *»C'est le premier pas qui coûte«*, wie Honoré sagen würde. Doch er hatte diesen Anfang geschafft. Deshalb konnte es nicht schaden, wenn er sich gerade jetzt wieder in Erinnerung rief, welchen Abscheulichkeiten er entronnen und wie groß die Gefahr war, in der er vielleicht noch schwebte.

»Angenommen, wir meinten es ernst«, hatte er gesagt.

»Ich kann mir nicht vorstellen, wie wir ihn hierherlocken sollen.«

»Das ist einfach. Du schreibst ihm einen Brief.«

»Was für einen Brief? *›Lieber Tiny, wenn Sie an einem der nächsten Nachmittage bei mir hereinschauen wollten, könnte ich Ihnen etwas LSD in den Tee tun, damit Sie hinterher mit Ihrem Wagen tödlich verunglücken? Ihr ergebener G. Lanceton?‹«*

»Sei nicht so verdammt albern. Er sammelt doch Münzen und inseriert ständig in so einem Blättchen, das sich *Numismatists' News* nennt. Los, hol deine Schreibmaschine!«

Um sie bei Laune zu halten, hatte er die Maschine geholt.

»So, und jetzt schreib. Ich diktiere. Zuerst deine Adresse und das Datum – wir haben heute den 6. Juni.« Sie sah ihm über die Schulter, und ihr Haar streifte seine Wange. »Jetzt weiter. ›Sehr geehrter Herr, da ich ebenfalls Münzensammler bin . . .‹ Nein, das ist nicht gut. ›Sehr geehrter Herr, ich habe Ihr Inserat gelesen . . .‹ Manchmal inseriert er nämlich in der *Times.* Ach du lieber Himmel, nimm lieber ein frisches Blatt.«

Wie viele Entwürfe hatten sie gemacht, bevor sie mit dem Brief zufrieden war? Drei? Vier? Endlich entsprach er ihren Vorstellungen. »›Sehr geehrter Herr, ich habe Ihr Inserat in der *Times* gelesen und glaube, daß ich genau das habe, was Sie suchen. Da ich in Ihrer Nähe wohne, wäre es Ihnen vielleicht möglich, vorbeizukommen und es sich anzusehen. Samstag vier Uhr würde es mir passen. Hochachtungsvoll . . .‹«

»Und wie soll ich unterschreiben?«

»Am besten nicht mit deinem richtigen Namen.«

Er unterschrieb mit Francis Duval. Drusilla faltete das

Blatt zusammen und ließ ihn auch den Umschlag tippen: »Harvey Janus Esq., Combe Park, Wintry Hill, Loughton, Essex.«

Sein nachsichtiges Lächeln erstarrte allmählich, und er sagte angeekelt: »Ich habe keine alten Münzen, Dru.«

»Ich geb dir eine. Er hat eine Unmenge wertloser Münzen, die in einer Schachtel herumliegen, Münzen, die er für wertvoll hielt, als er anfing zu sammeln. Und zwar gebe ich dir einen römischen Denar.«

»Dann wüßte er doch sofort, daß ich kein ernsthafter Sammler bin.«

»Natürlich. Na und? Er wird denken, du weißt es eben nicht besser. Er wird sagen, das sei nicht die Münze, die er suche, und dann sagst du, wie jammerschade, aber da er nun einmal hier sei, würdest du ihm gern eine Tasse Tee anbieten.«

»Dru, ich habe das Spiel jetzt allmählich satt . . .«

O Freiheit, welche Verbrechen . . . Es klingelte an der Haustür. Weil niemand öffnete, stand Gray vom Bett auf. Auf dem Tisch im Flur lag ein Zettel: »Gehe ins Dorf einkaufen. Passe du auf Maman auf. Honoré.« Gray öffnete die Tür. Auf der Schwelle stand ein untersetzter älterer Mann im grauen Anzug, einen grauen Homburg auf dem Kopf. Gray erkannte ihn, weil Honoré ihn eigens ans Fenster gerufen hatte, als der Mann auf der anderen Straßenseite vorbeigegangen war. Es war der Bürgermeister.

»Entrez, Monsieur, je vous prie.«

Der Bürgermeister sagte in einem sehr schönen, fast perfekten Englisch: »Mr. Graham Lanceton? Ich habe Ihren Stiefvater im Dorf getroffen, und er sagte mir, ich käme nicht ungelegen, wenn ich Sie besuchte. Wie geht es Ihrer armen Mutter?«

Gray sagte, ihr Zustand sei unverändert. Nachdem Honoré behauptet hatte, der Bürgermeister spreche längst nicht so gut Englisch wie er selbst, war Gray jetzt wie vor den Kopf geschlagen. Aber das war typisch für Honoré, der sich mit einer nicht zu überbietenden Arroganz vermutlich selbst eingeredet hatte, er sei ein Sprachengenie. Dem Bürgermeister konnte Grays Erstaunen nicht entgehen, weil es zu offensichtlich war, und er sagte mit einem Lächeln: »Vor vielen Jahren habe ich mal ein Jahr in England gelebt und gearbeitet. Und zwar bei einer Firma in Manchester. Eine schöne Stadt.«

Gray hatte das Gegenteil gehört, behielt das aber für sich. »Ich glaube, Sie – eh – Sie wollten mir sagen, was Sie von meinem Buch halten.« Am besten, er brachte es schnell hinter sich.

»Das würde ich mir nie anmaßen, Mr. Lanceton. Ich bin kein Literaturkritiker. Ihr Roman hat mir gefallen. Er hat viele glückliche Erinnerungen an Manchester in mir geweckt.«

Da *Rausch des Staunens* ausschließlich in Notting Hill, einem Stadtviertel von London, spielte, war Gray zwar ziemlich verblüfft, aber auch erleichtert, weil ihm die Kritik erspart blieb. Der Bürgermeister schwieg, lächelte und schien sich sehr wohl zu fühlen.

»Darf ich Ihnen eine Tasse Kaffee anbieten?« fragte Gray.

»Vielen Dank, nein. Doch gegen eine Tasse Tee hätte ich nichts einzuwenden.«

Wenn nur Tee im Haus gewesen wäre! Aber »Le Petit Trianon« hatte noch nie auch nur ein einziges Päckchen Tee gesehen.

»Tut mir leid«, sagte Gray, »aber . . .«

»Macht nichts, macht gar nichts. Ich bin nicht hier, um

Tee oder Kaffee zu trinken, und auch nicht, um über zeitgenössische Literatur zu diskutieren.«

Warum war er dann gekommen? Wieder saß er schweigend und völlig ungezwungen da, eine gute Minute lang. Dann beugte er sich vor und sagte bedächtig: »Ihr Stiefvater ist ein sehr vitaler Mann. Überschäumend ist, glaube ich, das richtige Wort.«

»Auf jeden Fall ist es sehr anschaulich.«

»Ein sehr impulsiver Mann und ein bißchen, leider muß ich das sagen, ein bißchen mit unserem nationalen Laster behaftet, das unter der Landbevölkerung sehr häufig vorkommt – einem gewissen Geiz. Aber was bedeutet schon eine kleine Untugend bei so vielen Tugenden?«

Das Englisch des Bürgermeisters wurde mit jedem Satz besser. So sprechen, dachte Gray, die Familienanwälte in viktorianischen Romanen. Verwirrt, aber zugleich fasziniert, hörte er zu.

»Der Franzose strebt immer danach, etwas für nichts oder fast nichts zu bekommen, Brotkrumen aufs Wasser zu streuen und ganze Brotlaibe zu ernten.«

»Ich kann Ihnen leider nicht ganz folgen, Monsieur.«

»Ah, das ist durchaus möglich. Ich will mir die Gleichnisse schenken; der langen Rede kurzer Sinn ist folgender: Soviel ich weiß, erwarten Sie, falls – falls Ihrer Mutter etwas zustoßen sollte, daß Sie erben.«

Betroffen sagte Gray: »Ja, Honoré und ich erben zu gleichen Teilen. Ich meine, ich bekomme die Hälfte.«

»Aber die Hälfte wovon, Mr. Lanceton? Hören Sie mich bitte an. Alles, was Ihre Mutter nach ihrem Hinscheiden hinterläßt, ist dieser Bungalow, von dem Sie also die Hälfte erben würden.«

Gray sah ihn erstaunt an. »Das verstehe ich nicht.

Meine Mutter war, als sie wieder heiratete, eine sehr wohlhabende Frau, und ...«

»War ist das entscheidende Wort«, unterbrach ihn der Bürgermeister freundlich. »Lassen Sie mich ganz offen sprechen. M. Duval hat das Geld investiert, hat damit spekuliert, wenn Sie so wollen. Es war die Rede von einer Mine und von einer Eisenbahn, die gebaut werden sollte und leider nicht gebaut wurde. Mehr brauche ich wohl nicht zu sagen.«

Nein, das brauchte er nicht. Gray wußte über die Börse nur, was allgemein bekannt war: daß man dort viel eher Geld verlor als gewann. Doch er war weder angewidert noch wütend, noch besonders enttäuscht. Wie hatte er nur glauben können, daß er – aus welcher Quelle auch immer – je zu viel Geld kommen könnte?

»Sie sehen also, Mr. Lanceton«, sagte der viktorianische Familienanwalt, »daß Sie, wenn Sie die Hälfte des Erbes beanspruchen – was natürlich Ihr gutes Recht ist –, einem alternden Mann das Dach über dem Kopf nehmen. Und das, davon bin ich überzeugt, werden Sie nie tun.«

»Nein«, sagte Gray ein bißchen traurig, »nein, das werde ich nicht tun.«

»Gut. Ausgezeichnet.« Noch immer lächelnd, stand der Bürgermeister auf. »Ich war überzeugt, daß meine Worte auf fruchtbaren Boden fallen würden. Wir sprechen«, fügte er mit einem kurzen Auflachen hinzu, »dieselbe Sprache.«

»Wovon wird er leben?« fragte Gray und schüttelte dem Bürgermeister die Hand.

»Von einer kleinen Rente, zum Glück war er so vernünftig, ein bißchen vorzusorgen, der Ärmste.«

Das war zu erwarten, dachte Gray. »Auf Wiedersehen, Herr Bürgermeister«, sagte er.

»Ich will keinen Optimismus heucheln und sagen, daß Ihre Mutter bestimmt wieder gesund wird, Mr. Lanceton. Hoffentlich muß sie nicht mehr zu lange leiden.«

Honoré und der Bürgermeister mußten sich irgendwo verabredet gehabt haben, um das Ergebnis der diplomatischen Mission des Gemeindeoberhaupts zu bereden, denn als Honoré mit seiner vollen Einkaufstasche nach Hause kam, war er – wie hatte der Bürgermeister doch gesagt? – tatsächlich in überschäumender Laune. Er ging sogar soweit, Gray zu umarmen.

»Mein Sohn, mein Junge! Wie geht es der unmoralischen Dame? Du hast sie erreicht, ja? Und was macht das arme Tier?«

Mit dem Gefühl, irgendwo außerhalb der Wirklichkeit zu stehen, antwortete Gray, es sei jetzt alles in Ordnung.

»Dann mache ich jetzt den Lunch. Es gibt *Croque Monsieur.*«

»Überlaß das mir, setz du dich lieber zu Mutter.« Sogar ein so einfaches Gericht war bei Honoré nicht sicher, der den Käse gewiß mit Kräutern und Knoblauch würzen würde.

Armer Honoré – arm im wahrsten Sinn des Wortes. Während er Käse schnitt, dachte Gray über die seltsame Ruhe nach, die ihn erfüllte. Ganz leicht ums Herz war es ihm. Der reiche Honoré war ihm verhaßt gewesen. Den armen Honoré empfand er als Leidensgefährten. Die strenge Kontrolle des Badewassers, das ewige »Auslöschen bitte!«, der Telefonfanatismus waren doch nur Sparmaßnahmen, zu denen er selbst auch gezwungen war. Es amüsierte ihn, sich die beiden vorzustellen – Honoré und den Bürgermeister –, wie sie ihren ganzen Mut zusammenkratzten, um ihm die Wahrheit zu sagen. Wie sehr mußten sie seinen gerechten Zorn gefürchtet haben! Aber er war gar nicht zornig geworden. Wahrscheinlich hätte er an Honorés Stelle dasselbe getan: das ganze Geld einer Fata Morgana hinterhergeworfen und dann einen beherzteren Stellvertreter geschickt, der den Boden für ihn vorbereiten sollte.

Nein, er war nicht zornig. Aber er schämte sich ein bißchen, weil er Honoré insgeheim beschuldigt hatte, bei seiner Frau aktive Sterbehilfe zu leisten. Nicht jeder Ehepartner war eine Drusilla. »Drusilla«, hatte er gesagt, »ich hab jetzt genug davon. Es ist genauso idiotisch, sich den großen Lotteriegewinn einzubilden, nur weil man den Schein ausgefüllt hat.«

»Das ist nicht wahr. Man kann die Gewinnzahlen nicht beeinflussen, aber das hier hast ganz allein du in der Hand. Laß mich nur den Brief aufgeben, dann wirst du schon sehen, was ich meine. Ich habe ihn immer noch.«

»Das Datum stimmt nicht mehr.«

»Dann schreib einen neuen. Den Wievielten haben wir heute? Den 1. Juli. ›Sehr geehrter Herr, ich habe Ihre Anzeige gelesen . . .‹«

»Ich mache einen Spaziergang. Es ist nicht besonders vergnüglich, mit dir zusammenzusein, wenn du nichts anderes im Kopf hast als dieses alberne Spiel.«

»Es ist kein Spiel, es ist Ernst.«

»Na schön, dann ist es eben Ernst. Hör mir nur ein einziges Mal zu, ja? Von Moral will ich gar nicht reden, aber der Plan kann nicht funktionieren. Wahrscheinlich läßt Tiny es gar nicht erst zu einem Unfall kommen. Er wird merken, daß mit ihm nicht alles in Ordnung ist, und wenn er anfängt, alles verzerrt zu sehen, wird er sofort anhalten. Er wird einen vorbeikommenden Autofahrer stoppen und ihn bitten, zur Polizei zu fahren. Und was macht die Polizei? Sie kommt schnurstracks zu mir.«

»Du kennst ihn nicht. Er fährt immer sehr schnell. Und die Polizei wird dich nicht verdächtigen, weil ich Tiny den Brief vorher stibitze und ihn verbrenne.«

»Verbrenn ihn jetzt sofort.«

Gray schüttelte sich und sah zu Honoré hinüber, der ihm am Tisch gegenübersaß und aß. Seine Augen glänzten listig, aber es waren nicht die Augen eines potentiellen Mörders. Honoré war nicht intelligent genug, um bösartig zu sein. Außerdem wurde Gray klar, daß er, seit er im »Le Petit Trianon« war, noch keinen Finger gerührt hatte, um Honoré zu helfen. Bis auf diesen Lunch hatte Honoré alles allein und, im großen und ganzen, auch gut gemacht.

»Warum fährst du nicht ein Stück raus?« sagte Gray. »Du brauchst ein bißchen Abwechslung. Wozu hast du dein Auto?«

Der Citroën wurde nur selten benutzt. Er stand in der Garage unter einer Nylonplane, wurde einmal wöchentlich herausgeholt und poliert. Aber Gray hatte jetzt auch dafür Verständnis.

»Wohin soll ich denn?«

»Besuch einen Freund. Geh ins Kino. Ich weiß es nicht.«

Honoré warf die Hände in die Luft und lächelte wie ein müder, weiser Affe. »Ich weiß es auch nicht, Graham.«

Also saßen sie miteinander im Zimmer der Kranken und warteten auf ihren Tod. Gray las zwischendurch immer wieder ein paar Seiten von *Der Weg allen Fleisches*. Er hielt die Hand seiner Mutter und war innerlich sehr ruhig, sogar heiter. Seine Mutter starb, doch er hatte keinen Grund mehr, auf ihren Tod zu hoffen. Er hatte kein Geld, das ihn vom Arbeiten abhielt, ihn in träger Sicherheit wiegte. Der Hund war inzwischen befreit und gerettet. Drusilla würde bald anrufen, er würde sich bei ihr bedanken, und dann würden sie sich das letzte Mal Lebewohl sagen. Sogar sie würde heute Lebewohl sagen. Es war herrlich, sich so frei zu fühlen, zu wissen, daß man kein Verbrechen begehen mußte, um sich die Freiheit zu sichern.

Der Abend war schwül und stickig wie vor einem Gewitter. Honoré war, von Gray ermuntert, ins *Ecu* gegangen. Es tue ihm gut, hatte Gray gesagt, und es nütze der Mutter nichts, wenn er sich nicht von ihrer Seite rühre.

Gray, der seit dem Vormittag innerlich ganz ruhig gewesen war, als habe das Erbrechen mehr als eine körperliche Reinigung bewirkt, fühlte, wie sich allmählich wieder eine Spannung in ihm aufbaute. Er hatte im Freien zwischen den Gartenzwergen oder den Blumenkübeln sitzen wollen, denn wenn er die Tür offenließ, hörte er auch draußen das Telefon klingeln. Er hatte es im Flur in der Nähe der Küchentür auf den Boden gestellt. Doch er konnte sich auf die letzten Kapitel seines Buches nicht konzentrieren.

Es war Donnerstag, und am Donnerstag ging Tiny regelmäßig um sechs zu seinen Freimaurern. Da hätte Drusilla ihn sofort anrufen können. Warum rief sie nicht an? Er redete sich ein, er sei nur aus Sorge um Dido so unruhig. Mache sich nur Didos und Isabels wegen Sorgen. Drusilla war genau das, was er sie am Morgen bei sich genannt hatte – eine fallengelassene Geliebte, als alte Freundin nur interessant, wenn sie etwas für ihn tun sollte.

Es war Donnerstag. Sehr wahrscheinlich nutzte sie ihre Donnerstagabende zu demselben Zweck wie früher, vermutlich mit diesem – wie hieß er doch? Dem Tennisspieler, Ian Soundso. Vielleicht war sie jetzt mit ihm zusammen und rief erst an, wenn er gegangen war. Je länger Gray mit diesem Gedanken spielte, desto unerfreulicher fand er ihn, und so ging er ins Haus zurück. Der Hofhund hatte aufgehört zu bellen. Wahrscheinlich hatte man ihn von der Kette gelassen. Es war inzwischen fast zu dunkel, um die Umrisse des Telefons zu sehen, das wie ein Hund ebenfalls an einer Leine hing.

Zehn Uhr. Gray schaute zu seiner Mutter hinein, die aufgehört hatte zu röcheln und mit offenem Mund auf dem Rücken lag. Angenommen, Drusilla rief nicht an? Angenommen, sie hatte, um sich an ihm zu rächen, zwar versprochen, sich um den Hund zu kümmern, dann aber nichts unternommen? Er konnte sie anrufen. Aber dann mußte er es gleich tun, weil es wegen Tiny in einer halben Stunde schon zu spät sein konnte. Doch sie rief bestimmt an. Sie war nicht wankelmütig und tat immer das, was sie sich vorgenommen hatte.

Gray stand vor dem Telefon, konzentrierte seinen ganzen Willen darauf und beschwor es, zu klingeln, zu klingeln. Er ballte die Fäuste, spannte die Muskeln an und sagte wild: »Läute, verdammt noch mal! Läute, du Miststück!«

Es gehorchte sofort und klingelte.

13

Nachdem er den Wortschwall in einem ihm fast unverständlichen Französisch abgewehrt hatte, der durch den Hörer kam, und nachdem er M. Reville, dem Glasfabrikanten, mitgeteilt hatte, der Zustand seiner Mutter sei unverändert und Honoré sei im *Ecu*, ging er an Honorés Cognacflasche und trank einen kräftigen Schluck. Honoré würde es ihm nicht übelnehmen, schließlich bekam er alles andere.

Wenn sie nicht anrief, würde er nicht schlafen können. Das war lächerlich, denn wenn Drusilla nicht in der Hütte gewesen war und Dido herausgeholt hatte, war der Hund jetzt tot und jede weitere Sorge sinnlos. Er trank noch einmal einen Schluck und stellte die Flasche weg. Honoré war nicht zu Hause, und er konnte sie ohne Schwierigkeiten anrufen. Tiny kam frühestens in einer halben Stunde, also bestand in dieser Beziehung keine Gefahr. Warum also zögerte er? Er hatte sie schließlich schon angerufen, zweimal, wenn er den nächtlichen Anruf aus der Telefonzelle am Marble Arch mitrechnete, und nur aller Anfang war schwer.

Fürchtete er etwa, die Affäre könnte von neuem beginnen? Oder sie sei endgültig zu Ende? Denk dran, was für ein Mensch sie ist! sagte er sich. Vergiß nicht, was sie von dir verlangt hat . . .

»›Sehr geehrter Herr, ich habe Ihr Inserat gelesen . . .‹ Schreib das Datum hin, Gray. Es ist der 21. November. Ach, komm schon! Du willst nicht? Dann tu ich's selber. Jeder Idiot kann tippen, nehm ich an. Mein Gott, ist das kalt hier! Wenn er tot ist und wir für immer zusammen sind, werden wir nie wieder frieren. Wir kaufen uns eine Wohnung in Kensington, und wenn die Zentralheizung nicht richtig funktioniert, lassen wir sie rausreißen und eine neue installieren.«

»Wir werden nie für immer zusammensein, das weißt du genau. Wir werden so weitermachen, bis einer von uns den anderen satt hat.«

»Was heißt das schon wieder? Eben im Bett habe ich kein Anzeichen dafür bemerkt, daß einer von uns den anderen bald satt haben könnte.«

Er wandte sich ab, wärmte sich die Hände über dem Ölofen und blickte müde durch das vereiste Fenster auf die entlaubten Bäume, die in kleinen, mit dünnem Eis bedeckten Pfützen standen. Sie hatte sich den roten Fuchsmantel um die Schultern gelegt, der so gut zu ihrem Haar paßte.

»Im Leben zählt nicht nur der Sex«, sagte er.

»Was denn, zum Beispiel? In einer eiskalten Bruchbude wohnen? Über Bücher nachdenken, die du nicht schreibst, und das Geld, das du nicht verdienst? Ich werde diesen Brief schreiben, und im Frühling – sagen wir im März – ziehen wir zusammen, eröffnen ein gemeinsames Bankkonto und leben herrlich und in Freuden von seinem Geld. Aber, zum Teufel, meine Finger sind völlig klamm vor Kälte. Ich kann nicht tippen. Jetzt mußt du's doch tun.«

»Du hast eben gesagt, du hättest noch keine Anzeichen dafür bemerkt, daß ich deiner müde werden könnte, Dru. Du hast recht, Sex mit dir ist noch immer phantastisch. Ich glaube, im Bett würde sich zwischen uns nie etwas ändern. Aber ich habe es gründlich satt, dich ständig darüber reden zu hören, daß und wie du deinen Mann ermorden willst. Es widert mich an. Es ist grotesk.«

Sie schlug mit den Händen so fest auf die Tasten der Schreibmaschine, daß sich die Buchstaben ineinander verhakten. Ihre Augen loderten vor Zorn.

»Meinst du mich damit? Soll das heißen, du findest mich grotesk?«

»Das habe ich nicht gesagt, aber – ja, du bist grotesk und dumm und irgendwie verrückt, wenn du ständig davon redest, wie sich dieser arme Kerl mit seinem Wagen vom Leben zum Tod befördern soll.«

»Der Teufel soll dich holen! Der Teufel soll dich . . .«

Er hatte sie an den Handgelenken festhalten und ihr die Arme auf den Rücken drehen müssen, sonst hätte sie ihm mit den langen Fingernägeln das Gesicht zerkratzt. Sie sank zusammen, wurde sanft und nachgiebig, und der Pelz fiel ihr von den Schultern. In dem für die Hütte völlig ungeeigneten dünnen Kleid wirkte sie unglaublich verletzlich. Und dann kam natürlich wieder das Unvermeidliche. Denn das war Drusilla, die, nackt, warm und sinnlich unter einem Berg von Decken, niemand grotesk und dumm nennen konnte ...

Das Band, das in seinem Kopf ablief, hielt plötzlich an. Stopp, stopp, denk nur an die schlechten Zeiten! Vergiß, daß die schlechten Zeiten immer in gute übergingen, bis auf das eine – das letzte Mal. Zwanzig nach zehn. Sie rief nicht an. Das verdammte Ding, dieses verdammte schwarze Ding an der langen Schnur würde heute nicht mehr läuten.

Er war unterwegs zum Schrank, um sich die Cognacflasche zu holen, als das Telefon klingelte. Er zuckte so heftig zusammen, daß es tatsächlich weh tat. Dann machte er einen Riesensatz zum Apparat, beugte sich darüber und stieß atemlos hervor: »Ja, Dru, ja?«

»Hallo«, sagte sie.

Die Kühle in ihrer Stimme würgte die Erinnerungen ab, erstickte Sehnsucht und Furcht. »Was ist passiert?« fragte er. »Hast du sie gefunden?«

»Das habe ich.« Es folgte eine lange Pause. »Guter Gott, Gray«, sagte sie in einem unbeschreiblich verächtlichen Ton, wie er ihn von ihr noch nie gehört hatte, »mein Gott, wie *konntest* du das tun!«

»Ist Dido tot?« Er setzte sich auf den Boden und lehnte den Kopf an die Wand.

»Nein. Sie lebt – gerade noch.«

Er seufzte tief auf. »Was ist passiert?« fragte er noch einmal.

»Ich habe Milch und Hühnchenfleisch mitgenommen. Ich hatte ein bißchen Angst davor, die Küchentür aufzumachen, aber das war ganz überflüssig. Dido war schon zu schwach, um sich zu bewegen. Lieber Himmel, der Gestank und der Dreck dort drin! Sie ist auf den Ausguß gesprungen und hat das Fenster mit ihrem Speichel und ihren Exkrementen beschmiert.«

»O Dru . . .« Sein Kopf begann zu hämmern. Das kam zum Teil vom Alkohol und zum Teil vom Schock, obwohl er eigentlich erleichtert sein sollte.

»Jemand sollte dich mal drei Tage ohne Wasser und Nahrung in eine Zelle sperren«, sagte sie schroff. »Dann würdest du merken, wie das ist. Warum hast du eigentlich nicht die Polizei angerufen?«

Warum eigentlich nicht? Es hätte auf der Hand gelegen. »Daran habe ich überhaupt nicht gedacht.«

»Und heute hast du sie auch nicht angerufen?«

»Nein, natürlich nicht.«

»Du hast es also wieder mal alles mir überlassen? Typisch. Willst du den Rest auch noch hören? Ich habe sie in den Wagen getragen – du liebe Güte, du kannst dir nicht vorstellen, wie schwer sie war! Dann habe ich ihr ein bißchen Milch eingeflößt. Um Hühnerfleisch zu fressen, war sie zu schwach. Und schließlich habe ich sie zum Tierarzt gebracht.«

»Zu welchem?«

»Zu einem Knaben in Leytonstone.«

»Leytonstone? Wieso ausgerechnet nach Leytonstone?«

»Weil ich nach London wollte.«

»Ich verstehe.« Wenn sie nach London fuhr, ließ sie den

Wagen immer auf dem Parkplatz der Untergrundbahn-Station in Leytonstone stehen. Aber daß sie ausgerechnet heute gefahren war! Es kam ihm herzlos vor, gleichgültig. Und warum war sie gefahren? Um sich etwas zum Anziehen zu kaufen? Sich – mit jemandem zu treffen? »Du warst in London?«

»Warum nicht? Es ist ja nicht mein Hund, wie ich dem Tierarzt sehr schnell begreiflich gemacht habe. Er sollte nicht denken, ich sei zu so etwas fähig. Am besten, du suchst ihn sofort nach deiner Rückkehr auf. Merk dir seine Adresse: George Street 21. Hast du's?«

»Ja. Danke, Dru. Ich bin dir wirklich sehr dankbar. Natürlich hätte ich die Polizei anrufen sollen. Ich hätte ...« Er unterbrach sich und suchte vergeblich nach ein paar passenden Worten, um das Gespräch beenden zu können. Sie hatte ihm den Gefallen getan, um den er sie gebeten hatte, und jetzt war es Zeit für den zivilisierten Abschied. Vielen Dank, keine Ressentiments, vielleicht sehen wir uns eines Tages wieder, und bis dahin – noch einmal danke ... »Nun, Dru, vielleicht können wir uns nach diesem Alptraum eines Tages wiedersehen – ach, du weißt schon, was ich sagen will. Ich werde dir nie vergessen, was du – ich meine, ich werde nie vergessen ...«

»Als ich aus London zurückkam«, sagte sie, als habe sie ihn nicht gehört, »war ich noch einmal in der Hütte und habe ein bißchen saubergemacht.«

»Du hast was?« Er erinnerte sich, daß er ihr einmal vorgeworfen hatte, die einzige Bürste, die sie je in die Hand nehme, sei wohl die, mit der sie ihre Wimperntusche auftrage. Und jetzt hatte sie mit ihren gepflegten weißen Händen seine verdreckte Küche gesäubert. »Warum hast du das getan?«

»Warum habe ich den Hund geholt? Warum tue ich

überhaupt etwas für dich? Weißt du's noch immer nicht?«

Leb wohl, Drusilla. Gute Nacht, sweet Lady, gute Nacht. Sag es, so sag's doch! zischte Don Juan. Etwas schnürte Gray die Kehle zu, würgte ihn, machte ihn stumm. Er preßte die Wange gegen die Wand, um sich das brennende Gesicht zu kühlen.

»Du weißt es nicht, oder?« Ihre Stimme klang jetzt sehr weich. »Aber meine Gefühle sind dir ja auch völlig gleichgültig, du denkst nicht einmal daran. Ich bin gut genug, wenn du jemanden brauchst, der dir aus der Klemme heraushilft, und damit hat sich's. Alles andere ist aus und vorbei.«

»Du weißt genau, warum«, flüsterte er. »Du weißt, warum es aus und vorbei sein mußte.« Er klammerte sich an den letzten Rest von Vernunft, den er noch besaß. »Wir mußten uns trennen, ich konnte einfach nicht mehr, konnte die Quälerei nicht länger ertragen.«

»Das? Ach, das habe ich längst aufgegeben. Es hätte ohnehin nicht funktioniert, das habe ich eingesehen.« Sie fügte sehr leise und mit kindlicher Stimme fast widerstrebend hinzu: »Ich habe so oft versucht, dich anzurufen.«

Sein Herz dröhnte. »Immer am Donnerstagabend?«

»Natürlich.«

»Ich hatte den Hörer ausgehängt.«

»Oh, du Narr!« Sie seufzte. »Du hoffnungsloser Narr! Ich wollte dir schon im Januar sagen, daß ich den Plan aufgegeben habe. Mein Gott, ich war so schrecklich allein. Ich sehnte mich so danach, mit dir zu sprechen. Deine Nummer war immer besetzt, immer besetzt. Ich dachte ... Ach, egal.«

»Warum bist du nicht zu mir gekommen?«

»Damit ich dich mit einem anderen Mädchen überrasche?«

»Es hat kein anderes Mädchen gegeben, kein einziges. Ich war auch allein.«

»Dann waren wir beide hoffnungslose Narren, hab ich recht? Fürchteten uns die ganze Zeit voreinander, während wir in Wirklichkeit ... Ach, was hat es für einen Sinn? Du bist in Frankreich, und ich bin hier, und Tiny kommt jeden Augenblick nach Hause. Legen wir auf, bevor wir zuviel sagen.«

»Zuviel?« Seine Stimme hatte jetzt ihre Kraft zurückgewonnen, und er brüllte fast. »Wie könnten wir zuviel sagen? Begreifst du denn nicht, daß wir nur wegen eines idiotischen Mißverständnisses so lange getrennt waren? Wir haben uns wegen nichts und wieder nichts gequält.«

»Ich muß auflegen, ich höre Tinys Wagen.«

»Nein, noch nicht, bitte leg noch nicht auf. Doch, du mußt. Natürlich mußt du. Hör zu, ich rufe dich morgen früh an. Nach neun, wenn er schon weg ist. Du meine Güte, Dru, ich bin so glücklich ...«

»Dann also bis morgen«, flüsterte sie und seufzte, dann verstummte das Telefon.

Gray saß in dem warmen, dunklen Flur auf dem Boden, hielt den Hörer wie eine Kostbarkeit in der Hand und hörte noch immer das Echo ihrer Stimme. Sein Herzschlag beruhigte und sein Körper entspannte sich wie eine Spiralfeder, die jemand losgelassen hatte. Er hätte vor Glück und Freude tanzen und schreien mögen, wäre am liebsten hinausgelaufen, um laut singend die dreibeinigen Blumentöpfe im Garten zu umarmen und dem schlafenden Bajon zu verkünden, daß seine Liebste zu ihm zurückgekehrt war.

Doch er stand nur auf und ging zu seiner Mutter. Sie

lag auf dem Rücken und atmete flach. Ihre Augen waren geschlossen. Früher, als er noch nicht viel zu sagen gehabt hatte, hatte er ihr alles erzählen können, und sie hatte zugehört und ihn verstanden. Würde sie ihn jetzt verstehen, wenn sie bei Bewußtsein wäre? Würde sie, die selbst eine leidenschaftliche Liebe erlebt hatte, begreifen, was ihm die seine bedeutete?

Er beugte sich über sie. »Ich bin so glücklich, Mutter«, sagte er. »Alles ist wieder gut.«

Ihre Lider flatterten, hoben sich ein wenig, und ihre tief in die Höhlen zurückgesunkenen Augen wurden sichtbar. In seiner Euphorie bildete er sich ein, sie erkenne ihn, verstehe ihn sogar, und in diesem Augenblick begann er sie wieder zu lieben und vergab ihr. Er nahm ihr Gesicht in die Hände und preßte die Lippen auf den Mundwinkel, küßte sie, wie er sie seit seiner Kindheit nicht mehr geküßt hatte.

Mme Roland warf ihm einen zynischen Blick zu, und er drehte ihr Bild zur Wand. Er wollte diesen ganzen Unsinn über Freiheit nicht mehr hören, den sie vor ihrer Enthauptung verkündet hatte. Er kannte die Freiheit bis zum Überdruß, hatte sie in den letzten sechs Monaten zur Genüge genossen. Er hatte sich die Freiheit genommen, ein Verbrechen nicht zu begehen, und jetzt dachte er, er habe ein Verbrechen gegen sich selbst und Drusilla begangen. Sollte Mme Roland doch mit ihrer theatralischen Salonphilosophie machen, was sie wollte.

Wegen der Hitze legte er sich nackt ins Bett. Wie lange mußte er wohl in Frankreich bleiben? Tage? Wochen? Wenn er nur genug Geld hätte, um nach Hause fliegen, sich mit Drusilla treffen und dann wieder hierher zurückkehren zu können. Das war nicht möglich – aber sollte er wirklich hier warten und warten, während sie sich nacheinander sehnten? Es ist ein Kreuz, dachte er, daß reine Freude nie lange dauert, daß sie immer sehr schnell von den praktischen und banalen Dingen des Alltags eingeholt wird. Wenn er Drusilla morgen früh anrief, mußte er anfangen zu planen. Er mußte auch mit Jeff telefonieren und ihm sagen, er solle am Samstag seine Sachen nicht abholen. Vielleicht zog er jetzt doch nicht um.

In zwei Wochen, vielleicht sogar noch früher, würde Drusilla ihn wieder in der Hütte besuchen wie in der Zeit vor Weihnachten. Und sie würden über die vergangenen qualvollen Monate reden und über ihre eigene Dummheit lachen. In der Rückschau würde ihnen der Streit zu Weihnachten wie eine ihrer üblichen Auseinandersetzungen vorkommen, ein Stirnrunzeln auf dem Antlitz der Liebe.

In dem heißen, stickigen Schlafzimmer, in dem kein Windhauch die Vorhänge vor dem offenen Fenster blähte, fiel es einem schwer, sich Schnee vorzustellen. Doch es hatte vor Weihnachten geschneit, und am Abend vor dem Fest hatte ihn Drusilla, die Dame im roten Fuchspelz, jubelnd und übermütig mit Schneebällen bombardiert, als sie im verschneiten Wald spazierengegangen waren. Er hatte sie in die Arme genommen, und Mund an Mund waren sie, während die Schneekristalle auf Drusillas warmen Lippen schmolzen, unter den seehundsfellgrauen Ästen einer Buche im Schutz einer Schneewehe zu Boden gesunken und hatten sich geliebt.

Das war eine schöne Erinnerung, eine, an die er jetzt wieder denken durfte, vor der er sich bisher gefürchtet hatte, und die er erst jetzt wieder ertrug, weil sie zu ihm zurückgekehrt war. Aber der Streit, der danach kam? Wie oft hatte er im Geist dieses Band abgespielt, sich Wort für

Wort ins Gedächtnis gerufen, was auf diesen letzten Akt der Liebe gefolgt war? Das letzte Mal, hatte er gedacht, das letzte Mal. Und jetzt war es doch nicht das letzte Mal gewesen. Mit der Zeit würde er es nicht einmal mehr im Zusammenhang mit dem Streit sehen, und der Streit selbst würde verblassen.

Er drehte sich auf die andere Seite, machte sich unter dem zerknautschten Laken richtig breit. Ein Donnerstag – natürlich. Heute abend war es genau 24 Wochen her. Er hatte die Hütte nicht weihnachtlich geschmückt, weil er über die Feiertage zu Francis fuhr. Aber sie hatten sich in der Küche dennoch gegenseitig beschenkt. Er hatte von ihr eine silberne Kette mit einem Talisman in Form einer silbernen Hand bekommen, den er inzwischen längst verkauft hatte. Und er hatte sein Konto um einen für seine Verhältnisse geradezu astronomisch hohen Betrag geplündert und ihr *Amorce dangereuse* gekauft. Sie hatte sich wie ein Kind gefreut und etwas davon auf ihren roten Fuchsmantel gesprüht.

Nach dem Waldspaziergang war sie mit ihm in die Hütte zurückgegangen, um ihr Parfum zu holen, bevor sie nach »Combe Park« fuhr. Er hatte die Kette getragen, die draußen im Wald kalt auf seiner Brust gelegen hatte und jetzt unter dem Hemd und dem Pullover seine Körperwärme angenommen hatte. Natürlich hatte Tiny die Kette bezahlt. Ihr Vater schickte höchstens einmal jährlich einen Scheck.

»Na und?« hatte sie gesagt, und das war der Anfang vom Ende gewesen. »Ich habe ein Recht auf einen Teil des Geldes, das er verdient, oder? Du könntest es ja als Gehalt betrachten. Führe ich ihm nicht den Haushalt, koche für ihn und schlafe mit ihm? Er gibt mir nur 4000 Pfund im Jahr, und damit verkaufe ich mich unter Wert.«

»4000?« Ein einziges Jahr nur hatte er fast soviel verdient, aber nie vorher und nachher auch nie wieder.

»Also bleib auf dem Teppich, Gray. 10 Pfund für eine silberne Halskette? Es ist ohnehin nur ein Vorschuß, bald gehört alles dir.«

»Fang nicht wieder damit an, Dru. Bitte laß es!«

Gray griff nach dem Glas Wasser, das er sich neben das Bett gestellt hatte. Und jetzt fang du auch nicht wieder damit an, warnte er sich. Warum jetzt an den Streit denken? Sie hatte den Plan aufgegeben, das hatte sie selbst gesagt. Nie wieder würde er sie diese Dinge sagen hören.

»Setz dich jetzt mal brav hin und hör mir zu, Gray. Du hast immer gewußt, daß das für mich kein Spiel ist. Dir war es genauso ernst damit wie mir, nur hast du nicht den Mumm, das zuzugeben, geschweige denn, es zu tun.«

»Spiel nicht schon wieder Lady Macbeth, Drusilla, bitte!«

»Nun, er hat es schließlich doch getan, stimmt's? Und du wirst es auch tun. Wir schreiben einen neuen Brief, und du besorgst den Stoff, wenn du sowieso in die Stadt fährst.«

»›Wenn du sowieso in die Stadt fährst.‹ Du redest wie die Vorsitzende einer Frauenvereinigung, die ihren Jahreseinkauf für den Basar macht.«

Sonst war sie solchen Kränkungen gegenüber ausgesprochen empfindlich, aber jetzt nahm sie keine Notiz davon. »Ich gebe dir das Geld.«

»Vielen Dank. Der arme Teufel soll also das Gift, das ihn umbringt, auch noch selbst bezahlen. Das gefällt mir. Das hat Stil und erinnert mich an die Borgias. Wie wird ein Richter das ausschlachten: ›Der unglückliche Harvey Janus wurde von seiner Frau und ihrem Liebhaber mit einer Droge ermordet, die von seinem Geld gekauft wurde.‹ Reizend.«

In ihrem roten Pelz, an dem Wassertropfen glitzerten, setzte sie sich an die Schreibmaschine, um einen neuen Brief zu schreiben. Der Ölofen brannte, die blaue Flamme flackerte, Schnee fiel dicht und lautlos und blieb an den schmutzigen Fensterscheiben hängen.

»Dru, gib doch die Idee endlich auf! Willst du mir versprechen, sie nie wieder zu erwähnen?«

»Nein. Ich tu's für dich. Hinterher wirst du mir dankbar sein. Für den Rest deines Lebens wirst du's mir danken.«

Die Uhr, die sie ihm geschenkt hatte, hatte auf zehn Minuten nach zehn gestanden. Die silberne Hand lag warm auf seiner Brust. Auf dem Fußboden war der Schnee geschmolzen und bildete kleine Pfützen.

»Es hat keinen Sinn, Gray. Ich gebe den Plan nie auf.«

»Willst du mich aufgeben?«

Sie faltete den Brief, steckte ihn in einen Umschlag. »Was soll das wieder heißen?«

»Daß ich so nicht weitermachen kann. Egal, was wir tun, egal, worüber wir sprechen, es zielt immer nur auf das eine hin: auf den Mord an Tiny.«

»Dann mach dem ein Ende und bring ihn um.«

»Willst du mir auf diese Weise beibringen, daß du mich satt hast?«

»Nein, ich kann mir nicht einmal vorstellen, daß ich dich je satt haben könnte. Aber ich habe diese Sache satt. Mir langt es jetzt, Drusilla. Nie werde ich auf das zurückblicken können, was wir hatten, ohne daß es durch diese Erinnerung vergiftet wird.«

»Du bist eben nur ein rückgratloser Feigling.«

»Du hast recht. Ich bin viel zu feige, um jemanden zu töten, und viel zu feige, um dein Liebhaber zu bleiben. Du machst mich krank. Es ist für mich schrecklich, daß es so zu Ende gehen muß, aber ich habe es vorausgesehen. Ich wußte es seit Wochen. Ich werde dich nicht wiedersehen, Dru.«

»Oh, du Miststück! Ich hasse dich! Schau her, was ich von deinem schäbigen Weihnachtsgeschenk halte!« Der Flakon zerbarst am Ölofen, Glassplitter flogen durch die Luft, parfümierter Dampf stieg auf. »Ich wollte dich reich machen. Ich wollte dir alles geben, was du dir wünschst.«

Ihm war übel. Der Parfumgeruch war nicht zu ertragen.

»Leb wohl, Drusilla. Es war schön mit dir – vor langer, langer Zeit. Es war das Schönste, das ich je hatte.«

»Du Lügner! Du undankbarer, widerlicher Lügner!«

Leb wohl, Drusilla, gute Nacht, sweet Lady, gute Nacht, gute Nacht . . .

»Gute Nacht, Drusilla«, sagte er laut. »Gute Nacht, meine Liebste. Morgen rufe ich dich wieder an.«

Er schlief sofort ein. Im Traum saß er mit Tiny in dem schnellen roten Wagen. Er hatte nicht viel Platz, weil Tiny so riesengroß war und nicht nur den Fahrersitz, sondern auch den halben Beifahrersitz für sich beanspruchte. Und er fuhr rasend schnell im Zickzack die Waldstraße entlang. Gray wollte ihn bitten, langsamer zu fahren, aber als er sprechen wollte, gehorchte ihm die Stimme nicht. Er konnte nichts sagen, und als er mit den Fingern seine Zunge betastete, war sie zu seinem Entsetzen gespalten wie die einer Schlange, stumm, sprachlos, nicht menschlich. Der grüne Hügel, der eine weiße Mütze aus Schnee trug, stürmte dem Wagen entgegen, und Tiny wich ihm nicht aus. Er flog über ihn hinweg, der Bentley überschlug sich, und noch immer saß Gray auf dem Beifahrersitz, saß in dem brennenden Wagen wie in einer Falle, versuchte verzweifelt, sich zu befreien, doch die

Feuerhölle gab ihn nicht frei. Und jetzt hämmerte jemand auf das Dach des Wagens, doch es war niemand, der sie zu retten versuchte, sondern es war Drusilla, die mit einem großen Hammer auf das Dach einschlug, damit sie ganz sicher sein konnte, daß keiner der beiden Männer mit dem Leben davonkam.

»Nicht, bitte nicht!« stöhnte er. »Ich kann nicht mehr! Gib mich frei!« Plötzlich verblaßten der Traum und die Flammen, der Schnee verschwand, und französische Gerüche, Sonne und Schwüle drangen in sein Bewußtsein. Verwirrt fuhr er in die Höhe. »Was? Wer ist das? Was gibt es?«

Helles Tageslicht im Schlafzimmer, und jemand klopfte an die Tür. Gray wickelte sich in das zerdrückte Laken und ging benommen zur Tür, um zu öffnen. Im Flur stand Honoré in seinem Drachenmantel, das Gesicht gelblich verfärbt und eingefallen.

»Was . . .«

»C'est fini.«

»Ich verstehe nicht. Ich habe geschlafen.«

»C'est fini. Elle est morte.«

»Sie kann nicht tot sein«, sagte Gray verstört. »Es kann nicht aus sein, es hat doch eben erst angefangen . . .« Und dann begriff er, daß Honoré seine Mutter meinte. Daß seine Mutter tot war.

14

»Du kommst, um sie noch einmal zu sehen?« fragte Honoré mit hoher, dünner Stimme.

»Gut, wenn du willst.«

Enids Haut war nicht mehr gelb, und der Tod hatte die

meisten Falten und Runzeln geglättet. Schon sah sie wächsern aus, die offenen Augen waren glasig und glichen blauem Porzellan.

»Du solltest ihr die Augen schließen«, sagte Gray und sah dann Honoré an, der stumm und wie betäubt auf der anderen Seite des Bettes stand und vor sich hinweinte. »Honoré? Geht es dir nicht gut?«

Honoré antwortete nicht. Er warf sich über das Bett und nahm die Tote in die Arme. Blieb reglos liegen, klammerte sich an sie und stieß leise Klagelaute aus wie ein leidendes Tier.

»Honoré ...«

Gray hob ihn auf, stützte ihn und führte ihn ins Wohnzimmer. Sein Stiefvater kauerte sich in einen Lehnsessel, er zitterte und drückte das Gesicht in den Aufschlag seines Morgenmantels. Gray gab ihm einen Cognac, aber er verschluckte sich, würgte und schluchzte. »Was soll ich nur tun?« sagte er auf französisch. »Was soll aus mir werden?«

Und da begriff Gray, daß er sich geirrt hatte. Honoré hatte seine Mutter geliebt. Die Liebe war nicht einseitig gewesen, Honoré hatte sie erwidert. Es war nicht zynische Habsucht, sondern echte Liebe gewesen. Und der Haß, der Widerwille, den Gray in Honorés Augen gesehen hatte, als er die Kranke fütterte? Würde nicht jeder Mann dasselbe empfinden? Nicht ihr hatten Haß und Widerwille gegolten, sondern dem Leben, der Welt, in der so etwas geschehen konnte, in der sich die Frau, die er liebte, in ein hilfloses, sabberndes Geschöpf verwandelte. Er hatte sie geliebt. Er war keine Karikatur, keine Figur aus einem schlechten Witz, sondern ein Mann mit den Gefühlen eines Mannes. Gray vergaß, daß er Honoré ablehnte, daß er ihn haßte. Er fühlte sich unendlich schuldig, weil er ihn mißverstanden, verachtet und über ihn gelacht hatte. Er vergaß auch für eine kurze Zeitspanne, daß er nicht Honorés Sohn war, umarmte ihn – was er bei einem Mann noch nie getan hatte –, drückte ihn fest an sich und vergaß über seinem Kummer alles andere.

»Mein Sohn, mein Sohn, was soll ich nur ohne sie tun? Ich wußte, daß sie sterben würde – sterben mußte, aber der Tod . . .«

»Ich weiß. Ich verstehe.«

»Ich habe sie so geliebt. Nie habe ich eine andere so geliebt wie sie.«

»Ich weiß, daß du sie geliebt hast, Honoré.«

Gray kochte Kaffee, rief den Doktor an, und als es neun war und in Marseille das Geschäft aufmachte, in dem sie arbeitete, telefonierte er mit Honorés Schwester. Mme Derain erklärte sich bereit zu kommen. Rollende R, verschluckte Vokale, eine Leitung, in der es dauernd rauschte und knisterte, aber es gelang Gray, sich zusammenzureimen, daß sie Montag kommen wollte, nachdem sie mit ihrem Chef gesprochen hatte.

Der Tag versprach schwül und drückend zu werden, aber dennoch ein wenig kühler als der vergangene. Die Sonne war von Wolken verhangen. Der Doktor kam und nach ihm Pfarrer Normand, dann eine alte Frau. Eine sehr französische, kleine alte Frau wie aus einem Roman von Zola. Sie richtete Enid Duval für die Beerdigung her. Gray, der in diesem Haus immer wie ein widerspenstiger Fünfzehnjähriger behandelt worden war – denn als Fünfzehnjährigen hatte Honoré ihn kennengelernt, und über dieses Alter war er in den Augen seines Stiefvaters auch nie hinausgekommen –, sah sich jetzt gezwungen, alles in die Hand zu nehmen. Er war es, der den Bürgermeister und M. und Mme Reville empfing, der mit den Leuten vom

Beerdigungsunternehmen verhandelte, Mahlzeiten zubereitete und Telefonanrufe beantwortete. Gebrochen und in Tränen aufgelöst lag Honoré auf dem Sofa, rief hin und wieder nach ihm und flehte ihn an, bei ihm zu bleiben. Seine Englischkenntnisse, sonst sein ganzer Stolz und für ihn das einzige Mittel, seinem Stiefsohn gegenüber Autorität zu zeigen und ihn zu beeindrucken, hatten ihn ganz im Stich gelassen. Doch seit er nur noch französisch sprach, war er auch nicht mehr die Karikatur eines Franzosen. Er war ein trauernder Witwer, dem man Respekt entgegenbrachte. Gray hatte das Gefühl, seinen Stiefvater überhaupt nicht gekannt zu haben.

»Du bleibst bei mir, mein Sohn? Sie hat mich verlassen, und du bist jetzt alles, was ich habe.«

»Deine Schwester kommt zu dir, Honoré.«

»Ach, meine Schwester! Es sind 40 Jahre vergangen, seit wir in ein und demselben Haus lebten. Was bedeutet sie mir? Ich möchte, daß du bleibst, Graham. Bleib hier, wo du zu Hause bist.«

»Ich bleibe bis nach der Beerdigung«, versprach Gray, der sich wunderte, wie groß seine eigene Trauer war. Sogar noch am Vorabend ihres Todes, als er zu seiner Mutter zurückgefunden und ihr verziehen hatte, hatte er gedacht, ihr Tod werde ihn nicht berühren. Doch während er die zahllosen Dinge erledigte, die getan werden mußten, bedrückte ihn ein mit dem Verstand nicht faßbares Gefühl. Ihm wurde klar, daß über all die Jahre hinweg in seinem Unterbewußtsein die Hoffnung gelebt hatte, eines Tages ganz offen mit ihr zu sprechen, mit nichts hinter dem Berg zu halten, von ihr Rechenschaft zu verlangen. Er wollte ihr darlegen, was er empfand, und sie sollte ihm ihren Standpunkt auseinandersetzen. Dann wollten sie einen Weg zu gegenseitigem Verständnis suchen und allen Schmerz vergessen. Jetzt war sie tot, und er trauerte um sie, weil es diesen Tag nie geben würde. Nie konnte er ihr sagen, wie sehr sie ihn verletzt hatte, und sie konnte ihm nicht mehr erklären, warum.

Drusilla schien sehr weit weg. Er hatte nicht vergessen, sie anzurufen, es nur hinausgeschoben. Später wollte er es tun, wenn die vielen Leute nicht mehr da waren, das Telefon nicht mehr ununterbrochen klingelte und er die Briefe nach England geschrieben hatte. Honoré hatte ihn darum gebeten.

»An Mrs. Harcourt, Mrs. Warriner und die liebe Isabel.«

»Isabel ist in Australien. Ich bin früher als sie wieder in England.«

»Überleg es dir. Bleib bei mir.«

»Ich kann nicht. Aber ich bleibe, solange du mich brauchst.«

Gray brachte die Briefe zur Post. Es hatte angefangen zu regnen. Die großen *camions,* die über die Landstraße nach Jency rumpelten, bespritzten ihm die Hosenbeine. Die Beerdigung fand am Montag statt, also konnte er Dienstag nach Hause fliegen und Drusilla vielleicht noch am selben Abend sehen. Es war jetzt schon ein bißchen zu spät, um sie anzurufen, fast halb sechs, und das Wochenende stand bevor. Vielleicht war es besser, er rief sie erst am Montag an. Wenn er ihr sagte, daß seine Mutter gestorben war, würde sie die Verzögerung bestimmt verstehen. Aber – würde sie das wirklich? War es nicht vielmehr so, daß er sie nicht anrief, weil er sich vor einer für sie typischen kaltschnäuzigen Bemerkung fürchtete, wie: »Hat sie endlich ins Gras gebissen?« oder: »Hat sie dir wenigstens einen ordentlichen Batzen hinterlassen?« Das hätte er jetzt nicht ertragen, nicht einmal von Dru, die er liebte, von seiner Dru, die sich geändert hatte und für immer ihm gehören wollte.

Als er vor der Haustür stand, begann das Telefon zu klingeln. Wahrscheinlich wieder jemand aus dem Ort, der Beileid wünschen wollte. Honoré war nicht in dem Zustand, um mit jemandem zu sprechen. Also lief Gray in das Zimmer, in dem der Apparat stand, und vermied es, das leere Bett anzusehen. Das Fenster stand offen, Regen wehte herein, und der Geruch des Todes wich allmählich. Gray nahm den Hörer ab.

»Hallo.«

»Dru?« sagte er, als könnte es jemand anders sein. »Bist du's, Dru?«

»Du hast nicht angerufen«, sagte sie mit einer Stimme, in der eine Welt von Trostlosigkeit enthalten schien.

»Nein.« Das klang beinahe schroff, doch er konnte nicht anders. Er wappnete sich innerlich gegen ihre herzlose Antwort. »Nein, ich konnte nicht, Dru. Meine Mutter ist heute früh gestorben.«

Keine herzlose Antwort – Schweigen. Dann, als sei die Mitteilung ein Schock für sie gewesen, als habe sie Grays Mutter gekannt und geliebt: »O nein!«

Er war gerührt über ihre Betroffenheit, sie wärmte ihm das Herz. Obwohl zwischen ihnen wieder alles gut war, war sie ihm heute seltsamerweise ferner gewesen als in den Monaten seit Weihnachten. Sie war – er gestand es sich jetzt ein – eine Last für ihn gewesen, ein Problem, mit dem er sich auseinandersetzen mußte. Aber dieses entsetzte »O nein!«, das mehr Gefühl – mehr Mitgefühl auszudrücken schien als eine lange Trostrede, hatte an sein Herz gerührt.

»Ja, leider, Dru«, sagte er mit nicht ganz fester Stimme. »Mein Stiefvater nimmt es sehr schwer, und ich . . .«

»Das heißt, daß du jetzt nicht nach Hause kommen kannst, nicht wahr?« jammerte sie. Es klang verzweifelt, verloren. »Ich höre deiner Stimme an, daß du zur Beerdigung bleiben willst.«

Es war natürlich wunderbar, daß sie sich so nach ihm sehnte, zu wissen, daß sie ihn brauchte. Aber er wäre glücklicher gewesen, wenn sie jetzt nur an ihn und nicht an sich selbst gedacht hätte. Doch er verlangte zuviel; daß sie überhaupt Mitgefühl zeigte, sollte ihm genügen.

»Ich muß bleiben, Dru, mein Liebling«, sagte er. »Versuch doch, mich zu verstehen. Honoré braucht mich, bis seine Schwester kommt. Ich habe versprochen, bis Dienstag zu bleiben.«

»Aber *ich* brauche dich mehr als er!« rief sie, ganz das verwöhnte Kind, dessen Wünsche immer Vorrang hatten.

»Glaubst du, ich brauche dich nicht? Aber wir haben sechs Monate gewartet, dann können wir auch noch vier Tage Geduld haben.«

Lieber Gott, gib, daß sie mir keine Schwierigkeiten macht, nicht jetzt. Sie soll mir bitte jetzt keine Szene machen. Sein Glück über die wiedergefundene Liebe war noch keinem Sturm gewachsen. Er mußte dieses Glück noch unversehrt und ungetrübt über die nächsten Tage hinwegretten wie einen Talisman, als stille Zuflucht, wenn die Trauer zu heftig wurde und die täglichen Pflichten unerträglich wurden. Gray lauschte Drusillas unheilvollem Schweigen, das mit Protest, Gereiztheit und Groll geladen schien.

»Verlang nicht von mir, daß ich mein Versprechen breche, Dru.«

Er fürchtete, sie werde auflegen, zornig den Hörer auf die Gabel knallen. Doch es gab keinen Knall, keinen zornigen Ausbruch, und als sie wieder sprach, klang ihre

Stimme so hart wie am Donnerstag, als er sie wegen Dido angerufen hatte.

»Leider muß ich es von dir verlangen«, sagte sie. »Ich hab dir noch gar nicht gesagt, warum ich überhaupt anrufe.«

»Haben wir je einen besonderen Grund gebraucht?«

»Nein, aber diesmal gibt es zufällig einen. Der Tierarzt möchte dich sprechen.«

»Welcher Tierarzt?« fragte er verständnislos.

»Nun, der Tierarzt eben«, sagte sie scharf. »Hast du vergessen, was du mit Dido angestellt hast?«

Dido. Nein, er hatte Dido nicht vergessen. Doch irgendwie hatte er geglaubt, daß sie, aus dem Schuppen gerettet, gefüttert und umhegt, wieder ganz in Ordnung war.

»Was will er von mir?«

»Ich habe ihn heute angerufen, um mich nach Dido zu erkundigen. Er sagte mir, daß sie was mit der Leber hat, etwas sehr Schlimmes, und daß es ihr sehr schlecht geht. Er sagte auch, er muß mit dem Besitzer oder demjenigen reden, der für sie verantwortlich ist, weil sie operiert werden muß. Gray, du kannst das nicht alles auf mich abwälzen. Du mußt die Verantwortung selbst übernehmen, verstehst du das nicht?«

Schwerfällig ließ sich Gray auf Honorés Bett sinken. Er dachte an Dido. Wie munter und wie lebhaft sie gewesen war, ein übermütiger, vor Gesundheit strotzender Hund. Der Gedanke, was er mit seiner Verantwortungslosigkeit angerichtet hatte, machte ihn ganz elend.

»Wie kann sie eine kranke Leber haben?« fragte er. »Daß sie an Unterernährung leidet, ist natürlich verständlich. Aber ein Leberschaden? Was kann ich da tun?

Was nützt es ihr, wenn ich nach Hause komme, wie kann ich ihr damit helfen?«

»Er will dich morgen sehen«, sagte Drusilla hartnäckig. »Gray, ich habe ihm versprochen, daß du kommst. Warum auch nicht? Paris – London, das ist doch keine Weltreise. Tiny fliegt auch oft an einem Tag nach Paris und zurück.«

»Dru, siehst du denn nicht ein, daß das ein Hirngespinst ist? Sag dem Tierarzt, er soll operieren, wenn es unbedingt nötig ist. Er soll alles tun, um das Leben des Hundes zu retten. Wirklich alles. Ich bezahle alles. Irgendwer wird mir das Geld schon leihen. Ich komme für die ganze Behandlung auf.«

»Ach ja, bezahlen willst du also? Aber nach Hause kommen und dich selbst darum kümmern willst du nicht? Auch dann nicht, wenn ich dir verspreche, daß wir uns hinterher in der Hütte treffen?«

Gray umklammerte den Telefonhörer fester, und ein langer Schauer, der fast ein Schmerz war, durchrieselte ihn. Aber es war unmöglich . . . »Ich habe nicht genug Geld, um wie der Jet-Set mit dem Flugzeug herumzukutschieren. Alles, was ich noch besitze, sind etwa 3 Pfund.«

»Ich bezahle den Flug. Nein, sag nicht, daß du Tinys Geld nicht annimmst. Es ist nicht sein Geld. Ich habe meinen Amethystring verkauft. Und den hatte ich nicht von Tiny. Vater hat ihn mir geschenkt.«

»Dru, ich weiß nicht, was . . .«

»Ich habe dem Tierarzt gesagt, du würdest gegen drei Uhr bei ihm sein. Geh, frag deinen Stiefvater, ob du ihn einen Tag allein lassen kannst. Ich bleibe am Apparat.«

Mit trockenem Mund legte Gray den Hörer auf das Bett und ging ins Wohnzimmer. »Honoré«, sagte er, »ich muß morgen nach Hause. Ich fliege in der Früh und bin am Abend wieder hier.«

Es folgte eine bittere Auseinandersetzung zwischen ihm und Honoré, der Gray gar nichts Komisches abgewinnen konnte. Warum mußte er nach London? Woher nahm er das Geld? Was sollte Honoré nur ohne ihn anfangen? Und schließlich, warum suchte er sich keine Arbeit, wurde – vorzugsweise natürlich in Frankreich – seßhaft, heiratete und vergaß alle verrückten, unmoralischen Engländerinnen, die Hunde mehr liebten als Menschen?

»Ich verspreche dir, daß ich um Mitternacht wieder hier bin und bis nach der Beerdigung bleibe. Deine Freunde werden sich um dich kümmern. Ich bitte Mme Reville, den ganzen Tag bei dir zu bleiben.«

Gray ging und fühlte sich jämmerlich, weil Honoré wieder weinte. Er nahm den Hörer auf.

»In Ordnung, Dru, ich komme.«

»Das wußte ich! O Gott, ich kann's kaum glauben. Morgen sehe ich dich wieder! Endlich sehe ich dich wieder!«

»Zuerst muß ich zum Tierarzt, und das wird für mich nicht besonders angenehm. Wann soll ich dort sein?«

»Um drei. Die Adresse hast du ja. Geh einfach hin und rede mit ihm.«

»Und wann und wo sehen wir uns?«

»An einem Wochentag könnte ich dich vom Flugplatz abholen«, sagte sie. »Am Samstag ist das natürlich nicht möglich. Aber am Nachmittag will sich Tiny ein Haus ansehen, das er seiner Mutter kaufen will. Ich werde mich drücken und erwarte dich gegen fünf in der Hütte. In Ordnung?«

»Können – können wir uns nicht beim Tierarzt treffen?«

»Ich will's versuchen, aber rechne nicht damit. Später kann ich dich wahrscheinlich nach Heathrow bringen.«

»Aber wir werden ...« Er fand nicht die richtigen Worte für das, was er sagen wollte. »Wir werden doch ein bißchen Zeit füreinander haben?«

Sie verstand ihn dennoch und lachte leise und erregt. »Du kennst mich doch.«

»Ach, Dru, ich liebe dich! Ich ginge bis ans Ende der Welt, um mit dir zusammenzusein. Sag, daß du mich liebst und daß nichts mehr zählt, was vorher war.«

Mit angehaltenem Atem wartete er, doch am anderen Ende der Leitung blieb es sehr lange still. Drusilla atmete so flach wie er in der Telefonzelle am Marble Arch, als er sie angerufen und kein Wort gesagt hatte. Plötzlich sagte sie kühl und mit fester Stimme:

»Ich liebe dich. Wenn du mich noch willst, werde ich Tiny verlassen und mit dir zusammenleben.«

»Mein Liebling ...«

»Wir sprechen morgen darüber«, sagte sie und legte auf.

Er starrte den Hörer an, in dem nur noch ein merkwürdig hohl klingendes Summen war, und wagte kaum zu glauben, was sie gesagt hatte. Aber sie hatte es gesagt – hatte es tatsächlich gesagt! Und morgen würde er sie wiedersehen ...

Ganz deutlich stand das Bild vor seinen Augen: Dru wartete am Ende der langen Pocket Lane schon auf ihn, wenn er ganz außer Atem dort ankam. Ihr Parfum wehte ihm entgegen – *Amorce dangereuse.* Mit ausgebreiteten Armen lief sie ihm entgegen, das Haar ein schimmernder Goldhelm, und an ihrer zarten Hand fehlte der Ring, den sie verkauft hatte, um ihn – Gray Lanceton – zurückzugewinnen ...

Honoré weinte nicht mehr, sah aber sehr traurig aus. »Ich habe nachgedacht und meine, du mußt das Auto nehmen. *J'insiste!* – ich bestehe darauf. Mit dem Auto kannst du schneller wieder hier sein.«

»Vielen Dank, Honoré, das ist sehr nett von dir.«

»Aber denk dran, daß wir in Frankreich auf der richtigen Straßenseite fahren, und . . .«

»Ich passe gut auf den Wagen auf, Honoré.«

»*Seigneur!* Ich denke doch nicht an das Auto, ich denke an dich, mein Sohn. Du bist alles, was ich noch habe.«

Gray lächelte und berührte leicht Honorés Schulter. Er durfte wirklich nicht mehr in jedem von vornherein das Schlimmste vermuten, allen Menschen nur egoistische Motive unterschieben. Drusilla wollte aus Liebe töten, sie verließ Tiny aus Liebe, ebenso wie er Honoré aus Liebe verließ. »O Liebe, welche Verbrechen werden in deinem Namen begangen . . .«

»Komm, mein Sohn«, sagte Honoré, »trinken wir ein Gläschen Cognac zusammen.«

15

Die Maschine landete um ein Uhr fünfzehn in Heathrow. Gray kaufte sich einen Stadtplan von London und hatte dann gerade noch genug Geld für die U-Bahnkarte nach Leytonstone und den Eisenbahnfahrschein nach Waltham Abbey. Zehn vor drei stieg er an der Station Leytonstone aus – einem jener tristen U-Bahnhöfe, wie man sie überall in den Außenbezirken großer Städte findet – und ging den unterirdischen Bahnsteig entlang zur Straße.

Obwohl Drusilla nicht gesagt hatte, daß sie ihn möglicherweise hier erwarten wollte, und er auch nicht damit rechnete, suchte er mit den Blicken die Reihen der parkenden Wagen ab, weil er doch insgeheim hoffte, ihren Jaguar zu entdecken. Aber er war nicht da. Wie oft mußten ihre Füße den Boden berührt haben, auf dem er jetzt stand, wie oft war sie auf dem Weg nach London hier in die U-Bahn eingestiegen . . . Mit dem Stadtplan in der Hand ging er die lange Straße mit den großen spätviktorianischen Häusern hinunter und bog in das Netz von kleineren Seitenstraßen zwischen der Hauptstraße und den letzten Ausläufern des Epping Forest ein. Dort fand er auch die George Street, eine kurvige, leicht ansteigende, gepflegte Straße, die im Schatten eines riesigen gotischen Krankenhauses lag. Neben dem Eingang von Nummer 21 hing weder das übliche Messingschild, noch gab es einen anderen Hinweis darauf, daß hier ein Tierarzt praktizierte. Dennoch stieg Gray die Stufen hinauf, klingelte und erwartete, daß im nächsten Moment ein zorniger Mann mittleren Alters im weißen Arztkittel, die Taschen von Injektionsspritzen und Fellkämmen ausgebeult, auf ihn zustürzen und ihm mit dem Tierschutzverein und gesetzlichen Folgen drohen würde. Gray legte sich im Geist eine Verteidigungsrede zurecht. Aber als endlich geöffnet wurde – nachdem er noch zweimal geklingelt hatte –, schlug ihm nicht der typische Geruch nach Hund und Desinfektionsmitteln entgegen, fand er sich keinem in den Sielen ergrauten Tierarzt gegenüber, der sich anschickte, ihn mit Wortgewalt zu vernichten. Statt dessen duftete es nach frischgebackenem Kuchen, und vor ihm stand eine junge Frau mit einem Baby auf dem Arm.

»Ich habe um drei Uhr einen Termin beim Tierarzt«, sagte Gray.

»Bei welchem Tierarzt?« fragte die junge Frau.

»Ja – gibt es denn hier keine Tierarztpraxis?«

»Sie haben sich in der Hausnummer geirrt. Der Tierarzt ist ein Stück weiter oben an der Straße. Die Nummer weiß ich leider nicht, es hängt ein Schild neben dem Eingang.«

Aber Drusilla hatte bestimmt 21 gesagt – oder vielleicht doch nicht? Er hatte sich die Nummer nicht notiert. Er fand den Tierarzt in Nummer 49. Bei seiner Vergeßlichkeit war es sehr leicht möglich, daß Drusilla 49 gesagt und er die Zahlen verwechselt hatte. Seine Gedächtnislücken bereiteten ihm kein Kopfzerbrechen mehr. Sie waren zum Glück auf psychische Blockierungen, auf von seinem Unterbewußtsein errichtete Barrieren, zurückzuführen und würden jetzt bald verschwinden. Wirklich wichtige Dinge vergaß er nie. Er hätte zum Beispiel nie vergessen, daß er um fünf mit Drusilla verabredet war.

Die Haustür war nur eingeklinkt, und Gray betrat das Haus, ohne zu klingeln. Im Flur und im Wartezimmer roch es nach Hund, wie es sich für eine Tierarztpraxis gehörte. Nachdenklich betrachtete Gray die ausliegenden Nummern der Zeitschriften *The Field* und *Our Dogs*, und nach ein paar Minuten kam eine Frau im khakifarbenen Kittel herein und fragte Gray, was er wolle.

»Dr. Greenberg hält samstags nachmittags keine Sprechstunde«, sagte sie kurz. »Da wird nur getrimmt und geschoren.«

Leises Fiepen und Knurren aus den oberen Regionen des Hauses bestätigte das Gesagte.

»Ich heiße Lanceton«, sagte Gray, machte dann eine Pause und erwartete den Ausdruck von Haß und Verachtung auf ihrem Gesicht gegenüber einem Tierquäler. »Mein Hund – vielmehr ein Hund, den ich in Pflege hatte, ist bei Ihnen.« Ihr Gesichtsausdruck änderte sich aber nicht. Sie sah Gray nur an. »Eine goldfarbene Labradorhündin namens Dido. Sie wurde am Donnerstag zu Dr. Greenberg gebracht.«

»Hierhergebracht? Wir nehmen keine Hunde in Pflege.«

»Nein, aber die Hündin war krank und mußte hierbleiben. Sie soll operiert werden.«

»Da muß ich mal nachsehen«, sagte die Kitteldame.

Sie ging hinaus, und es dauerte sehr lange, bis sie zurückkam. Gut fünf Minuten verstrichen. »Wir haben keine Dido in der Kartei, und es gibt auch keine Unterlagen über eine bevorstehende Operation«, sagte sie. »Donnerstag, sagten Sie? Wann ungefähr?«

»Zwischen eins und zwei.«

Triumphierend schüttelte die Kitteldame den Kopf. »Am Donnerstag war Dr. Greenberg nur bis zwölf hier.«

»Könnten Sie ihn vielleicht anrufen und sich nach Dido erkundigen?«

»Das kann ich natürlich, aber es ist mir sehr unangenehm. Und – wozu eigentlich? Er war nicht hier.«

»Bitte!« sagte Gray energisch.

Er setzte sich und blätterte in einer Nummer von *The Field.* Fünfundzwanzig nach drei. Wenn er um fünf in der Hütte sein wollte, mußte er in spätestens fünf Minuten von hier verschwinden. Er hörte die Kitteldame im Nebenzimmer telefonieren. War es möglich, daß er nicht nur die Hausnummer, sondern auch die Straße verwechselt hatte?

Die Kitteldame kam zurück und sagte gereizt: »Dr. Greenberg weiß nichts von einer Labradorhündin, die operiert werden muß.«

Damit mußte er sich zufriedengeben. Völlig verwirrt verließ er die Tierarztpraxis. Drusillas Jaguar stand nicht vor dem Haus, sie hatte es also nicht geschafft, ihn abzuholen. Oder wartete sie vielleicht woanders auf ihn, vor der Praxis eines anderen Tierarztes, in einer anderen Straße? In Leytonstone mußte es Dutzende geben. Nun, vielleicht nicht Dutzende, aber mehrere. Auf dem Weg zum Bahnhof hatte er das Gefühl, in einen Traum verstrickt zu sein, in einen jener Alpträume, in denen man eine wichtige Verabredung versäumt, weil man zu spät kommt, und alles andere auch schiefgeht. Der Zug hat Verspätung, die Leute starren einen feindselig an, man verwechselt Adressen, und normalerweise ganz einfach zu erreichende Ziele scheinen immer weiter zurückzuweichen.

Am einfachsten war es wohl, Drusilla anzurufen. Tiny war bestimmt noch unterwegs, und vielleicht war sie allein. Er wählte ihre Nummer, aber niemand hob ab. Als nächstes schlug er die *Gelben Seiten* bei der Spalte Tierärzte auf. Auf den ersten Blick schon wurde ihm sein Irrtum klar – ein Irrtum, der nur zustande kommen konnte, weil zwei benachbarte Vororte fast gleichlautende Namen hatten. Greenberg war der Tierarzt in der George Street 49 in Leytonstone, und in der George Street in Leyton gab es einen Tierarzt Dr. Cherwell. Dido war in Leyton, nicht in Leytonstone.

Zwanzig vor vier. Aber schließlich war er ja wegen Dido aus Frankreich herübergekommen. Sie war der eigentliche Grund für seine Reise, und er durfte nicht einfach aufgeben, weil es spät wurde. Doch selbst wenn er jetzt aufgab, war er nicht vor Viertel nach fünf in der Pocket Lane. Schon fühlte er den Druck, die allmählich wachsende Panik, zu einer lebenswichtigen, lange ersehnten Verabredung zu spät zu kommen. Die Luft scheint zu flimmern, die Beine sind wie gelähmt, Menschen und Gegenstände verbünden sich gegen uns.

Er schlug den Stadtplan auf. Die George Street in Leyton schien meilenweit entfernt, fast schon draußen in den Hackney Marshes. Er wußte nicht, wie man dort hinkam, doch eine halbe Stunde dauerte es ganz bestimmt. Daran war nicht zu denken, das kam nicht in Frage, denn Drusilla machte sich schon für ihn schön, besprühte sich mit Parfum und schaute auf die Uhr, weil sie sich auf das Wiedersehen genauso freute wie er. Um sein schlechtes Gewissen zu beschwichtigen, wählte er Dr. Cherwells Nummer, ließ es lange klingeln. Niemand meldete sich. Offenbar hatte am Samstagnachmittag kein Tierarzt Sprechstunde.

Aber der Hund . . . Nun, dieser Dr. Cherwell würde ohnehin tun, was er für richtig hielt, und um Dido zu operieren, brauchte er wohl kaum eigens eine mündliche oder schriftliche Einwilligung. Am besten war, wenn er, Gray, Dr. Cherwell am Montag aus Frankreich anrief. Und damit konnte er sich das Rätselraten um den Tierarzt und Dido vorläufig wohl aus dem Kopf schlagen und überlegen, wie er auf schnellstem Weg in die Liverpool Street kam.

Mußte er, um nach Waltham Abbey zu kommen, wirklich den Riesenumweg durch London und mehrere nördliche Vororte machen? Waltham Abbey lag schließlich nur 7 oder 8 Meilen entfernt auf der entgegengesetzten Seite des Waldes. Es mußte Busverbindungen geben, doch Gray wußte weder, von welcher Linie die Strecke befahren wurde, noch wo die Haltestellen waren. Wenn er mehr Geld gehabt hätte, hätte er ein Mini-Car nehmen können. Aber er hatte das Geld eben nicht.

Die U-Bahn schien im Schneckentempo dahinzukriechen, und auf den Zug nach Waltham Cross mußte er eine volle Viertelstunde warten. Als er einlief und Gray einstieg, zeigte seine Uhr, die er ständig mit den Bahnhofsuhren verglichen hatte, fünfundzwanzig Minuten vor fünf.

Drusilla war nur einmal zu einer Verabredung zu spät gekommen – in der New Quebec Street, als sie sich zum erstenmal getroffen hatten. Heute verspätete sie sich bestimmt nicht. Jetzt wartete sie schon eine halbe Stunde auf ihn, wurde langsam nervös, ängstigte sich vielleicht, lief rastlos im Zimmer hin und her, rannte zum Fenster, riß immer wieder die Tür auf, um nach ihm Ausschau zu halten. Wenn er nicht kam und immer noch nicht kam, würde sie sich sagen: Jetzt schaue ich nicht mehr hinaus, ich gehe nicht mehr an die Tür und zähle bis 100. Dann ist er bestimmt da. – Oder sie ging ins Schlafzimmer hinauf, weil sie von dort die Straße nicht überblicken konnte. Sie musterte sich kritisch im Spiegel, fuhr sich noch einmal mit dem Kamm durch die wilde, feurige Haarmähne, betupfte sich das Grübchen an der Kehle mit Parfum und ließ die Hände in sinnlicher Vorfreude über ihren Leib gleiten. Noch einmal zählte sie bis 100, ging langsam die Treppe hinunter, ging zum Fenster, hob den Vorhang und kniff fest die Augen zu. Wenn ich die Augen wieder aufmache, werde ich ihn sehen . . .

Um halb sechs bog Gray in Waltham Abbey von der Hauptstraße in die Pocket Lane ein. An der Einmündung hatte es einen Unfall gegeben, die Straße war gesperrt, die Polizeiautos noch im Einsatz. In der Mitte der Straße liefen zwei schwarze Bremsspuren aufeinander zu und stießen unter einer frisch aufgeschütteten, dicken Sandschicht zusammen, unter der sich wahrscheinlich Blut und Grauen verbargen. Gray blieb nicht stehen, sondern beschleunigte die Schritte und sagte sich, ein Mann seines Alters müsse eigentlich imstande sein, 2 Meilen in zwanzig Minuten zu schaffen.

Er lief in der Straßenmitte auf dem harten Asphalt und mied die nassen Grasränder. Noch nie war ihm die Pocket

Lane so lang vorgekommen, und die Kurven und Kehren, die langen Geraden, die er so gut kannte, schienen sich zu vervielfachen, als sei die Straße aus Gummi, das ein feindseliger Riese in die Länge zog, um ihn zu narren. Als er an die Stelle kam, wo die asphaltierte Straße in den schmäleren, unbefestigten Weg überging, hämmerte ihm das Blut im Kopf, und seine Kehle war so trocken wie Pergament.

Unter den Bäumen, wo der Jaguar stehen sollte, parkte ein großer, dunkelgrüner Mercedes. Also fuhr sie jetzt einen anderen Wagen, Tiny hatte ihr einen neuen gekauft. Gray war völlig erschöpft, doch der Anblick ihres Autos verlieh ihm neue Kräfte, und er rannte weiter, die Hosenbeine bis an die Knie mit gelblichem Schlamm bespritzt. Es hatte nicht nur in Frankreich geregnet, und in den tiefen Furchen hatte sich der Lehm in beinahe flüssigen Brei aufgelöst. Das letzte Stück des Weges – wie kurz war es ihm vorgekommen, wenn er Drusilla am Abend zu ihrem Auto begleitet hatte. War es wirklich immer so lang gewesen wie heute – ein paar hundert Meter lang? Doch jetzt sah er endlich die Hütte, einen Würfel so grau wie der wolkenverhangene Himmel. Die Gartenpforte stand offen und schwang langsam in der leichten Brise, die das Laub an den Bäumen zittern ließ. Nach Atem ringend, blieb Gray einen Moment stehen. Sein Gesicht war schweißnaß, und er keuchte, aber er hatte es geschafft. Er hatte für die 2 Meilen knapp zwanzig Minuten gebraucht.

Er schloß die Haustür auf und rief: »Tut mir schrecklich leid, daß ich zu spät komme, Dru! Ich bin den ganzen Weg vom Bahnhof gerannt.« Hinter ihm fiel die Tür zu. »Wo steckst du, Dru? Bist du oben?«

Kein Laut, keine Antwort. Nichts. Doch er glaubte ihr

Parfum zu riechen – *Amorce dangereuse.* Aber nur einen Augenblick, dann verflüchtigte sich der Duft, und es roch nur noch nach Staub und langsam faulendem Holz. Grays Atem ging jetzt ruhiger. Er ließ seine Reisetasche fallen und warf das Jackett auf den Boden. »Diele« und Küche waren leer. Natürlich war sie oben und wartete im Bett auf ihn. Es sah ihr ähnlich, ihn zu necken, mucksmäuschenstill zu warten, unter der Bettdecke zu kichern und schallend zu lachen, wenn er sie endlich gefunden hatte.

Zwei Stufen auf einmal nehmend, stürmte er die Treppe hinauf. Die Schlafzimmertür war geschlossen. Er wußte, daß er sie vor seiner Abreise wie immer offengelassen hatte, und sein Herz begann zu dröhnen. Vor der Tür zögerte er, nicht aus Scheu, Angst oder Zweifel, sondern um sich ganz der Erregung und der Freude zu überlassen, die er den ganzen Tag unterdrückt hatte. Endlich hatte er sein Ziel erreicht und durfte sich ganz seinem Gefühl hingeben. Er konnte hier stehenbleiben, die Augen schließen, das Wiedersehen in Gedanken voll auskosten, bis in den feinsten Nerv durchdrungen von dem Wissen, daß sie wieder beisammen waren, ausloten, was es für sie beide bedeutete . . .

Er öffnete die Augen wieder und stieß, ohne ein Wort zu sagen, ganz vorsichtig die Tür auf.

Das Bett war leer, die schmuddeligen Laken zurückgeschlagen, eine halbvolle Tasse Tee auf dem Nachttisch. Alles war noch so, wie er es zurückgelassen hatte. Wie er es zurückgelassen hatte . . . Der leichte Wind blähte die zerschlissenen Lumpen, die als Vorhänge dienten, und fächelte ein mit Staub bedecktes Spinnennetz. Wo eben sein Herz noch wie wild geschlagen hatte, breitete sich eine entsetzliche Leere aus. Er konnte einfach nicht glauben, daß sie nicht hier war.

Auch das Gästezimmer war leer. Gray ging wieder hinunter und in den Garten. Der Farn war inzwischen mannshoch, und die abgebrannte Grasnarbe seiner Feuerstelle war schon wieder grün überhaucht. Ein grauer Tag ohne Sonne. Es war sehr still, leises Vogelgezwitscher der einzige Laut weit und breit. Ein Windstoß raschelte im Farn und fuhr dann in die Baumkronen des Waldes.

Aber sie muß hier sein, dachte Gray, ihr Wagen ist hier. Vielleicht hatte sie nicht mehr warten wollen und war spazierengegangen. Er rief noch einmal ihren Namen und ging dann durch den hochaufspritzenden gelben Lehm rasch zu ihrem Wagen.

Er war noch da, und er war noch immer leer. Gray spähte durch die Fenster. Auf dem Rücksitz lag die *Financial Times* und darauf ein Brillenetui. So etwas hatte Drusilla bestimmt nicht in ihrem Wagen. Ebensowenig Kopfstützen aus schwarzem Leder, und die sehr männlich aussehenden Fahrerhandschuhe auf dem Armaturenbrett gehörten auch nicht ihr.

Es war nicht ihr Wagen. Sie war gar nicht gekommen.

»Du willst nicht? Auch dann nicht, wenn ich dir verspreche, daß wir uns hinterher in der Hütte treffen?«

Das hatte sie gesagt.

»O Gott, ich kann's kaum glauben. Morgen sehe ich dich wieder! Endlich sehe ich dich wieder!«

Am liebsten hätte er dem Wagen einen Tritt versetzt, dem unschuldigen, leblosen Ding, das überhaupt nichts mit ihr zu tun hatte und wahrscheinlich einem Ornithologen oder Archäologen gehörte. Mit schleppenden Schritten, den Kopf tief gesenkt, ging er zurück und wäre beinah mit Mr. Tringham zusammengestoßen.

»Passen Sie doch ein bißchen auf, junger Mann!«

Gray wäre wortlos weitergegangen, doch Mr. Tringham, der diesmal kein Buch dabei hatte, schien seinen Fuchsbau nur verlassen zu haben, um mit Gray zu sprechen. »Sie waren in Frankreich«, sagte er, und es klang fast wie ein Vorwurf.

»Ja.«

»Heute nachmittag hat sich ein Mann in Ihrem Garten herumgedrückt. Ein kleiner, mickriger Kerl, der ein paarmal um das Haus herumging und zu den Fenstern hinaufschaute. Ich finde, das sollten Sie wissen. Vielleicht wollte er einbrechen.«

Was scherte es Gray, ob jemand einbrechen wollte oder nicht? Ihn interessierte auch nicht, wer um das Haus herumlief – wenn *sie* es nicht war. »Das ist mir wirklich völlig egal«, sagte er.

»Wie Sie meinen. Ich bin heute früher spazierengegangen, weil es nach Regen aussah. Unter einem Baum saß ein langhaariger, ziemlich rauh aussehender Bursche, und der andere wanderte in Ihrem Garten herum. Ich hätte die Polizei gerufen, aber ich habe kein Telefon im Haus.«

»Ich weiß«, sagte Gray erbittert.

»Ihr jungen Leute nehmt so etwas wirklich viel zu leicht. Ich finde, wir sollten sogar jetzt noch die Polizei anrufen. Sie – oder vielmehr Mr. Warriner – haben doch einen Apparat.«

»Ich will nicht, daß sich die Polizei hier rumtreibt«, antwortete Gray wild, inzwischen fast bis zur Weißglut gereizt. »Ich möchte in Ruhe gelassen werden!«

Mürrisch ging er weiter. Hinter ihm murmelte Mr. Tringham ungefähr mit den gleichen Ausdrücken wie Honoré etwas über die verweichlichte moderne Jugend. Gray knallte die Haustür hinter sich zu, ging in die Diele und gab den Golfschlägern einen Tritt, so daß sie mit lautem Getöse umfielen.

Sie war nicht gekommen. Er hatte die lange Reise unternommen, um sie zu sehen, hatte Hunderte von Meilen zurückgelegt und sich zum Schluß fast die Lunge aus dem Leib gerannt – aber sie war nicht gekommen.

16

Das Telefon klickte und begann nach zehn Sekunden zu klingeln. Lustlos nahm Gray den Hörer ab. Er wußte, daß sie es war, doch er wollte nicht nur ihre Stimme hören, er wollte sie ganz bei sich haben.

»Hallo!«

»Was ist los?« fragte er matt.

»Was war mit dir los?«

»Ich war fünf vor sechs hier, Dru, und bin den ganzen Weg gerannt, als ob der Teufel hinter mir her wäre. Hättest du nicht auf mich warten können? Wo bist du?«

»Zu Hause«, antwortete sie. »Eben heimgekommen. Tiny hat gesagt, er sei um sechs wieder zu Hause, und mir ist einfach keine plausible Ausrede eingefallen. Wenn ich später gekommen wäre als er, hätte er natürlich eine Erklärung verlangt. Jetzt ist er im Garten, aber wir sollten es kurz machen.«

»Aber Dru, du hast es mir versprochen! Du hast versprochen, in der Hütte auf mich zu warten. Du wolltest mich zum Flugplatz bringen. Das ist nicht wichtig, aber wenn du dazu Zeit gehabt hättest, hättest du bestimmt ... Ich hab mich so nach dir gesehnt.«

»Da kann man nichts machen. Ich habe getan, was ich konnte. Und ich hätte wissen müssen, daß du immer zu spät kommst und alles vermasselst. Den Tierarzt hast du auch nicht gefunden, wie?«

»Woher weißt du das?«

»Weil ich Dr. Cherwell angerufen und gefragt habe, ob du dort warst.«

»Es war also Cherwell . . .«

»Aber selbstverständlich. George Street 21 in Leyton. Das hab ich dir sehr deutlich gesagt. Doch es hätte ohnehin keinen Sinn mehr gehabt. Der Hund mußte eingeschläfert werden.«

»O Dru, nein!«

»O Gray, ja! Du hättest nichts ändern können, auch wenn du bei Dr. Cherwell gewesen wärst. Wozu sich also noch den Kopf darüber zerbrechen? Was wirst du jetzt tun?«

»Mich hinlegen und auch sterben, es wäre das beste für mich. Die ganze weite Reise war vergeblich, und ich habe keinen Penny mehr. Wie schrecklich sinnlos doch alles war! Ich habe den ganzen Tag noch keinen Bissen gegessen und kein Geld für den Rückflug. Und du fragst mich, was ich jetzt vorhabe.«

»Dann hast du das Geld noch gar nicht gefunden?«

»Geld? Was für Geld? Ich bin erst seit zehn Minuten hier, mit Schlamm bespritzt und todmüde.«

»Mein armer Gray. Aber mach dir nichts draus, ich sag dir schon, was du tun sollst. Du ziehst dich um, nimmst das Geld, das ich dir dortgelassen habe – es liegt in der Küche –, und machst, daß du aus diesem abscheulichen Loch hinaus- und wieder nach Frankreich kommst. Schreib den Tag einfach ab, vergiß ihn. Jetzt schnell, Tiny kommt den Gartenweg herauf.«

»Tiny? Was schert der uns noch, verdammt noch mal? Wenn du nächste Woche zu mir kommst, wenn du mit mir leben willst, dann kann uns doch egal sein, was Tiny denkt. Je früher er es erfährt, um so besser.« Er räusperte sich. »Dru, du hast es dir doch nicht anders überlegt? Du kommst nächste Woche zu mir? Für immer zu mir?«

Sie seufzte und sagte: »Du weißt, ich ändere nie einen Entschluß.« Die Worte klangen zwar überzeugend, aber ihre Stimme war nicht ganz fest.

»Ich bin ganz krank, wenn ich daran denke, daß ich hauptsächlich deinetwegen herübergeflogen bin und dich jetzt gar nicht zu sehen bekomme. Wann treffen wir uns?«

»Bald. Am Dienstag. Wenn du wieder da bist, komme ich sofort. Aber jetzt muß ich auflegen.«

»Nein, bitte nicht, Dru!« Wenn sie jetzt auflegte, ohne Gruß, ohne ein Wort zum Abschied ... Wenn sie auch dieses Gespräch so abrupt beendete wie sonst ... »Bitte, Dru!«

Doch nein, zum erstenmal erfüllte sie ihm den Wunsch. »Leb wohl, Gray«, sagte sie. »Leb wohl.«

Auf dem Badewannendeckel fand er die Strom- und die Telefonrechnung, den Scheck vom Verlag – der zusammen mit den beiden Rechnungen plus-minus Null ergab –, eine Ansichtskarte von Mal und merkwürdigerweise auch eine Karte von Francis und Charmian aus Lynmouth. Neben der Post lag ein Banknotenhäufchen, lässig und unordentlich hingeworfen. Zuerst kam ihm das Häufchen sehr klein vor, bis er näher hinschaute und sah, daß es zehn Zwanziger waren. Er hatte etwa 60 Pfund erwartet und 200 Pfund bekommen.

Er wünschte sich, sie hätte ein paar liebevolle Zeilen dazugelegt. Mit dem Geld war sie so achtlos umgegangen, als wären es ein paar kleine Münzen, und sie hatte ihren Amethystring verkauft, um die Summe für ihn zu beschaffen. Er war ihr unendlich dankbar, doch über ein kurzes Briefchen wäre er glücklich gewesen. Nur ein paar Worte, mit denen sie ihm sagte, daß sie ihn liebe, verzweifelt sei, weil sie sich verpaßt hatten. Er hatte nie einen Brief von ihr bekommen und wußte nicht einmal, wie ihre Schrift aussah.

Doch von der nächsten Woche an brauchte er weder Handschrift noch Erinnerungsstücke, noch irgendeinen anderen handgreiflichen Beweis dafür, daß es sie gab.

Es ging auf halb sieben zu, und er mußte allmählich aufbrechen. Doch zuerst mußte er die schmutzigen Sachen loswerden. Er ging ins Schlafzimmer hinauf und überlegte, was er anziehen sollte, denn seines Wissens hatte er alle sauberen Sachen nach Frankreich mitgenommen und nur schmutziges Zeug hiergelassen.

Als er heute das erste Mal hier oben gewesen war, hatte er dem Zimmer keine Beachtung geschenkt und nur das leere Bett gesehen. Jetzt entdeckte er, daß seine Jeans, sein Hemd und sogar seine schottische Schafwolljacke gewaschen und gebügelt über der Stuhllehne hingen. Das hatte Drusilla für ihn getan. Sie hatte die Küche gesäubert und seine Sachen gewaschen. Während er sich umzog, überlegte er, ob sie ihm damit beweisen wollte, daß sie so etwas auch konnte, daß sie nicht hilflos war, kein Luxusgeschöpf, das entwurzelt werden sollte und sich dann nicht mehr zurechtfinden würde. Er rollte seine schlammbespritzte Hose zusammen und warf sie in die Badewanne. Das Küchenfenster war geputzt worden, die Wand an mehreren Stellen abgewaschen. Das alles hatte sie für ihn getan und darüber hinaus auch noch ihren kostbaren Ring verkauft. Er müßte eigentlich vor Glück außer sich sein, doch die Enttäuschung darüber, daß sie sich heute nicht gesehen hatten, bedrückte ihn noch immer. Was immer sie für ihn tat, was immer sie ihm gab – es konnte ihn nicht dafür entschädigen, daß er sie entbehren mußte.

Sobald er wieder in Frankreich war, wollte er sie anrufen und bitten, am Dienstag abend auf ihn zu warten. Den Schlüssel zum Schuppen hatte sie ja noch. Der andere, den er über dem Ausguß an der Wand hängen sah, mußte der Schlüssel sein, den er Isabel gegeben hatte, damit sie mit Dido ins Haus konnte. Daß der Hund jetzt tot war, war allein seine Schuld. Seine Zerstreutheit, seine sträfliche Gedankenlosigkeit hatten böse Folgen gehabt. Was er getan hatte, war fast schon kriminell. Aber sobald Drusilla bei ihm war, sollte alles anders werden. Sie würde für ihn planen, Entscheidungen treffen, seine Gedächtnisstütze sein.

Er hatte gerade noch Zeit genug, eine Tasse Tee ohne Milch zu trinken und etwas aus einer Dose zu essen. Dann brach er zum Bahnhof auf. Der Telefonhörer war aufgelegt, die Post gelesen, die Hintertür verriegelt. Hatte er auch nichts vergessen? Vielleicht sollte er den Reserveschlüssel mitnehmen. Wenn der kleine Mann, den Mr. Tringham beobachtet hatte, wirklich ein Einbrecher war, brauchte er nur eine Fensterscheibe einzudrücken und nach dem Schlüssel zu greifen, der in Reichweite hing: Dann konnte niemand ihn hindern, im Schuppen – Mals Schuppen – zu tun und zu lassen, was er wollte. Mal wäre wahrscheinlich nicht besonders glücklich, wenn man ihm die Golfschläger oder ein paar von den wackligen Möbelstücken klaute, die schließlich sein ganzes Hab und Gut waren.

Stolz auf seine beispiellose Umsicht, nahm Gray den Schlüssel vom Haken. Als er ihn in die Tasche stecken wollte, stellte er überrascht fest, daß der Schlüssel so blank und glänzend aussah, als wäre er neu. Aber er hatte

Isabel doch ganz bestimmt den Ersatzschlüssel gegeben, den er von Mal bekommen hatte. Dieser hier glich eher dem Schlüssel, den er eigens für Drusilla anfertigen ließ, damit sie nicht vor dem Haus auf ihn warten mußte, falls er nicht rechtzeitig vom Einkaufen zurückkam. Aber vielleicht hatte er ihr den neuen gar nicht gegeben, vielleicht hatte sie den alten, und der neue hatte schon immer als Ersatzschlüssel in der Küche gehangen. Er wußte es nicht mehr, und es schien auch ganz unwichtig.

Er trank seinen Tee und ließ das schmutzige Geschirr auf dem Abtropfbrett stehen. Die 200 Pfund und die beiden Schlüssel sicher in der Tasche verstaut, verließ er die Hütte und schloß die Haustür hinter sich. Es nieselte ganz fein, und von den mit Wasser vollgesogenen Blättern der Buchen fielen größere Tropfen rhythmisch zu Boden. Gray hielt sich am Rand der Straße und stapfte durch das nasse Gras, um den lehmigen Tümpeln auszuweichen.

Der grüne Wagen stand noch da. Wahrscheinlich war er gestohlen, und die Diebe hatten ihn hier stehenlassen, wo sich die Füchse gute Nacht sagten. Die beiden Willis waren im Garten und begutachteten ihren Rasen, der Gray wieder so gut wie neu schien. Als sie ihn erblickten, machten sie wie auf Kommando kehrt und drehten ihm die stocksteifen Rücken zu.

Unten an der Straßenecke war die Sperre aufgehoben, der Sand weggefegt. Die Polizei war auch nicht mehr da. Gray schlug den Weg zum Bahnhof ein.

Über Frankreich war der Himmel klar und mondhell. Hatte es inzwischen auch in England aufgeklart, und schien derselbe Mond über dem Epping Forest und »Combe Park«? Sie und Tiny lagen jetzt im Bett. Der große, dicke Mann im schwarz-rot gestreiften Schlafanzug las die Memoiren irgendeines Industriellen oder vielleicht die *Financial Times,* und neben ihm die zarte junge Frau in weißen Rüschen war in einen Roman vertieft. Doch in dieser Samstagnacht würde kein Fremder anrufen und wortlos am Telefon keuchen. Drusilla würde sich nicht mehr einsam und verlassen fühlen, aber sie würde überlegen, wie sie ihrem ahnungslosen Mann beibringen sollte, daß sie in ein paar Tagen für immer fortging. Träum von mir, Drusilla . . .

Gray fuhr an dem Straßenschild mit der Aufschrift *»Nids de Poule«* vorbei und durch das schlafende Bajon, wich den Kastanienbäumen auf dem Marktplatz aus und passierte das Haus, das »Les Marrons« hieß. Der Mond schien so hell, daß Gray kein zusätzliches Licht brauchte, als er den Wagen mit der Nylonplane zudeckte. In der Diele von »Le Petit Trianon« war es jedoch stockdunkel. Er tastete nach dem Lichtschalter und stolperte über etwas, das unmittelbar hinter der Tür stand – es war eine Plastikvase mit einem Strauß weißer Lilien. Da Gray fürchtete, der Lärm könnte seinen Stiefvater geweckt haben, öffnete er vorsichtig die Schlafzimmertür, die Honoré nur angelehnt gelassen hatte.

Das bleiche Mondlicht, das die Kolonie der Gartenzwerge in ein gespenstisches Ballett verwandelt hatte, malte kleine geometrische Muster auf den Teppich. Honoré, dem das schwarzgrau-melierte Haar zerzaust zu Berge stand, lag zusammengerollt in seinem Bett, wandte das Gesicht jedoch dem zweiten Bett zu, in dem Enid geschlafen hatte. Einen Arm hatte er ausgestreckt und die Hand unter Enids Kopfkissen geschoben. Er schlief fest, und um seinen Mund lag ein beinahe heiteres Lächeln. Gray vermutete, daß sie immer so geschlafen hatten – Honoré mit ausgestrecktem Arm, Enids Hand in der seinen –, und daß er jetzt, im Schlaf der schrecklichen Wirklichkeit entrückt, noch immer glaubte, sie liege neben ihm und schmiege ihre Wange in seine Hand.

Mit einem Gefühl tiefer Rührung dachte Gray daran, daß er und Drusilla bald auch so schlafen würden, aber in einem Bett, immer zusammen. In dieser Nacht träumte er von ihr. Es war ein Traum voller Zärtlichkeit, ein friedvoller Traum ganz ohne Wildheit und Leidenschaft. Sie blieb die ganze Nacht bei ihm, bis ihn um acht Uhr morgens das Bellen des Kettenhundes weckte. Er stand auf und brachte Honoré, der nun nicht mehr heiter lächelte, den Kaffee ans Bett. Den Frühaufsteher, der so gern das Sprichwort von der Morgenstund mit dem Gold im Mund zitiert hatte, schien es seit Enids Tod nicht mehr zu geben.

Mme Reville kam und holte Honoré zur Messe ab. Gray blieb allein im Haus. Was taten sie und Tiny am Sonntag? Er kramte in seinem Gedächtnis und versuchte sich zu erinnern, ob sie ihm etwas über ihre Sonntage erzählt hatte, aber er stieß nur auf absolute Leere. In die Kirche gingen sie wohl kaum. Spielte Tiny vielleicht Golf oder saß mit ein paar nicht minder gutbetuchten Freunden im Nobel-Pub von Little Cornwall? Es gab eine ganz winzige Chance, daß Drusilla allein war, und es bestand sogar die Möglichkeit, daß sie schon mit Tiny gesprochen hatte und froh war, daß Gray sie anrief, um ihr den Rücken zu stärken und ihr Mut zu machen.

Ohne noch einen Augenblick länger zu zögern, wählte er ihre Nummer. Er ließ es endlos klingeln, aber es meldete sich niemand. Eine Stunde später versuchte er es wieder, mußte jedoch rasch auflegen, weil Mme Revilles Wagen vor dem Haus hielt. Aber er hatte Montag gesagt und mußte eben die Geduld aufbringen, bis Montag zu warten.

Der Tag schleppte sich dahin. Jede Stunde, die er von ihr getrennt war, kam ihm endlos vor. Unaufhörlich dachte er an die Szene, die sich vielleicht gerade jetzt, in diesem Augenblick, in »Combe Park« abspielte: Drusilla, die Tiny erklärte, daß sie ihn verlassen werde, und Tiny, der schrie, das werde er um jeden Preis zu verhindern wissen. Vielleicht wurde er sogar gewalttätig. Oder er warf sie hinaus. Aber sie hatte ja den Schlüssel und konnte, wenn nötig, in der Hütte Zuflucht suchen.

Honoré lag auf dem Sofa und las die Briefe, die Enid ihm in der kurzen Zeitspanne zwischen Kennenlernen und Hochzeit geschrieben hatte. Obwohl ihm die Tränen über die Wangen liefern, las er Gray verschiedene Passagen vor.

»Wie sehr hat sie mich geliebt! Aber wie viele Zweifel sie quälten! Meine kleine Enid! Was soll mit meinem Jungen werden, schreibt sie hier, was mit meinen Freunden? Wie soll ich lernen, in Deiner Welt zu leben, wo ich nur Schulfranzösisch spreche?« Honoré fuhr kerzengerade in die Höhe und zeigte mit dem Finger auf Gray. »Ich habe ihre Zweifel mit meiner großen Liebe zermalmt. Ich bestimme jetzt über dich, habe ich ihr erklärt. Du tust, was ich sage, und ich sage, ich liebe dich. Nichts sonst darf für uns zählen. Und wie hat sie sich angepaßt! Sie war schon alt«, fügte er mit typisch gallischer Offenheit hinzu, »aber bald spricht sie Französisch wie eine geborene Französin, findet neue Freunde, bricht alle Brücken hinter sich ab, um bei mir zu sein. Das ist möglich, wenn man sich wirklich liebt, Graham.«

»Davon bin ich überzeugt«, sagte Gray, der an Drusilla dachte.

»Trinken wir ein Gläschen Cognac, mein Sohn.« Honoré verschnürte die Briefe wieder und fuhr sich mit dem Ärmel über die Augen. »Morgen geht es mir wieder besser. Nach der Beerdigung werde ich mich – wie sagt ihr Engländer? – zusammenreißen.«

Während die Trauergäste nach der Beerdigung im Wohnzimmer bei Wein und Kuchen saßen, schlüpfte Gray hinaus, um Drusilla anzurufen. Wahrscheinlich wartet sie schon ungeduldig auf den Anruf, dachte er, und hat möglicherweise versucht, mich zu erreichen, als wir auf dem Friedhof waren. Er konnte sich gut vorstellen, daß sie nach einem fürchterlichen Streit mit Tiny völlig verängstigt neben dem Telefon saß und jetzt vielleicht befürchtete, Gray habe sie im Stich gelassen, weil er sich nicht meldete. Er wählte Vorwahl und Nummer, und nach dem sechsten oder siebten Läuten wurde drüben abgenommen.

»›Combe Park.‹«

Die gewöhnliche Stimme mit dem Cockney-Akzent, diese Stimme, die nicht Drusilla gehörte, wirkte auf ihn wie ein Schlag. Dann fiel ihm ein, daß wahrscheinlich die Putzfrau an den Apparat gegangen war. Er und Drusilla waren übereingekommen, daß er wortlos auflegen sollte, falls die Frau wirklich einmal ein Gespräch entgegennahm. Aber diese Abmachung galt doch nicht mehr, war null und nichtig geworden, oder?

»›Combe Park‹«, wiederholte sie. »Wer spricht dort bitte?«

Es war wohl besser, wenn er es später wieder versuchte, um die möglicherweise schon sehr heikle Situation nicht noch zu verschärfen. Sehr leise und vorsichtig legte er den Hörer auf, als könne er seinen Anruf in »Combe Park« dadurch ungeschehen machen, und ging dann zurück ins Wohnzimmer, wo alle mit gedämpfter Stimme sprachen, Dubonnet tranken und Kleingebäck knabberten. Sofort nahm der Bürgermeister ihn beiseite und fragte ihn eingehend nach seinem Blitzbesuch in England aus. Hatte er

Zeit gefunden, sich ein Fußballspiel anzusehen, oder hatte er vielleicht sogar einen Abstecher nach Manchester gemacht? Gray beantwortete beide Fragen mit nein und überlegte dabei, wie er wohl den grimmigen Blicken entgehen konnte, mit denen Mme Derain ihn unablässig fixierte. Sie hatte Knopfaugen wie ihr Bruder Honoré, und ihre Haut war ebenso braun, doch war bei ihr der feine Duvalsche Knochenbau unter wahren Fettbergen verschwunden und ihre Züge in dunklen, runzligen Fettpolstern begraben.

»*Ici*«, sagte sie schnippisch, »*on parle français, n'est ce pas?*«

Sie hatte die Führung des Haushalts schon an sich gerissen, und es war offensichtlich, daß sie bleiben wollte – mehr als bereit, ihre Stellung und ihre Wohnung über einem Fischgeschäft in Marseille aufzugeben und gegen das friedliche und vergleichsweise luxuriöse Leben im »Le Petit Trianon« einzutauschen. Noch knauseriger als ihr Bruder, plante sie schon, einen Untermieter ins Haus zu nehmen, und sprach schon davon, die Ringelblumen und Dreibeine aus dem Garten zu entfernen und Gemüse anzupflanzen. Für englische Stiefsöhne, die sich nicht an den Haushaltskosten beteiligten, war in diesen Zukunftsplänen kein Platz.

Ein Glas Dubonnet pro Kopf hatte sie den Trauergästen zugebilligt, dann scheuchte sie sie aus dem Haus. Gray versuchte noch einmal, Drusilla anzurufen, und wieder kam die Putzfrau an den Apparat. Mit seinem dritten Anruf um halb sechs hatte er Pech, denn Mme Derain entwand ihm buchstäblich den Hörer. Sie stöhnte nicht und beklagte sich auch nicht über die horrenden Kosten, sondern erklärte kurz und bündig, sie werde das Telefon so bald wie möglich abmelden.

Dann muß ich es eben morgen früh noch einmal probieren, wenn sie beim Bäcker ist, dachte er. Aber als er sich am nächsten Morgen ins Schlafzimmer schlich, während Honoré in der Küche beim Kaffee saß, war Mme Derain schon da. Sie behauptete, sie räume nur weg, was ihren Bruder allzusehr an seinen schmerzlichen Verlust erinnerte. Gray aber wußte, daß sie fleißig dabei war, auszusortieren, was sie von den Sachen seiner Mutter für sich ändern lassen konnte. Honoré wollte bestimmt nicht, daß im Schlafzimmer seiner Frau etwas verändert wurde, er hätte es am liebsten wie ein kleines Heiligtum gehütet und jede Kleinigkeit aufbewahrt, die ihn an sein Glück erinnerte. Doch für sentimentale Anwandlungen hatte Mme Derain kein Verständnis. Sie hatte ihrem Bruder erlaubt, Enids Ehering zu behalten, obwohl es ihrer Meinung nach vernünftiger gewesen wäre, ihn zu verkaufen, und Honoré hielt den Ring in seiner schwieligen braunen Hand fest, weil er sogar für seinen kleinen Finger zu klein war.

»Ich möchte dir das Geld zurückgeben, das du mir geschickt hast, Honoré«, sagte Gray. »Hier nimm, es sind 30 Pfund. Und ich möchte, daß du sie für dich behältst.«

Honoré wehrte sich, aber nur zum Schein und nicht sehr lange. Gray prophezeite ihm im stillen eine düstere Zukunft. Um zu ein paar Francs zu kommen, würde er die raffiniertesten Winkelzüge anwenden, um jeden Sous mit ihr kämpfen und jede unerwartete Einnahme vor ihr verbergen müssen. Die 30 Pfund waren eine solche unerwartete Einnahme, und Honoré schob das Geld hastig in die Tasche, nachdem er einen schon verstohlenen, schon furchtsamen Blick zur Tür geworfen hatte.

»Bleib noch eine Woche, Graham.«

»Ich kann nicht, weil ich eine Menge zu tun habe. Ich ziehe nämlich um – nach London.«

»Ah, du ziehst um und vergißt, dem alten Honoré deine neue Adresse zu geben. Dann hat er dich verloren.«

»Ich vergesse es nicht.«

»Besuchst du mich einmal, wenn du Urlaub machst?«

»Wenn ihr einen Untermieter aufnehmen wollt, wirst du keinen Platz für mich haben.«

Plötzlich fragte sich Gray, ob er Honoré von Drusilla erzählen sollte, in einer gereinigten Fassung sozusagen. Vielleicht einfach nur, daß es ein Mädchen gab, das er heiraten wollte, sobald es geschieden war. Und das war keine Lüge. Eines Tages würden sie heiraten. Gray wollte keine Heimlichkeiten mehr, ganz offen wollte er über seine und Drusillas Liebe sprechen, alle Welt sollte davon erfahren. Er sah zu Honoré hinüber, der mechanisch aß und trank, in Gedanken jedoch ganz offensichtlich bei seiner toten Frau war. Vielleicht, dachte Gray, ist es besser, wenn ich das Geheimnis noch eine Weile für mich behalte. Trotzdem fand er es merkwürdig, daß er ernsthaft erwogen hatte, mit dem Stiefvater, seinem alten Widersacher, darüber zu sprechen. In all den Jahren, in denen sie die Möglichkeit gehabt hätten, einander näherzukommen, hatten sie sich geradezu bemüht, sich gegenseitig auf die Nerven zu gehen, und eigensinnig darauf bestanden, jeweils die Sprache des anderen zu radebrechen. Und nun, da ihre Beziehung zu Ende ging, da sie einander vermutlich nie wiedersehen würden – was sie beide wußten –, sprach Honoré französisch und er englisch, und plötzlich verstanden sie sich und fühlten aufrichtige Zuneigung füreinander.

Doch vielleicht kam er eines Tages wieder. Wenn er und Drusilla die Flitterwochen in Frankreich verbrachten, konnten sie einen Abstecher nach Bajon machen – wahrscheinlich per Anhalter, wenn er seine finanzielle Lage bedachte – und Honoré besuchen ...

Sollte er versuchen, sie aus einer Telefonzelle im Ort anzurufen? Oder im *Ecu* etwas trinken und das Telefon in der Bar benutzen? Dann konnten sie sich für eine bestimmte Zeit fest verabreden, und er konnte den Beginn ihres neuen Lebens in ihrem neuen Heim gebührend vorbereiten – mit einem festlichen Essen und einer guten Flasche Wein.

Wie aber sollte er Honoré erklären, daß er telefonieren gehen wollte? Der Stiefvater schien sich nämlich in die fixe Idee verrannt zu haben, daß Gray eine Affäre mit einer älteren Hundezüchterin hatte. Wozu sich überhaupt die Mühe machen, da er in ein paar Stunden ohnehin in London war?

»Sie verpassen Ihr Flugzeug«, sagte Mme Derain, die eben mit einer Stola von Enid über dem Arm die Küche betrat – einer Stola, bei deren Anblick Honoré schmerzlich zusammenzuckte. »Beeilen Sie sich, der Bus geht in zehn Minuten.«

»Ich fahre dich nach Jency, mein Sohn.«

»Nein, Honoré, das ist noch zu anstrengend für dich. Ich nehme den Bus. Du bleibst hier und ruhst dich aus.«

»*J'insiste* – ich bestehe darauf. Bin ich vielleicht nicht dein Papa? Also wirst du tun, was ich sage.«

Wieder wurde dem Citroën die Nylonplane abgenommen, und Honoré brachte Gray nach Jency. Dort warteten sie in einem kleinen Straßencafé bei einem Glas Wein auf den Bus. Zum Abschied umarmte Honoré den Stiefsohn herzlich und küßte ihn auf beide Wangen.

»Vergiß nicht, mir zu schreiben, Graham.«

»Ich vergesse es bestimmt nicht, Honoré.«

Gray stieg ein und winkte so lange, bis die kleine Gestalt in der dunklen Baskenmütze, der französische Zwiebelverkäufer, der Kellner, der Zerstörer seiner glücklichen Kindheit, zu einem schwarzen Punkt auf dem großen, staubigen Platz zusammengeschrumpft war.

17

London lag unter einer stickigen, feuchten Dunstglocke, die das Atmen schwermachte. Wie im November, dachte Gray, aber schwül. Der Himmel war einheitlich grau und schien dicht über Dächern und Baumkronen zu hängen wie ein nasser Sack. Es war völlig windstill, und die Luft hatte nicht einmal Atem genug, um eine Fahne zum Flattern oder eine einzige Haarsträhne am Kopf einer Frau in Unordnung zu bringen. Es herrschte eine Atmosphäre wie in einem Treibhaus, in dem es keine Blumen gab.

Gray versuchte Drusilla vom Flugplatz aus anzurufen, aber sie meldete sich nicht. Vermutlich war sie einkaufen. Er konnte nicht erwarten, daß sie den ganzen Tag zu Hause und neben dem Telefon sitzen blieb. In der Liverpool Street und später in Waltham Cross versuchte er es wieder, bekam jedoch keine Verbindung. Einmal, vielleicht sogar ein zweites Mal hätte sie ja beim Einkaufen oder im Garten sein können – aber immer? Zwar hatte er ihr nicht gesagt, daß er anrufen würde, aber eigentlich hätte sie es voraussehen müssen. Es hatte jedoch keinen Sinn, wenn er sich selbst verrückt machte und in jede Telefonzelle stürzte, die er auf den einzelnen Etappen der umständlichen Fahrt von London nach Waltham Abbey sah. Am besten war es wohl, wenn er mit dem Anruf wartete, bis er zu Hause war.

In der feuchtschwülen, dämmrigen Pocket Lane schienen sich sämtliche Insekten von Essex versammelt zu haben. Taumelnd flogen sie aus Bäumen, Gras und Unterholz auf, tanzten durch die Luft, summten und surrten. Sie verfolgten Gray, und er schlug mit den Armen um sich, um sie von seinem Gesicht und der Tragetasche mit Lebensmitteln zu verscheuchen, die aus einem Delikatessengeschäft in der Gloucester Road stammten – kalter Braten, verschiedene Salate und eine Flasche Wein für das Abendessen mit Drusilla. Vielleicht erreichte er sie nicht zu Hause, weil sie tatsächlich in der Hütte vor Tiny Schutz gesucht hatte. Gray hatte bisher nicht daran gedacht, es auch unter seiner – oder vielmehr Mals Nummer – zu versuchen: Aber nein, auf solche Spekulationen ließ er sich nicht noch einmal ein. Er hatte noch genug vom Alptraum des vergangenen Samstags, an dem er sich fast das Herz aus dem Leib gerannt hatte, und dann war sie gar nicht dagewesen.

Dennoch gab er die Hoffnung erst auf, als er im Haus war und sich überall umgesehen hatte. Doch Hoffnung stirbt nicht, weil man sich einredet, sie sei sinnlos. Er stellte die Lebensmittel in der »Diele« auf den Tisch und griff nach dem Telefon. Dann sah er, noch bevor er die erste Zahl gewählt hatte, daß die Tasche mit den Golfschlägern wieder aufrecht an der Wand lehnte. Aber er hatte sie doch mit einem Fußtritt umgeworfen und die Schläger über den Boden zerstreut liegenlassen . . . Dann war sie also hiergewesen? Fünf-null-acht und die vier letzten Zahlen. Er ließ es zwanzigmal klingeln und legte dann auf, fest entschlossen, ganz ruhig zu bleiben, vernünftig zu sein und es erst in zwei Stunden wieder zu versuchen.

Zwar hatte sie Dienstag gesagt, aber nicht, daß sie sich

mit ihm in Verbindung setzen würde, bevor sie kam. Und für ihre Abwesenheit aus »Combe Park« gab es alle möglichen Erklärungen. Vielleicht hatte sie ihn sogar vom Flugplatz abholen wollen, und sie hatten sich verpaßt. Er ging in den Vorgarten und streckte sich im Farn aus. Hier war es nicht ganz so stickig wie im Haus, weniger bedrückend. Aber die schwüle, reglose Luft schien mit Spannung geladen. Es war, als wartete sogar das Wetter darauf, daß sich etwas ereignete.

Kein Vogel sang. Der einzige Laut in der Stille war das leise Summen der winzigen Mücken, die zu Myriaden als lebende Wolken ihre Ritualtänze aufführten. Starr wie Schildwachen umstanden die Bäume das Haus, kein Windhauch spielte im Faltenwurf ihrer grünen Umhänge. Gray lag im Farnkraut, dachte an Drusilla und zerstreute hastig jeden Zweifel, der in ihm aufsteigen wollte, indem er sich immer wieder vorsagte, daß sie energisch und pünktlich war und immer zu ihrem Wort stand. Die Haustür hatte er offengelassen, damit er das Telefon hören konnte. Er legte sich auf die Seite und spähte durch die Farnwedel, seinen Miniaturwald, zum Waldrand hinüber, zu der Lücke unter hängenden Zweigen, in der ihr silberner Wagen auftauchen mußte. Bald darauf war er eingeschlafen.

Kurz vor halb sechs wachte er auf. Der Wald und das Licht waren unverändert. Kein Wagen war gekommen, das Telefon hatte nicht geklingelt. Er mußte sie jetzt anrufen, nach halb sechs war es nicht mehr sicher. Langsam ging er ins Haus, wählte, aber die Leitung blieb stumm. Sie war den ganzen Tag nicht zu Hause gewesen. Ausgerechnet heute, an dem Tag, an dem sie ihren Mann verlassen und zu ihrem Geliebten kommen wollte, war sie ausgeflogen.

Die einleuchtenden Erklärungen für ihre Abwesenheit, die er sich zurechtgelegt und die ihn beruhigt und gewissermaßen in den Schlaf gewiegt hatten, wurden langsam fadenscheinig. Lähmende Furcht breitete sich in ihm aus. »Ich ändere meine Meinung und meine Absichten nie«, hatte Drusilla gesagt. »Ich verlasse Tiny und komme zu dir. Am Dienstag, sobald du wieder hier bist.« Aber sie hatte auch ›Leb wohl‹ gesagt, und das hatte sie noch nie getan. Sie hatten ein paar hundertmal miteinander telefoniert, sich ein paar hundertmal getroffen, aber sie hatte immer ohne richtigen Abschiedsgruß aufgelegt oder sich von ihm getrennt: Bis dann, paß auf dich auf, ciao, aber nie leb wohl . . .

Doch wo immer sie war, was immer sie den ganzen Tag getan haben mochte, am Abend mußte sie nach Hause kommen. Tiny wünschte, daß sie zu Hause war, wenn er kam. Außer am Donnerstag, wenn er zu den Freimaurern ging. Um halb sieben wollte Gray es noch einmal versuchen, und zum Teufel mit Tiny! Er würde es den ganzen Abend jede halbe Stunde versuchen, falls sie bis dahin noch nicht bei ihm war, natürlich. Vielleicht hatte sie Tiny sogar versprochen, erst zu gehen, wenn er wieder zu Hause war.

Obwohl Gray seit dem Frühstück bei Honoré nichts mehr gegessen hatte, war er nicht hungrig. Den Wein, den er besorgt hatte, wollte er nicht allein trinken, und er hatte auch keine Lust, sich eine Tasse Tee aufzubrühen. Er lehnte sich in den Sessel zurück, starrte das unergründliche Telefon an und rauchte eine Zigarette nach der anderen.

Tiny war jetzt seit einer halben Stunde zu Hause. Wenn er nicht auf Geschäftsreise war, passierte der Bentley kurz vor sechs das Einfahrtstor von »Combe Park«.

Vielleicht kam Tiny an den Apparat, doch das sollte Gray nicht stören. Er würde seinen Namen nennen und Drusilla verlangen. Und wenn Tiny fragte, was Gray von ihr wolle, sollte er einiges zu hören bekommen. Die Zeit des Versteckspielens war ein für allemal vorbei. Fünf-null-acht ... Er mußte sich verwählt haben, denn alles, was er zu hören bekam, war ein ununterbrochener hoher Summton. Versuch es noch einmal, Gray, wahrscheinlich zittern dir die Hände ... Fünf-null-acht ...

Es klingelte zweimal, dreimal, zwanzigmal. Das Haus war leer, sie waren beide ausgegangen. Aber es war doch nicht möglich, daß sie mit ihrem Mann zusammen war – mit dem Mann, den sie verlassen wollte, und ausgerechnet an dem Tag, an dem Gray und sie ihr gemeinsames Leben beginnen wollten.

»Ich liebe dich. Wenn du mich noch willst, verlasse ich Tiny und komme zu dir. Sobald du wieder hier bist, bald, am Dienstag ...«

Er trat ans Fenster und blickte durch ein Netz ineinander verwobener, reglos hängender Zweige zum Wald hinüber. Ich werde, dachte er, erst wieder aus dem Fenster schauen, wenn ich bis 100 gezählt habe. Nein, besser: Ich mache mir eine Tasse Tee, rauche zwei Zigaretten, zähle bis 100, und dann ist sie bestimmt da. Er wollte genau das tun, was sie in seiner Vorstellung getan hatte, als sie am Samstag hier auf ihn wartete.

Doch anstatt in die Küche zu gehen, setzte er sich wieder in den Sessel, schloß die Augen und begann zu zählen. Er hatte seit vielen Jahren nicht mehr so hoch gezählt, nicht mehr, seit er als kleiner Junge Verstecken gespielt hatte. Und er hörte auch bei 100 nicht auf, sondern zählte wie besessen weiter, als ob er seine Lebenstage oder die Bäume des Waldes zählte. Bei 1000 unterbrach er sich, machte die Augen auf und fragte sich erschrocken, ob er langsam den Verstand verlor. Was geschah nur mit ihm? Es war sieben Uhr. Er nahm den Telefonhörer und wählte die Nummer, die ihm geläufiger war als seine eigene. Die Handbewegungen waren ihm schon so in Fleisch und Blut übergegangen, daß er sich auch im Dunkeln nicht geirrt hätte. Und das Telefon läutete und läutete, schien ihn nachzuäffen, weil er die Klingelzeichen zählte, läutete sinnlos und vergeblich ins Leere.

Tiny mußte sie weggebracht haben. Sie hatte ihm reinen Wein eingeschenkt, und er hatte zornig und empört das Haus geschlossen und seine Frau vor ihrem jungen Liebhaber in Sicherheit gebracht. Nach St. Tropez oder St. Moritz, in die Hochburgen des Tourismus, in denen Wunder geschahen und die Frauen, von raffiniertem Luxus und Eleganz geblendet, das Leben vergaßen, das sie bisher geführt hatten. Gray ließ den Hörer fallen und fuhr sich mit der Hand über die Augen, die Stirn. Angenommen, sie blieben Wochen oder Monate weg? Er hatte überhaupt keine Chance zu erfahren, wo sie sich aufhielten. Er konnte kaum die Nachbarn ausfragen, und er kannte weder die Telefonnummer von Tinys Büro noch die Adresse von Drusillas Vater. Entsetzt sagte er sich, daß sie sterben konnte, und er würde es nie erfahren. Keine Nachricht über ihre Krankheit, ihren Tod würde ihn je erreichen, denn ihre Freunde und Bekannten ahnten nichts von seiner Existenz, und ebensowenig wußten seine Freunde und Bekannten etwas von ihr.

Er konnte überhaupt nichts tun – nur warten und hoffen. Schließlich war es noch immer Dienstag. Und sie hatte zwar Dienstag gesagt, aber keine feste Zeit genannt. Vielleicht hatte sie die Aussprache mit Tiny bis zum letzten Augenblick immer wieder hinausgeschoben, sagte ihm vielleicht gerade jetzt, daß sie ihn verließ, und sie stritten so heftig, waren so erregt, daß sie das Telefon kaum hörten und erst recht nicht in der Stimmung waren, den Anruf eines Bekannten über sich ergehen zu lassen. Bald würde Drusilla alles gesagt haben, was zu sagen war, aus dem Haus stürmen, ihr Gepäck in den Wagen werfen und über die Waldstraßen zu ihm in die Pocket Lane rasen ...

Er sah alles vor sich, verfolgte die einzelnen Phasen ihrer Auseinandersetzung – diesen letzten wütenden Streit zweier zorniger, hilfloser Menschen in einem wunderschönen Haus, in dem es keine Liebe gab. Plötzlich gab das Telefon, das bisher so stumm und tot gewesen war, als werde es nie wieder läuten, das ominöse Klicken von sich. Gray schien sich das Herz umzudrehen. Schon beim ersten Klingeln riß er den Hörer von der Gabel, schloß die Augen und horchte mit angehaltenem Atem.

»Mr. Graham Lanceton?«

Tiny. War er es? Die Stimme klang heiser, unkultiviert, aber sehr fest. »Ja«, sagte Gray und ballte die freie Hand zur Faust.

»Mein Name ist Ixworth«, sagte die Stimme. »Detective Inspector Ixworth. Ich möchte mit Ihnen sprechen. Wenn es Ihnen recht ist, komme ich noch heute vorbei.«

Die Enttäuschung war so unbeschreiblich groß, daß es Gray buchstäblich die Sprache verschlug. Etwas schnürte ihm die plötzlich strohtrockene Kehle zusammen, und er fand für das, was er sagen wollte, auch keine Worte. »Ich verstehe nicht«, krächzte er schließlich. »Wer? Was ...«

»Detective Inspector Ixworth, Mr. Lanceton. Paßt es Ihnen um neun?«

Gray antwortete nicht. Er sagte überhaupt nichts, legte den Hörer auf und blieb zitternd und wie gelähmt stehen.

Es dauerte gut fünf Minuten, bis er den Schock überwunden hatte, daß es nicht Drusilla gewesen war. Er wischte sich den Schweiß von der Stirn und wandte sich zur Küche, denn dort hatte er wenigstens das verdammte Telefon nicht ständig vor Augen.

Doch kaum hatte er die Tür aufgestoßen, blieb er wie angewurzelt stehen. Das Fenster war eingeschlagen und gewaltsam geöffnet worden. Die Kellertür stand offen. Seine Papiere waren säuberlich zu einem Stapel geordnet, der aussah wie eine frische Hunderterpackung Schreibmaschinenpapier. Es war jemand hier gewesen, aber nicht Drusilla. Jemand war in das Haus eingebrochen. Gray versuchte seine Benommenheit, das Gefühl des Unwirklichen abzuschütteln. Zwar war alles noch ziemlich verworren, doch er glaubte jetzt zu verstehen, warum der Polizeibeamte angerufen hatte. Die Polizei hatte den Einbruch entdeckt.

Aber gut, da er ohnehin irgendwie die Zeit totschlagen mußte, bis Drusilla kam oder anrief, konnte er sich im Haus umsehen und feststellen, ob etwas geklaut worden war. Da hatte er wenigstens etwas zu tun. Seine Schreibmaschine war noch da, aber es kam ihm so vor, als hätte sie früher anders gestanden. Wo er seine Geldkassette gelassen hatte, wußte er nicht mehr. Nachdem er das Erdgeschoß durchsucht hatte, stieg er zu den Schlafzimmern hinauf. Im ersten Stock roch es überall dumpf und muffig. Im Vorbeigehen öffnete er die Fenster im Flur und dann auch das in seinem Schlafzimmer, aber kein Windhauch regte sich, die stickige, schale Luft blieb im Zimmer, man glaubte sie förmlich greifen zu können. Nirgends gab es frische Luft. Gray sehnte sich danach, mit tiefen Atemzügen Sauerstoff in seine Lungen zu pumpen, um den Druck loszuwerden, der ihm wie ein Alp auf der

Brust saß. Aber als er den Kopf aus dem Fenster steckte, hatte er das Gefühl, an einem Knebel zu würgen.

Die Kassette war in keinem der beiden Schlafzimmer. Zwar verließ er sich nicht mehr allzusehr auf sein Gedächtnis, aber er war überzeugt, daß er sie irgendwo im Haus aufbewahrt hatte. Was hätte er sonst damit anfangen sollen? Wenn sie nicht da war, hatte der Eindringling sie mitgenommen. Gray durchsuchte noch einmal die »Diele« und die Küche und ging dann in den Keller hinunter.

Jemand hatte das alte Gerümpel durchwühlt, und das Bolzenbügeleisen war verschwunden. Der Untersatz stand noch auf dem Haufen feuchten Zeitungspapiers, aber das Eisen, mit dem er sich verbrannt und das auf seinem Handteller eine noch deutlich sichtbare Narbe zurückgelassen hatte, war nicht mehr da. Der sonderbare Dieb gab ihm wirklich Rätsel auf, und ganz in Gedanken trat er mit der Schuhspitze nach ein paar Kohlestückchen, die zur Seite rollten. Zum Vorschein kamen auf den feuchten Steinfliesen ein brauner Fleck und mehrere braune Spritzer.

Fleck und Spritzer sahen wie getrocknetes Blut aus. Dido fiel ihm ein, und er fragte sich, ob es ihr vielleicht irgendwie gelungen war, die Kellertür zu öffnen, indem sie sich dagegenwarf. Möglicherweise war sie, von ihrem eigenen Schwung mitgerissen, die Kellertreppe hinuntergestürzt und hatte sich an einem alten Ölfaß oder dem verrosteten Fahrrad verletzt. Es war eine scheußliche, beklemmende Vorstellung, und ihm wurde fast übel dabei. Rasch lief er die Treppe hinauf. Die Geldkassette war ohnehin nicht im Keller.

Nebel kam auf, wälzte sich weich und weiß wie Watte in den Garten und hängte sich an Brennesseln und Farnwedel. Durch die zerbrochene Fensterscheibe wirkte die Küche noch verkommener als vorher. Er setzte Teewasser auf, blieb aber nicht in der Küche, sondern wartete in der »Diele« darauf, daß es kochte. Nach allem, was geschehen war, würde er es in dieser Küche nie wieder lange aushalten. Didos Geist würde ihn immer verfolgen. Er würde sich einbilden, das Tappen ihrer Pfoten zu hören und ihre feuchte, kalte Nase an seiner Hand zu fühlen.

Fröstelnd griff er nach dem Telefon und wählte sorgfältig, aber sehr schnell. Es hieß, man bekam eine falsche Nummer, wenn man zu langsam wählte oder zwischen den einzelnen Zahlen zu lange Pausen machte. Es hieß, schon ein Haar oder ein Staubkorn könnten den ganzen Mechanismus durcheinanderbringen ... Oder angenommen, er hatte die ganze Zeit die falsche Nummer gewählt? So etwas konnte passieren, irgendeine psychologische Fehlleistung war daran schuld, die Freud näher definiert hatte. Gray legte auf, nahm den Hörer wieder ab und wählte peinlich genau, wobei er sich die sieben Zahlen laut und langsam vorsagte. In »Combe Park« begann das Telefon zu klingeln, doch Gray wußte schon beim zweitenmal, daß es sinnlos war. Am besten, er gab auf und versuchte es erst um zehn Uhr wieder. Wenn sich bis Mitternacht niemand meldete, hieß das wohl, daß sie verreist waren.

Er machte sich eine Tasse Tee und nahm sie in die »Diele« mit, denn obwohl er sich fest vorgenommen hatte, vor zehn nicht mehr anzurufen, brachte er es nicht fertig, sich längere Zeit vom Telefon zu entfernen. Als er eben den ersten Schluck trinken wollte, hörte er das leise Brummen eines Automotors. Endlich! Endlich war sie da! Fünf vor halb neun, zu einer durchaus vernünftigen Zeit, war sie zu ihm gekommen. Das lange, schreckliche Warten war zu Ende, würde aber, wie alles Hangen und Bangen, sofort vergessen sein, da jetzt eingetroffen war, worauf er gewartet hatte. Er wollte nicht zur Tür rennen, er wollte nicht einmal aus dem Fenster schauen. Er wollte ganz ruhig sitzen bleiben, bis es klingelte, und dann gemächlich zur Tür gehen. Hoffentlich gelang es ihm, diese äußere Kühle zu wahren, auch wenn Drusilla weiß und golden und lebenssprühend im hereinbrechenden Abend vor ihm stand. Hoffentlich konnte er seine überschäumenden Gefühle unterdrücken, bis sie in seinen Armen lag.

Es klingelte. Gray stellte die Teetasse ab. Es klingelte noch einmal. O Drusilla, endlich! Er öffnete die Tür, und jeder Muskel seines Körpers schien vor Entsetzen zu erstarren. Vor ihm stand Tiny. Bis in die kleinste Einzelheit entsprach dieser Mann dem Bild, das sich Gray von Drusillas Ehemann gemacht hatte. Von dem zu kurz geschnittenen, krausen schwarzen Haar und dem von geplatzten Äderchen durchzogenen roten Gesicht bis zu den gelblichen Wildlederschuhen war der wirkliche Tiny Janus eine Bestätigung dafür, daß Gray eine sehr präzise Vorstellungskraft hatte. Tiny Janus trug einen weißen Regenmantel mit einem locker gebundenen Gürtel über einem durch das Wohlleben stattlich gewordenen Bauch.

Sie musterten sich schweigend und, wie es Gray vorkam, endlos lange, obwohl es vermutlich nicht mehr als ein paar Sekunden waren. Zuerst befürchtete Gray ganz instinktiv, der andere werde ihn schlagen. Dann sah er, wie der grimmige, streitsüchtige Mund sich spöttisch verzog. Dann sagte der Mann etwas, das Grays innere Überzeugung erschütterte, denn die Worte, die er zu hören bekam, paßten nicht zu der Situation, waren ihm völlig unbegreiflich.

»Ich bin ein bißchen zu früh dran.« Ein Fuß schob sich über die Türschwelle, eine Aktenmappe wurde geschwenkt. »Es ist hoffentlich alles in Ordnung?«

Nichts war in Ordnung, alles aus dem Gleichgewicht geraten. »Ich habe Sie nicht erwartet –« begann Gray.

»Aber wir haben doch vorhin miteinander telefoniert. Ich bin Detective Inspector Ixworth.«

Gray stutzte einen Augenblick, nickte dann und öffnete die Tür weiter, damit der Polizeibeamte eintreten konnte. Die Fähigkeit, Enttäuschungen zu ertragen, ist bei den Menschen begrenzt. Man gewöhnt sich mit der Zeit an sie, nimmt sie hin wie einen Alptraum, stumpft ab bis zur Gleichgültigkeit. Wahrscheinlich war es ganz gut, daß dieser Mann nicht Tiny war, aber gleichzeitig war es unerträglich. Jeder, der nicht Drusilla war, wäre Gray in diesem Moment unerträglich gewesen.

»Sie sind eben erst aus Frankreich zurückgekehrt, nicht wahr?« Sie standen in der »Diele«, wenn Gray auch nicht wußte, wie sie dorthin gekommen waren. Ixworth hingegen war ihm so zielstrebig vorausgegangen, als kenne er das Haus.

»Ja, ich war in Frankreich«, sagte Gray mechanisch. Es war eine ganz simple Antwort auf eine ebenso simple Frage, aber seine Stimme hatte ein wenig überrascht geklungen.

»Wir sprechen mit Freunden und Nachbarn, Mr. Lanceton«, erklärte ihm Ixworth. »Das ist unser Job. Das gehört eben dazu, wenn wir in einem solchen Fall ermitteln. Sie sind nach Frankreich gefahren, um Ihre Mutter noch einmal zu sehen, bevor sie starb. Ist das richtig?«

»Ja.«

»Ihre Mutter ist am Freitag gestorben, und Sie kamen am Samstag für ein paar Stunden nach England, flogen aber noch am selben Abend nach Frankreich zurück. Sie müssen für diesen Blitzbesuch einen sehr zwingenden Grund gehabt haben.«

»Ich dachte«, sagte Gray, der sich plötzlich an das für ihn unwesentlichste Ereignis dieses Tages erinnerte, »Sie wollen mit mir über den Einbruch sprechen.«

»Über welchen Einbruch?«

Jetzt verstand Gray gar nichts mehr. »Nun, jemand ist in mein Haus eingebrochen.«

»In Ihr Haus?« Ixworth zog die buschigen schwarzen Brauen hoch. »Mir hat man gesagt, das Cottage gehöre einem Mr. Warriner, der sich zur Zeit in Japan aufhält.«

Gray zuckte mit den Schultern. »Ich wohne hier, er hat es mir zur Verfügung gestellt. Aber um auf den Einbruch zurückzukommen – es fehlt nichts.« Warum sollte er die Geldkassette erwähnen? Er wollte den Mann schließlich so schnell wie möglich loswerden. »Ich habe niemanden gesehen und kann dazu nichts sagen. Ich war nicht hier.«

»Sie waren Samstag nachmittag hier.«

»Höchstens eine halbe Stunde, und da war alles in Ordnung, das Küchenfenster noch heil.«

»Die Scheibe haben wir eingeschlagen, Mr. Lanceton«, sagte Ixworth und hüstelte leicht. »Wir sind gestern mit einem Haussuchungsbefehl in das Haus eingedrungen und haben am Fuß der Kellertreppe die Leiche eines Mannes gefunden. Er war seit ungefähr 48 Stunden tot. Seine Armbanduhr war zerbrochen und Viertel nach vier stehengeblieben.«

Gray, der bisher ganz lässig dagestanden und versucht hatte, seine Ungeduld hinter einer gleichgültigen Miene zu verbergen, ließ sich jetzt schwer in den braunen Lehnsessel fallen. Die Worte von Ixworth hatten ihn betäubt, und sein Kopf schien plötzlich ganz leer. Dann geisterte durch diese Leere das Bild eines mickrigen kleinen Mannes, der sich im Garten herumdrückte.

Der oder die Einbrecher, der braune Fleck . . . Wer waren die Störenfriede, die sich in seinen ureigenen Alptraum drängten und durch eine ganz abwegige Nebenhandlung grenzenlose Verwirrung schufen? Sollten die Schrecken denn nie ein Ende haben?

»Dieser Mann«, sagte er, weil Ixworth erwartete, daß er etwas sagte, »dieser Mann muß die Treppe hinuntergestürzt sein.«

»Gestürzt ist er, das stimmt«, antwortete Ixworth und sah Gray so eindringlich an, als erwarte er mehr von ihm – viel mehr, als Gray geben konnte. »Aber bevor er stürzte, hat man ihm mit einem alten Bügeleisen den Schädel eingeschlagen.«

Gray blickte auf seinen rechten Handteller hinunter, an dem die Brandblase inzwischen einen rissigen, gelblichen Schorf bekommen hatte. Als er merkte, daß auch Ixworth die Hand ansah, drehte er sie schnell nach unten.

»Wollen Sie damit sagen, daß der Mann hier getötet wurde? Wer ist es?«

»Das wissen Sie nicht? Dann kommen Sie mal mit.« Ixworth ging so selbstverständlich in die Küche voraus, als gehörte das Haus ihm, als wäre Gray noch nie hiergewesen. Er öffnete die Kellertür und behielt Gray dabei scharf im Auge. Das Kellerlicht funktionierte nicht, und im trüben Schein der Küchenlampe betrachteten sie den braunen Fleck am Fuß der Treppe.

Warum nur fühlte sich Gray so bedroht, so hilflos, und warum glaubte er, sich unbedingt verteidigen zu müssen? Die ganze Sache hatte mit ihm nichts zu tun und er nichts mit ihr. Oder schüchterte der Tod irgendeines Mannes ihn von vornherein ein?

»Er ist die Treppe hinuntergestürzt«, sagte er. Mehr fiel ihm dazu nicht ein.

»Ja.«

Plötzlich stellte Gray fest, daß ihm der Tonfall des Inspectors sehr mißfiel, er war irgendwie erwartungsvoll, war schon fast eine Anklage. Versuchte Ixworth etwa, ihm ein Geständnis zu entlocken? Als seien die polizeilichen Ermittlungen festgefahren, solange er sich nicht zu einem Fehler, einer Unterlassungssünde bekannte – zum Beispiel dazu, daß er nicht ausreichend Vorsorge getroffen hatte, um so etwas zu verhindern, oder absichtlich wichtige Informationen zurückhielt.

»Ich weiß nichts darüber. Kann mir nicht einmal denken, was er hier wollte.«

»Wirklich nicht? Hat ein hübsches kleines Cottage inmitten unberührter Waldgegend keinen Reiz für Sie?«

Angewidert von dieser völlig unzutreffenden Beschreibung, wandte Gray sich ab. Er wollte nicht mehr erfahren, er sah keinen Sinn darin. Die Identität oder die Absicht des Einbrechers interessierten ihn nicht, und für Ixworth schien der Tod des Unbekannten ein ebenso gräßlicher wie willkommener Vorwand für neugierige Blicke und rätselhafte Bemerkungen. Bisher war der Inspector so freundlich und höflich gewesen, daß Gray erschrocken zusammenzuckte, als er jetzt schroff und beinah brutal fragte:

»Warum waren Sie am Samstag in England?«

»Wegen eines Hundes.«

»Eines Hundes?«

»Ja. Könnten wir vielleicht wieder in die Diele gehen?« Wieso frage ich ihn eigentlich um Erlaubnis? dachte Gray.

Ixworth nickte und machte die Kellertür zu. »Als ich nach Frankreich fuhr, hatte ich ganz vergessen, daß jemand einen Hund – einen goldenen Labrador – in meiner Küche eingesperrt hatte. Sobald mir klar wurde, was ich da angerichtet hatte, rief ich Freunde an und bat sie, sich um den Hund zu kümmern und ihn zu einem Tierarzt zu bringen.« Im stillen beglückwünschte sich Gray, daß es ihm noch rechtzeitig eingefallen war, von Freunden zu sprechen, anstatt von einer Freundin. Drusilla wäre nicht besonders erfreut gewesen, wenn er sie in die Sache hineingezogen hätte. »Was ich getan hatte, war ungeheuerlich, einfach idiotisch . . .« Er stockte, weil ihm auf einmal klar wurde, wie idiotisch die Geschichte für einen Dritten klingen mußte. »Der Hund ist gestorben«, fuhr er fort. »Aber vorher, am Freitag, rief mich mein Freund an und sagte, der Tierarzt wolle mich unbedingt sprechen – ein Dr. Cherwell in Leyton, George Street 21.«

Ixworth notierte sich die Adresse. »Haben Sie mit ihm gesprochen?«

»Ich habe ihn nicht gefunden. Aber ich habe in Leytonstone, George Street 49, mit einer Frau gesprochen. Das muß kurz nach drei gewesen sein.«

»Sie drücken sich nicht sehr klar aus, Mr. Lanceton. Warum sind Sie nach Leytonstone gefahren?«

»Weil ich die Adressen durcheinandergebracht hatte.«

»Sie scheinen eine ganze Menge durcheinanderzubringen, Mr. Lanceton.«

Gray zuckte mit den Schultern. »Das ist doch nicht wichtig, oder? Entscheidend ist, daß ich erst fünf vor sechs hier war.«

»Fünf vor sechs! Was haben Sie denn in der Zwischenzeit gemacht? Haben Sie irgendwo gegessen, Bekannte getroffen? Wenn Sie um halb vier in Leytonstone einen

Bus genommen hätten, wären Sie, obwohl man ein paarmal umsteigen muß, in einer Dreiviertelstunde hiergewesen.«

»Daß ich von Waltham Abbey bis hierher zu Fuß gehen mußte, sollten Sie nicht übersehen«, erwiderte Gray scharf. »Der Weg ist weit, und ich kann es mir nicht leisten, mit dem Taxi zu fahren. Außerdem bin ich von Leytonstone nach London zurückgefahren und habe dort den Zug genommen.«

»Haben Sie Bekannte getroffen? Mit jemandem gesprochen?«

»Ich glaube nicht. Nein, bestimmt nicht. Aber als ich hier ankam, unterhielt ich mich kurz mit einem alten Herrn namens Tringham, der ein Stück weiter unten an der Straße wohnt.«

»Das wissen wir bereits. Mr. Tringham hat uns gesagt, er habe fünf Minuten nach sechs mit Ihnen gesprochen, das hilft uns also auch nicht viel.«

»Schade. Aber mehr kann ich Ihnen leider nicht sagen.«

»Vielleicht haben Sie eine eigene Theorie?«

»Nun, auf jeden Fall waren zwei Männer hier. Es müssen zwei gewesen sein. Mr. Tringham hat sie gesehen.«

»Das hat er uns auch gesagt«, antwortete Ixworth beiläufig, lakonisch. Wie schon am Anfang ihres Gesprächs schien er Gray nicht ernst zu nehmen. »Im Epping Forest«, setzte er hinzu, »wimmelt es um diese Jahreszeit von Ausflüglern mit Picknickkörben.«

»Aber es müßte Ihnen doch möglich sein, den zweiten Mann zu finden?«

»Ja, das müßte es wohl, Mr. Lanceton.« Ixworth stand auf. »Nur keine Sorge, wir finden ihn. Und jetzt zu Ihnen: Haben Sie vielleicht die Absicht, demnächst wieder einen Abstecher nach Frankreich zu machen?«

»Nein«, antwortete Gray überrascht. »Warum sollte ich?«

Er begleitete den Polizeibeamten bis zur Gartenpforte. Als Scheinwerferlicht und Rückleuchten des Wagens nicht mehr zu sehen waren, wurde der Wald zu einer undurchdringlich schwarzen Mauer. Und auch der mond- und sternenlose Himmel war schwarz, außer am Horizont, wo die Lichter von London ihn schmutzigrot färbten.

Es war kurz vor zehn. Gray machte Tee, und während er ihn trank, begann das Gespräch mit Ixworth, das ihn mehr verwirrt und gedemütigt als erschreckt hatte, an Bedeutung zu verlieren und zu verblassen wie eine ferne Erinnerung. Im Vergleich mit seinen Träumen schien es unwirklich. Denn das einzige, was für ihn zählte, hatte sich wieder in den Vordergrund gedrängt und ganz von ihm Besitz ergriffen.

Die Glühbirne in der »Diele«, eine der wenigen, die in der Hütte noch brannten, begann zu flackern, leuchtete in einem letzten Aufbäumen noch einmal grell auf und erlosch. Er mußte die Nummer im Dunkeln wählen, aber wie vorausgesehen fanden seine Finger automatisch die richtigen Zahlen.

Es meldete sich niemand. Und auch, als er es um Mitternacht noch einmal versuchte, blieb die Leitung tot. Und dann war der Dienstag vorüber.

18

Gray, Tiny und Drusilla fuhren in einer Limousine eine Straße entlang, die durch einen dichten, dunklen Wald führte. Das Ehepaar saß vorn, Gray auf dem Rücksitz.

Drusilla trug ihr cremefarbenes Gartenkleid und den Amethystring am Finger. Ihr Haar war wie eine rote Blüte, eine Chrysantheme mit feurigen Tupfen auf den Blütenblättern. Gray legte ihr leicht die Hand auf die Schulter und fragte, wieso sie den Ring trug, den sie verkauft hatte. Aber sie beachtete ihn nicht, sie konnte ihn nicht hören.

Der Wald wurde lichter und öffnete sich zu einer Ebene. An den Straßenschildern erkannte Gray, daß sie in Frankreich waren, doch als sie nach Bajon kamen, hielten sie nicht vor dem *Ecu,* sondern vor dem *Oranmore* in den Sussex Gardens. Als Tiny ausstieg, hielt er in einer Hand den Koffer mit seiner Münzensammlung, und mit der anderen zerrte er die fügsame Drusilla die Stufen hinauf, unter den Leuchtbuchstaben durch und in die Hotelhalle. Gray wollte ihnen folgen, aber die vollautomatische Glastür glitt vor seiner Nase zu, und obwohl er an die Scheibe trommelte und um Einlaß bat, wandte Drusilla sich nur ein einziges Mal nach ihm um, bevor sie die Treppe zum ersten Stock hinaufstieg. »Leb wohl, Gray«, sagte sie. »Leb wohl.«

Danach wachte Gray auf und konnte nicht mehr einschlafen. Weiches, dunstiges Sonnenlicht fiel ins Zimmer. Es war halb neun. Er stand auf und sah aus dem Fenster. Der Nebel hatte sich noch nicht ganz verzogen, war aber durchsichtig geworden, mit goldenen Lichtfunken durchwirkt, ein dünner Schleier vor dem blauen Himmel.

Nach und nach fielen Gray die Ereignisse des vergangenen Tages wieder ein – alles, was geschehen, und vor allem das, was nicht geschehen war. Er streckte sich, fröstelnd, unausgeschlafen, nach dieser Nacht voller aufwühlender Träume nicht erfrischt. Die Küche füllte sich allmählich mit Sonnenlicht, das durch die Baumkronen sickerte, und zum erstenmal roch sie nicht muffig. Mit der Sonne kam frische Luft durch die zerbrochene Fensterscheibe. Gray setzte Teewasser auf. Es ist schon merkwürdig, dachte er, wie nach Weihnachten ein Tag nach dem anderen verging, ereignislos, mit beklemmender Monotonie. Und dann – in der vergangenen Woche – überstürzten sich die Ereignisse. Häßliche Ereignisse, Gewalttat und Tod. War es nicht Kafka, der irgendwo sinngemäß gesagt hatte: Gleichgültig, wie sehr du dich zurückziehst und vor der Welt verschließt, das Leben kommt und wälzt sich in Ekstase dir zu Füßen? Nun, Ekstase konnte man das, was er erlebte, nicht gerade nennen, es war alles andere als das. Und es war von dem Leben und der Ekstase, wie er sie sich vorgestellt hatte, Lichtjahre entfernt.

Wie mochten die Einbrecher nur ins Haus gekommen sein? Nirgends gab es Spuren eines gewaltsamen Eindringens. Die Türen waren, als er kam, abgeschlossen gewesen, und der Reserveschlüssel hatte zu diesem Zeitpunkt noch am Haken über dem Ausguß gehangen. Vermutlich würde die Polizei ihn jetzt nicht mehr behelligen, da Ixworth wußte, daß er in den fraglichen Stunden nicht hiergewesen und daher bei den Ermittlungen auch nicht helfen konnte. Sonderbar, wie bitter enttäuscht er gewesen war, als er Drusilla am Samstag nicht hier vorgefunden hatte. Jetzt war er froh darüber, glücklich, daß sie nicht im Haus gewesen war, als die Einbrecher kamen.

Noch einmal wollte er versuchen, sie telefonisch zu erreichen, und dann, wenn es wieder nicht klappte, Mittel und Wege ersinnen, um sie irgendwie zu finden. Warum sollte er sich eigentlich nicht bei ihren Nachbarn erkundigen? Irgend jemand wußte ganz gewiß, wohin sie und Tiny gefahren waren. Die Putzfrau kam bestimmt auch jetzt jeden Tag, und Putzfrauen waren meistens sehr gut informiert. Kurz vor neun wählte er die Nummer noch einmal und war weder besonders überrascht noch enttäuscht, als wieder niemand abhob. Er legte auf, machte Tee, schnitt eine dünne Scheibe von dem Brot ab, das er gestern gekauft hatte, und bestrich sie mit der allmählich schmelzenden Butter. Sie schmeckte schon säuerlich, wie er später feststellte. Er hatte gerade den ersten Bissen im Mund, da klingelte das Telefon.

Das mußte Drusilla sein. Wer sonst wußte denn, daß er zu Hause war? Er würgte den Brotbissen fast unzerkaut hinunter und griff nach dem Telefonhörer.

Eine Frauenstimme, eine ihm völlig fremde Stimme sagte: »Mr. Lanceton? Graham Lanceton?«

»Ja«, sagte er tonlos.

»Oh, hallo, Graham! Ich habe Ihre Stimme nicht erkannt. Hier spricht Eva Warriner.«

Mals Mutter. Was wollte sie von ihm? »Tag, Mrs. Warriner, wie geht es Ihnen?«

»Mir geht es gut, mein Lieber, aber ich war sehr traurig, als ich vom Tod Ihrer Mutter erfuhr. Es war sehr rücksichtsvoll von Ihnen, mir zu schreiben. Ich hatte ja keine Ahnung, daß sie so schwer krank war. Wir haben uns früher sehr nahegestanden, sie war immer eine meiner engsten und liebsten Freundinnen. Hoffentlich mußte sie nicht lange leiden.«

Gray wußte nicht, was er darauf sagen sollte. Er hatte sich noch nicht von der bitteren Enttäuschung erholt, daß es wieder nicht Drusilla war, und das Sprechen fiel ihm schwer. »Ein paar Tage schon«, brachte er schließlich mühsam heraus. »Sie hat mich nicht mehr erkannt.«

»Wie traurig für Sie, mein Lieber! Sie schrieben in Ihrem Brief, daß Sie Anfang dieser Woche wieder hier sein würden, also hab ich eben auf gut Glück versucht, Sie anzurufen, um Ihnen zu sagen, wie leid es mir um Ihre Mutter tut. Ach, und noch etwas. Ich habe auch mit Isabel Clarion telefoniert. Sie wußte noch gar nicht, daß Ihre Mutter gestorben ist. Ihr hätten Sie nicht geschrieben, sagte sie.«

»*Isabel!*« Der Name klang fast wie ein Schrei. »Ist sie denn schon aus Australien zurück?«

»Nun ja, Graham, das ist doch wohl offensichtlich«, antwortete Mrs. Warriner leicht befremdet. »Sie hat Australien nicht erwähnt, aber wir haben auch nur ein paar Minuten miteinander geredet. Sie hat die Handwerker in der Wohnung, und die machen einen Riesenradau. Dabei versteht man sein eigenes Wort nicht.«

Gray setzte sich schwerfällig und fuhr sich mit der Hand über die heiße, schweißnasse Stirn. »Sie wird sich schon bei mir melden«, sagte er kraftlos.

»Das nehme ich auch an. Ist es nicht wunderbar, daß Mal im August nach Hause kommt?«

»Ja. Ja, das ist großartig. Eh – Mrs. Warriner, Isabel hat nicht zufällig etwas gesagt – etwas über ... Nein, lassen wir's, es ist nicht wichtig.«

»Sie hat überhaupt nicht viel gesagt, Graham.« Mrs. Warriner begann von früher zu sprechen, kramte in Erinnerungen und erzählte kleine Begebenheiten aus der Zeit ihrer Freundschaft mit Enid. Gray unterbrach sie jedoch, so höflich er konnte, und verabschiedete sich. Er legte den Hörer nicht auf. Auf diese Weise konnte er sich Isabel wenigstens noch ein bißchen vom Hals halten – Isabel, die kaum eine Woche in Australien geblieben war. Wahrscheinlich hatte sie sich mit ihrer ehemaligen Geschäftspartnerin nicht vertragen, oder das Klima war ihr nicht bekommen. Dann fiel ihm ein, daß er an dem furchtbaren Abend, an dem ihm klar wurde, daß Dido im Schuppen eingesperrt war, in Honorés Leib- und Magenblättchen etwas über große Überschwemmungen in Australien gelesen hatte. So mußte es gewesen sein. Die Unwetterkatastrophe hatte Isabel Angst eingejagt, und sie war so schnell wie möglich wieder nach Hause geflogen. Vermutlich war sie gestern gelandet, und heute würde sie ihren Hund zurückfordern . . .

Nun ja, einmal hätte er es ihr sagen müssen, warum es also nicht so schnell wie möglich hinter sich bringen? Aber nicht heute. Heute mußte er sich über sein und Drusillas künftiges Leben Klarheit verschaffen, mußte feststellen, wo Drusilla war, mußte sie sich zurückholen. Er warf einen schiefen Blick auf den Telefonhörer, der noch immer wie ein Pendel an seiner Schnur hin und her schwang. Sollte er es nicht doch noch ein allerletztes Mal telefonisch versuchen?

Fünf-null-acht und die nächsten vier Zahlen. Nach dem fünften Klingeln wurde abgehoben. Gray hielt den Atem an, machte eine Faust und preßte sich die Fingernägel in die Handfläche. Es war nicht Drusilla. Dennoch – es war jemand, eine menschliche Stimme, die aus dem bisher wie ausgestorbenen Haus kam.

»›Combe Park‹.«

»Ich möchte Mrs. Janus sprechen.«

»Mrs. Janus ist nicht da. Ich bin die Reinmachefrau. Wer spricht bitte?«

»Wann kommt Mrs. Janus zurück?«

»Das kann ich Ihnen leider nicht sagen. Wer spricht dort?«

»Ein Freund. Sind Mr. und Mrs. Janus verreist?«

Die Frau räusperte sich. »O Gott«, sagte sie und: »Ich

weiß nicht, ob ich . . .« Schließlich mürrisch: »Mr. Janus ist dahingeschieden.«

Gray begriff nicht. Sein Gehirn stellte nur automatisch eine Verbindung zu Honorés Bürgermeister mit seinen beschönigenden Ausdrücken, den sprachlich ausgefeilten Untertreibungen her. »Was haben Sie gesagt?«

»Mr. Janus ist dahingeschieden.«

Wieder hörte er die Worte, aber es schien endlos lange zu dauern, bis er sie ihrem Sinn nach verstand, wie das immer bei Worten der Fall ist, mit denen etwas Unvorstellbares ausgedrückt werden soll.

»Soll das heißen, daß er *tot* ist?«

»Es steht mir nicht zu, darüber zu reden. Ich weiß nur, daß er dahingeschieden ist, tot – wie Sie sagen –, und Mrs. Janus zu ihrer Ma und ihrem Pa gefahren ist.«

»Tot –« sagte Gray benommen und dann, seiner Stimme mehr Festigkeit gebend: »Kennen Sie die Adresse, unter der Mrs. Janus zur Zeit zu erreichen ist?«

»Nein, ich kenne sie nicht. Wer sind Sie überhaupt?«

»Das ist nicht wichtig«, sagte Gray. »Vergessen Sie's.«

Langsam tappte er zum Fenster. Er schien halb blind zu sein, denn anstatt des Waldes sah er nur goldenen Sonnenglast und blaue Schattenhöhlen. Tiny Janus ist tot, sagte ihm sein Verstand. Plötzlich hatte er die Worte auf den Lippen und sprach sie laut vor sich hin, fassungslos vor Erstaunen: Harvey Janus, der reiche Mann, das Ungeheuer, ist tot. Drusillas Mann ist tot. Die Sätze, die Gedanken, hohle Worte bisher, bekamen Sinn und Inhalt, wurden immer realistischer, je mehr der Schock abklang. Am Ende waren sie eine feststehende Tatsache: Tiny Janus, Drusillas Mann, ist tot.

Wann war Tiny gestorben? Am Sonntag? Oder am Montag? Vielleicht sogar erst gestern, an dem Tag, an dem sie zu ihm kommen sollte – für immer. Das erklärte natürlich, warum sie nicht gekommen war, erklärte auch, warum sie ihn nicht angerufen hatte. Noch immer wie betäubt, aber wieder eines zusammenhängenden Gedankens fähig, versuchte er sich vorzustellen, was passiert war. Wahrscheinlich hatte Tiny einen Herzinfarkt gehabt. Dicke Männer wie Tiny, Männer, die zuviel tranken und zu üppig lebten, Männer in Tinys Alter waren stark infarktgefährdet. War es in seinem Büro geschehen? Oder war er am Steuer seines Bentley zusammengebrochen, und hatte man Drusilla schonend darauf vorbereitet, oder hatte die Polizei ihr die Nachricht überbracht? Sie hatte Tiny nicht geliebt, aber dennoch mußte es ein Schock für sie gewesen sein, und sie hatte ganz allein damit fertig werden müssen.

Bestimmt hatte sie ihre Eltern gebeten zu kommen – den Vater, den sie liebte, und die Mutter, von der sie nie sprach. Irgendwie konnte man sich nur schwer vorstellen, daß Drusilla eine Mutter hatte. Und dann hatten die Eltern die Tochter zu sich nach Hause genommen. Aber Gray kannte weder die Adresse ihrer Eltern noch Drusillas Mädchennamen und hatte nur die unklare Vorstellung, daß die Eltern irgendwo in Hertfordshire wohnten. Ihm war jedoch am wichtigsten, daß er jetzt wußte, warum sie ihn nicht angerufen hatte. Er mußte eben warten, bis sie sich bei ihm meldete.

»Wäre es nicht wunderbar, wenn er stürbe?« hatte sie gesagt. »Vielleicht stirbt er. Er kann einen Herzinfarkt bekommen oder mit dem Wagen verunglücken.«

Ihr Wunsch war in Erfüllung gegangen. Tiny war tot, und »Combe Park« und das ganze Geld gehörten ihr. Gray mußte daran denken, daß sie gesagt hatte, sie wolle es ihm geben, wolle es mit ihm teilen, auf ein gemeinsames

Konto einzahlen und dann für immer und ewig glücklich und in Freuden mit ihm leben.

Und er hätte es genommen, wenn er es nur auf halbwegs anständige Weise hätte bekommen können. Als er im Frühling vor dem schmiedeeisernen Tor von »Combe Park« gestanden und die Narzissen gesehen hatte, die aus purem Gold schienen, hatte seine Gier nach dem Geld ihren Höhepunkt erreicht. Merkwürdig. Jetzt, da Tiny tot war und alles ihr und ihm gehören würde, war es ihm völlig gleichgültig geworden.

Er erforschte seine Gefühle. Nein, er freute sich nicht, war nicht glücklich darüber, daß dieser Mann nicht mehr lebte. Und selbstverständlich hatte er mit Tinys Tod genausowenig zu tun wie mit dem des Mannes, der die Kellertreppe hinuntergestürzt war, und doch fühlte er, wie sich eine schwere Last auf seine Schultern senkte, fühlte so etwas wie Verzweiflung. Kam das vielleicht daher, daß er im tiefsten Innern Tinys Tod herbeigewünscht hatte? Oder gab es einen anderen, ihm völlig unbewußten Grund? Die beiden Todesfälle schienen zu einem einzigen zu verschmelzen und wie ein Gespenst zwischen Drusilla und ihm zu stehen.

Er schwitzte vor Erregung, und der Schweiß hatte einen unangenehmen Geruch. Also ging er wieder in die Küche und stellte Badewasser auf. Tiefe Niedergeschlagenheit lähmte ihn, und er wartete die ganze Zeit darauf, daß etwas geschah, was ihn glücklich machte und von seiner Depression befreite. Doch das einzige, woran er denken konnte, war die starke seelische Belastung, der er seit einiger Zeit ausgesetzt war. Mehr konnte er wirklich nicht ertragen. Wenn jetzt noch etwas passierte, verlor er ganz bestimmt den Verstand.

Er hob den Deckel von der Wanne und zog die schmutzigen Laken und Handtücher heraus, die schon Schimmel angesetzt hatten. Die schlammbespritzte Hose, die er am Samstag getragen hatte, war verschwunden, doch das bereitete ihm kein großes Kopfzerbrechen. Dazu passierten in seiner Welt viel zu viele sonderbare Dinge. Er schüttete das kochende Wasser in die Badewanne, goß einen Eimer kaltes nach, stieg in die Wanne und dachte, während er sich einseifte, wieder an Tinys Tod. War er am Steuer seines Wagens gestorben? Gray hatte zu oft davon geträumt, daß Tiny einen Unfall hatte, sein Wagen in Flammen aufging und sein Blut sich scharlachrot über grünen Rasen ergoß. Oder war er nach einer Sauftour im Bett gestorben, während Drusilla, ahnungslos von ihrem Liebsten träumend, neben ihm schlief?

Es gab viele Möglichkeiten. Doch es war nur ein Bild, das sich ihm immer wieder aufdrängte, das er ganz deutlich vor sich sah. Und dieses Bild zeigte Tinys verkrümmten, blutüberströmten Körper am Fuß einer langen, steilen Treppe.

Wenn er kurz vor zwölf ein Stück die Pocket Lane hinunterging, konnte er vielleicht den Milchmann abfangen und ihm einen halben Liter Milch abkaufen. Er hatte das Gefühl, daß Tee das einzige war, was sein Magen behalten würde. Die Lebensmittel in der Tragetasche rochen unangenehm, und bei ihrem Anblick wurde ihm übel. Das Erdgeschoß der Hütte schien vom Tod erfüllt – dem Tod des Eindringlings, Tinys Tod und vom Tod des Hundes, und doch lag über allem strahlend heller Sonnenschein. Gray konnte sich nicht erinnern, das Haus schon einmal so hell und luftig erlebt zu haben. Trotzdem wollte er hinaus. Aber würde er, einmal draußen, noch den Mut haben, zurückzukommen? Oder würde er durch den Wald wandern, über Lichtungen und durch Schneisen, weiter und immer weiter, bis die Müdigkeit ihn überwältigte und er sich hinlegte, um zu schlafen oder zu sterben?

Er glaubte nicht mehr so recht daran, daß Drusilla anrufen würde. Es konnten Tage vergehen, ehe er etwas von ihr hörte. Er konnte sich diese leeren Tage nicht vorstellen, durch die er wartend irrte, eine unaufhörlich wachsende Spannung in sich, unter der er zusammenbrach, bevor Drusilla sich meldete.

Im Schlafzimmer zog er das schmutzige Hemd wieder an, das er am Abend vorher in die Ecke gefeuert hatte. Als er sich kämmte, hörte er weit weg am anderen Ende der Pocket Lane das Motorengeräusch eines Wagens und erstarrte. Er hielt mitten in der Bewegung inne, den Kamm in der erhobenen Hand, und wartete darauf, daß das leise Brummen zum kraftvollen Klang einer Jaguarmaschine anschwoll. Er konnte keine Freude mehr darüber empfinden, daß sie kam, schien keines Gefühls mehr fähig. Die Toten, die Enttäuschungen, seelischen Schocks und Schläge machten es ihm unmöglich, sie überschwenglich zu empfangen. Aber er würde ihr schweigend in die Arme fallen und sie festhalten – falls sie es wirklich war.

Sie war es nicht. Das Motorengeräusch wurde heller, je näher das Auto kam, war unverkennbar das kurzatmige Tuckern eines Kleinwagens. Gray ging zum Fenster und sah hinaus. Farne und herabhängende Zweige nahmen ihm zwar fast völlig die Sicht auf die Straße. Aber zwischen den Farnwedeln auf dem Boden und dem Laubwerk von oben blieb ein schmaler Streifen frei, der es ihm ermöglichte, Form und Farbe des durch die Schlaglöcher holpernden Gefährts auszumachen. Es war ein kleiner roter Mini, der wegen des noch immer glitschigen Bodens sehr langsam fuhr und vor der Gartenpforte ausrollte.

Isabel.

Ganz instinktiv sah er sich nach einem Versteck um, wollte ins Gästezimmer laufen, sich dort auf den Boden legen und abwarten, bis sie wieder ging. In jedem von uns steckt ein ängstliches Kind. Und erst wenn es uns gelingt, dieses Kind in Schach zu halten, sind wir wirklich erwachsen. Um ein Haar hätte das Kind in Gray den Sieg davongetragen. Aber der nunmehr fast dreißigjährige Mann hielt es fest, obwohl er seine ganze Kraft dazu brauchte. Isabel würde vielleicht wegfahren, aber sie würde wiederkommen. Wenn nicht heute, dann morgen, wenn nicht morgen, dann am Freitag. Obwohl er sich kaum aufrecht halten konnte und am ganzen Körper zitterte, mußte er ihr gegenübertreten und gestehen, was er getan hatte. Und wenn er sich hundertmal versteckte, trotzig oder aufsässig reagierte, es gab keine Entschuldigung für seine Tat, sie war und blieb eine Ungeheuerlichkeit.

Isabel stieg aus dem Wagen. In dem von Sonne überfluteten Ausschnitt zwischen dunkelgrünem Farn und zartgrünem Laub sah er, wie sich ihr schwerer Körper hinter dem Lenkrad hervorzwängte. Sie trug eine pinkfarbene Bluse, babyblaue Hosen und eine große Sonnenbrille, die in allen Regenbogenfarben schillerte. Die runden schwarzen Gläser richteten sich auf das Fenster im ersten Stock, und Gray wich rasch zurück.

Er ging aus dem Zimmer und blieb oben an der Treppe stehen, versuchte sich zur Ruhe zu zwingen, ballte die schweißnassen Hände, wartete. Er war noch ein Kind, war es mehr denn je, wenn er es mit diesen Erwachsenen zu tun bekam – mit Honoré und mit Enid, als sie noch lebte, mit Mrs. Warriner und Isabel. Auch wenn er sich einredete, er werde nie wieder etwas sagen oder tun, um sie zu beschwichtigen, werde nie wieder auf ihr Spiel eingehen, sondern ganz offen und er selbst sein – auch dann noch blieb er ein Kind. Denn seine Aufsässigkeit und seine Rebellion waren genauso kindisch wie Gehorsam. Das wurde ihm in diesem Augenblick blitzartig klar. Eines Tages, dachte er, wenn die Schrecken der Gegenwart Vergangenheit geworden sind, wenn ich das alles durchgestanden habe oder drüber hinweggekommen bin, will ich mir meine Erkenntnis zu Herzen nehmen und erwachsen werden ...

Ihm war übel, und er hatte, als er hinunterging, einen gallebitteren Geschmack im Mund. Sehr langsam öffnete er die Haustür. Isabel beugte sich über den offenen Kofferraum und holte Milch und andere Lebensmittel heraus. Als sie ihn hörte, hob sie den Kopf und winkte.

Kraftlos wie ein Schwerkranker ging er auf sie zu. Aber auf halbem Weg, noch bevor aus seiner ausgedörrten Kehle ein einziges Wort gedrungen war, teilte sich das Dickicht aus Farnkraut. Es raschelte so laut, als sei der Wind hineingefahren. Mitten aus dem Grün brach die große goldene Labradorhündin und sprang Gray an. Ungestüm stemmte sie ihm die Pfoten gegen die Schultern, eine feuchte, warme Zunge fuhr über sein Gesicht, sanfte braune Augen strahlten ihn an.

19

Durch die klare Luft ging ein Beben. Die Myriaden hellgrüner, seidiggrüner, gefiederter, in der Sonne glänzender, vielgestaltiger Blätter verschwammen vor Grays Augen, wurden zu einem Netzwerk mit sich unaufhörlich verändernden Linien, die Erde hob sich und kam ihm entgegen.

Er schaffte es mit knapper Not, sich aufrecht zu halten. Er schloß die Augen vor der grüngoldenen, bebenden Helligkeit, griff mit beiden Händen in das warme Fell, umarmte den Hund, preßte ihn an seinen zitternden Körper.

»Dido«, rief Isabel, »laß Gray in Ruhe, mein Liebling!«

Er konnte nicht sprechen. Der Schock lähmte ihn. Sein ganzes Gefühl, alle Gedanken kristallisierten sich in dem einen unglaublichen Satz: Sie lebt – Dido lebt! Er streichelte den schönen Kopf der Hündin, strich über den fein modellierten Knochenbau, betastete ihn mit den Fingerspitzen wie ein Blinder das Gesicht einer Frau, die er liebt.

»Geht es dir gut, Gray?« fragte Isabel. »Du siehst so blaß und spitz aus. Wahrscheinlich begreifst du erst jetzt allmählich, was du verloren hast.«

»Was ich verloren habe?«

»Deine Mutter, Gray. Mrs. Warriner hat es mir gestern abend gesagt, und da stand sofort für mich fest, daß ich dich gleich heute früh besuchen muß. Du solltest dich hinsetzen, Junge. Eben dachte ich schon, du kippst gleich um.«

Das hatte Gray auch gedacht. Und sogar noch jetzt, als der erste Schock vorüber war, schaffte er es kaum, Haltung zu bewahren. Als er hinter Isabel ins Haus ging, suchte er nach einer Erklärung für dieses Ereignis, einen logischen Weg. Doch er kam nur bis vor eine unüberwindliche Mauer. Erfahrung und Erinnerung waren zu einem unentdeckten Erdteil geworden. Logik hatte aufgehört zu existieren, Denkprozesse, Schlußfolgerungen wie: das hat sich so und so ereignet, daher läuft das und jenes auch so ab. Sein Gehirn glich einem leeren Blatt Papier, auf dem nur ein Satz stand: Der Hund lebt. Und jetzt wurde, ganz langsam, ein zweiter Satz dahintergesetzt: Der Hund lebt, und Tiny Janus ist tot.

Isabel saß schon in der »Diele« und erging sich in Platitüden über Leben und Sterben und die Resignation im allgemeinen. Gray ließ sich vorsichtig in den zweiten Sessel nieder, als müßte er seinen Körper mit der gleichen Behutsamkeit behandeln wie seinen Verstand. Eine allzu hastige Bewegung, ein schroffes Wort, und der Schrei, den er nur mühsam unterdrückte, würde aus ihm hervorbrechen. Er streichelte Didos dichtes Fell. Sie war wirklich da, das wußte er jetzt sicher. Vielleicht war sie die einzige Wirklichkeit in einer Welt, in der alles drunter und drüber ging, das Innerste nach außen gekehrt wurde.

»Alles in allem«, sagte Isabel, »war es für deine Mutter eine Erlösung.« Gray hob die Augen zu ihr auf, zu diesem verschwommenen fetten rosablauen Fleck, der seine Taufpatin war. Was redete sie da eigentlich? »Wie ich sehe, hast du das Telefon jetzt nicht mehr ausgehängt. Wozu hat man überhaupt Telefon, wenn man den Hörer nie auflegt?«

»Ja, wozu?« pflichtete er ihr höflich bei. Er war überrascht, daß er sprechen und sogar ganze Sätze formulieren konnte. Er fuhr fort, Sinnlosigkeiten aneinanderzureihen, nur um sich zu beweisen, daß er es tatsächlich konnte. »Manchmal frage ich mich selbst, wozu ich es habe. Frage mich wirklich. Wenn es nicht da wäre, wär mir das genauso recht.«

»Du brauchst nicht gleich ironisch zu werden«, entgegnete Isabel scharf. »Du hast kein Recht, bitter zu sein, Gray. Ich habe sofort versucht, dich anzurufen. Sobald ich wußte, daß meine Reise nach Australien buchstäblich ins Wasser gefallen war . . . Ich meine, als ich von den Überschwemmungen las und Molly mir telegrafierte, daß ihr das Wasser in ihrem Haus buchstäblich bis zum Hals stand, da sagte ich mir, es habe keinen Sinn, hinüberzufliegen. Und als das feststand, wollte ich dich anrufen. Ich habe es freitags und nur der Himmel weiß wie oft am Samstag probiert und am Ende total verzweifelt aufgegeben. Ich sagte mir, du würdest dir etwas ähnliches zusammenreimen, wenn du Montag nach Hause kamst und Dido nicht hier war.«

»Ja«, sagte Gray. »O ja.«

»Wie es sich herausstellte, war es ein Segen, daß ich nicht abgereist bin, denn dann hätte die ganze Last, für Dido eine geeignete Pflegestelle zu suchen, auf deinen Schultern gelegen, während du bestimmt an nichts anderes denken konntest als an deine arme Mutter. – Platz, Liebling, du strengst dich nur unnötig an. Heut noch schreibe ich an Honoré, den armen Mann. Und ich schreibe ihm auch, daß ich bei dir war und du sehr unglücklich bist. Findest du nicht auch, daß es die Menschen ein bißchen aufrichtet, wenn sie erfahren, daß ein anderer ebenso unglücklich ist?«

Dieser Zug krasser, egoistischer Schadenfreude hätte Gray früher zum Lachen gebracht, heute wurde ihm nicht einmal bewußt, was Isabel gesagt hatte. Während sie weiterplapperte, saß er völlig erstarrt da. Seine Hände streichelten nicht einmal mehr den Hund, der sich schläfrig zu seinen Füßen zusammengerollt hatte. Die Erinnerungen kehrten allmählich zurück, und eine jede bohrte sich ihm wie ein scharfer Stachel ins Herz.

»Ist sie tot?« hatte er gefragt, sich ganz auf sie verlassen, sich ganz in ihre Hände gegeben.

»Nein, sie lebt – gerade noch.«

Gray streckte die Hand nach unten und begann wieder, Didos Fell zu kraulen, um zu fühlen, daß sie wirklich lebte. Und die Hündin wandte den Kopf, öffnete die Augen und leckte ihm die Hand.

»Ich hatte Milch und Hühnerfleisch mitgenommen. Als ich die Küchentür aufmachte, fürchtete ich mich ein bißchen, aber das wäre nicht nötig gewesen. Sie war schon zu schwach, um sich zu bewegen. Jemand sollte dich in eine Zelle sperren, damit du siehst, wie es tut.«

O Drusilla, Drusilla . . .

»Es wäre ohnehin sinnlos gewesen. Der Hund mußte eingeschläfert werden.«

O Dru, nein . . .

»Auf jeden Fall kannst du jetzt deinen Schlüssel wiederhaben, mein Lieber«, sagte Isabel, tief Atem holend. »Hier ist er. Soll ich ihn an den Haken hängen?«

»Gib ihn mir.«

Ein alter, schwarz angelaufener Schlüssel, das Gegenstück zu seinem.

»Und setz Teewasser auf, Gray. Ich habe Milch mitgebracht, für den Fall, daß du keine hast. Wir trinken eine Tasse Tee, und dann fahre ich nach Waltham Abbey und besorge etwas zum Lunch. Man muß sich um dich kümmern, du bist so unpraktisch.«

So unpraktisch . . .

»Ich war in der Hütte und habe aufgeräumt«, hatte sie gesagt.

»Warum, Drusilla?«

»Warum? Warum tu ich überhaupt etwas für dich? Weißt du das noch immer nicht?«

Der glänzende Schlüssel, der am Haken hing, war Drusillas Schlüssel gewesen. Er funkelte in der Sonne wie pures Gold. Sie hatte ihren Schlüssel zurückgegeben und Lebwohl gesagt. Froh, Isabel für einen Augenblick los und allein zu sein, legte er Gesicht und Stirn an die kalte, feuchte Wand, und der Schrei, der qualvolle, stumme Schrei wurde von den Steinen aufgesogen.

»Ich liebe dich. Wenn du mich noch willst, verlasse ich Tiny und komm zu dir – für immer.«

Ich liebe dich . . . »Nein«, flüsterte er, »nein, nein.« Leb wohl, Gray, leb wohl. Ich ändere meine Entschlüsse nie. Pünktlich, unnachgiebig und unerschütterlich einen einmal eingeschlagenen Weg verfolgend, kannte sie weder Zweifel noch Unsicherheit. Aber das . . . Roter Pelz, das rote Haar einer Füchsin, ein Hauch Parfum, leises, kehliges Lachen – die Erinnerungen wirbelten durch seinen Kopf und formten sich zu einem letzten Bild von ihr, dem Bild einer Frau, so hart, kalt und unbarmherzig wie der Stein unter seinem Gesicht.

»Ein Topf, den man beobachtet, kocht nie«, sagte Isabel munter von der Tür her. Fragend sah sie ihm in das zerquälte Gesicht. »Vor der Gartentür hält ein Auto. Erwartest du jemanden?«

Von Optimismus geradezu besessen und von unerschütterlicher Hoffnung erfüllt, war er überzeugt gewesen, daß jedes Auto, das draußen hielt, nur das ihre sein, jeder Anruf nur von ihr kommen konnte. Jetzt hoffte er nicht mehr, und als ihm diese tiefe, dumpfe Hoffnungslosigkeit bewußt wurde, begriff er auch, daß sie die einzige Realität war. Er würde Drusilla nie wiedersehen. Sie hatte ihren Schlüssel zurückgegeben und Lebwohl gesagt. Systematisch und eiskalt hatte sie ihn hintergangen, vielleicht, um sich an ihm zu rächen, und ihn halb zum Wahnsinn getrieben. Wortlos ging er an Isabel vorbei und öffnete Ixworth die Tür. Noch immer schweigend, aber ohne die geringste Bestürzung oder Überraschung, sah er den Polizeibeamten an, dessen Erscheinen nur eine natürliche und logische Folge des Vorangegangenen war. Gray schwieg, weil er nichts zu sagen hatte und wußte, daß jedes Wort jetzt nutzlos wäre. Wozu reden, wenn jetzt

Stück für Stück das Puzzle zusammengesetzt werden würde, das Drusilla entworfen hatte, das häßliche Bild, in dem er eine zentrale Figur war?

Ixworth warf einen Blick auf den niedergedrückten Farn. »Wohl in der Sonne gelegen, wie?«

Gray schüttelte den Kopf. So also sah der geistige und seelische Zusammenbruch aus, vor dem er sich monatelang gefürchtet hatte. Man wurde nicht hysterisch, man tobte nicht, man erging sich nicht in zügellosen Phantasien, fühlte keinen unerträglichen Schmerz. Man nahm sein Schicksal hin, ganz einfach, ergeben und wie betäubt. Es war ihm sogar möglich zu glauben, daß er sich gleich wieder fast glücklich fühlen würde . . . Liebevoll hielt er den Hund zurück, der Ixworth begeistert anspringen wollte.

»Noch ein gelber Labrador, Mr. Lanceton? Züchten Sie die am Ende?«

»Es ist derselbe Hund.« Gray machte sich nicht einmal die Mühe, zu überlegen, welchen Schluß der Inspector aus dieser Antwort ziehen mußte. Er wandte sich ab, und es interessierte ihn nicht einmal, ob Ixworth ihm folgte oder nicht. Fast wäre er dabei aber mit Isabel zusammengestoßen, die merkwürdig aufgekratzt sagte: »Willst du mir deinen Besuch nicht vorstellen?«

Wie ein alberner Teenager flatterte sie vor dem mürrisch dreinblickenden Inspector herum. »Mr. Ixworth, Miss Clarion«, sagte Gray gleichgültig. Er wünschte sich, die beiden würden verschwinden und ihn mit dem Hund allein lassen. Er wollte sich mit der guten, sanften Dido ins Gras legen, sie in die Arme schließen und das Gesicht in ihrem nach Heu duftenden, warmen Fell vergraben.

Ixworth ignorierte die Vorstellung. »Ist das Ihr Hund?« wandte er sich an Isabel.

»Ja. Ist sie nicht wunderschön? Mögen Sie Hunde?«

»Dieser hier scheint mir recht freundlich zu sein.« Ixworths Blick schweifte zu Gray ab. »Ist das der Hund, den Sie versorgen sollten?«

»Das wird er bestimmt tun, wenn ich meine Reise endlich antreten kann.« Isabel schien entzückt, weil die Unterhaltung eine so angenehme Wendung nahm. »Diesmal ist leider nichts daraus geworden, und die arme Dido durfte nicht aufs Land.«

»Ach, so war das. Aber eigentlich hätte ich gern mit Ihnen allein gesprochen, Mr. Lanceton.«

Isabel war ebenso kontaktfreudig wie leicht beleidigt. Sie warf den Kopf zurück, drückte zornig ihre Zigarette aus und sagte schnippisch: »Laßt euch von mir bloß nicht stören! Auf keinen Fall will ich jemandem im Weg sein. Ich fahre schnell ins Dorf und besorg uns etwas zum Lunch, Gray. Mir würde nicht im Traum einfallen, mich einzumischen.«

Ixworth gestattete sich ein mildes Lächeln. Er wartete in geduldigem Schweigen, bis der Mini verschwunden war.

Gray sah dem kleinen Wagen nach. Die Vorderpfoten gegen das Fensterbrett gestemmt, die Nase an der Scheibe plattgedrückt, begann Dido zu winseln. So, dachte Gray automatisch, muß es auch gewesen sein, als Isabel sie an jenem Montag hier allein ließ . . . Aber in Wirklichkeit hatte sie Dido ja gar nicht allein gelassen. Nichts von alledem war geschehen.

»Von allem, was Sie mir erzählt haben, war kein einziges Wort wahr, oder?« sagte Ixworth, »Ihre ganze Hundegeschichte war eine Lüge. Wir wissen inzwischen natürlich auch, daß Dr. Cherwell am vergangenen Donnerstag keine Labradorhündin behandelt hat.«

Gray zog Dido liebevoll vom Fenster weg. Die Sonne tat seinen Augen weh, und er drehte den Sessel so herum, daß er nicht mehr geblendet wurde. »Ist das so wichtig?« fragte er.

»Vielleicht«, erwiderte der Inspector verblüfft und nicht ohne Humor, »vielleicht können Sie mir sagen, was Sie für wichtig halten.«

Nicht mehr viel, dachte Gray. Vielleicht nur noch ein paar Kleinigkeiten, Fragen, auf die er selbst keine Antwort fand. Allmählich arbeitete sein Gehirn jedoch wieder klarer und förderte Tatsachen ans Licht, die keinerlei Gefühlsregung in ihm auslösten. Der Hund war nie hier gewesen. Wenn er von dieser Tatsache ausging, sich einiges, was sie gesagt hatte, in diesem neuen Zusammenhang in Erinnerung rief – »Ich ändere meine Meinung nie, Gray« –, begann sich ganz deutlich das Schema abzuzeichnen, nach dem sie vorgegangen war. Er sah es, ohne Schmerz zu empfinden, abgestumpft, fast mit wissenschaftlicher Nüchternheit.

»Ich«, sagte er, »habe immer geglaubt, Harvey Janus sei groß und dick, aber ich habe ihn ja nie gesehen. Und ich dachte, er fahre noch immer den Bentley, nicht den Mercedes, der ein Stück weiter unten an der Straße stand. Komisch, wahrscheinlich nannten ihn alle ›Tiny‹, weil er ein Winzling war. Möchten Sie eine Tasse Tee?«

»Nicht jetzt. Ich möchte, daß Sie weitersprechen.«

»Es war natürlich gar nicht nötig, ihn zu betäuben, das ist mir jetzt klar. Man mußte ihn nur irgendwie herlocken. Das war nicht schwierig, weil er ein Haus für seine Mutter suchte. Und einen so kleinen Mann zu überwältigen, muß kinderleicht gewesen sein. Das hätte jeder geschafft.«

»Ach, tatsächlich?«

»Damals hatte sie noch ihren Schlüssel. Aber ich verstehe nicht ...« Er unterbrach sich, es widerstrebte ihn, sie zu verraten, obwohl sie ihn skrupellos hintergangen hatte. »Ich nehme an, Sie haben mit Mrs. Janus gesprochen? Sie vielleicht sogar ...« Er seufzte, obwohl er kaum noch etwas empfand, das einen Seufzer gerechtfertigt hätte. »Sie vielleicht sogar verhaftet?« fügte er hinzu.

Ixworths bisher so freundliches Gesicht wurde hart, versteinerte wie das eines Film-Polizisten. Er griff nach seiner Mappe, öffnete sie und entnahm einer noch dünnen Akte ein Blatt Papier, das er Gray reichte. Die getippten Worte begannen im Sonnenlicht zu tanzen, aber Gray konnte sie lesen. Er hatte sie selbst geschrieben.

Oben links stand seine Adresse: ›White Cottage‹, Pocket Lane, Waltham Abbey, Essex. Darunter das Datum: 6. Juni. Kein Jahr war das her. Und ganz unten, unter den furchtbaren Worten, die er nie wieder sehen wollte: Harvey Janus Esq., ›Combe Park‹, Wintry Hill, Loughton, Essex.

»Haben Sie's gelesen?«

»O ja, das habe ich.«

Aber Ixworth las es ihm trotzdem laut vor:

»›Sehr geehrter Herr, ich habe Ihr Inserat in der *Times* gelesen und glaube, genau das zu haben, was Sie suchen. Da ich ganz in Ihrer Nähe wohne, könnten Sie vielleicht einmal vorbeikommen und es sich ansehen. Samstag vier Uhr würde mir passen. Hochachtungsvoll, Francis Duval.‹«

Es war der erste Brief, den sie geschrieben hatten.

»Wo haben Sie das gefunden? Hier? In diesem Haus?«

»Der Brief steckte in seiner Brusttasche.«

»Das ist unmöglich. Er wurde nie aufgegeben. Ich will versuchen, Ihnen zu erklären ...«

»Ich wünschte, Sie könnten es.«

»Es ist nicht leicht. Mrs. Janus ...« Gray zuckte nicht einmal zusammen, als er ihren Namen aussprach, zögerte aber, weil er nach der richtigen Formulierung suchte. »Mrs. Janus«, begann er von neuem und fragte sich, warum Ixworth die Stirn runzelte, »wird Ihnen erzählt haben, daß wir sehr eng befreundet waren. Einmal bat sie mich ...« Wie sollte er diesem unnachgiebig harten, undurchschaubaren Richter begreiflich machen, was Drusilla von ihm verlangt hatte? Wie sollte er ihm begreiflich machen, wo Phantasie endete und Wirklichkeit begann? »Sie bat mich, ihrem Mann einen Streich zu spielen«, log er ungeschickt. »Sie wollte ihn um ein bißchen Geld erleichtern, da sie kein eigenes Geld hat und ich immer pleite bin.«

»Wir wissen, wie es um Ihre Finanzen steht.«

»Das wundert mich nicht, Sie scheinen alles zu wissen. Ich habe diesen Brief geschrieben. Ich habe noch viel mehr solcher Briefe geschrieben, die nie abgeschickt wurden. Ich habe sie immer noch, sie ...«

»Ja?«

»Ich habe sie verbrannt, ich erinnere mich jetzt. Aber dieser eine muß ... Warum sehen Sie mich so an? Mrs. Janus ...«

Ixworth nahm Gray den Brief aus der Hand und faltete ihn zusammen. »Ich dachte schon, wir kämen endlich ein Stück weiter, Lanceton«, sagte er schroff. »Bis Sie Mrs. Janus ins Spiel brachten. Lassen Sie sie gefälligst raus. Sie kennt Sie nicht. Hat nie von Ihnen gehört, kennt Sie weder unter dem Namen Duval noch unter dem Namen Lanceton.«

Der Hund entfernte sich von Gray, und es kam ihm wie eine symbolische Geste vor. Dido streckte sich aus und begann leise zu schnarchen. Ixworth redete unerbittlich weiter, schilderte Gray in allen Einzelheiten, was sich Samstag nachmittag hier abgespielt hatte. Seine Schilderung beruhte natürlich nur auf Indizien, die jedoch voraussetzten, daß Gray schon vor vier Uhr in der Hütte gewesen war. Ixworth erzählte ihm auch sehr präzise, wie er, Gray, Tiny Janus begrüßt, mit ihm einen Rundgang durch das Haus gemacht und ihn schließlich zur Kellertreppe geführt hatte. Es klang alles sehr logisch und sehr plausibel und hätte sich genauso abspielen können. Der einzige Schönheitsfehler war, daß der ganze Sachverhalt nicht zutraf, in keinem Punkt stimmte.

Aber Gray leugnete nicht. Er sagte tonlos: »Sie kennt mich nicht.«

»Lassen Sie sie raus. Am Samstag nachmittag spielte sie Tennis mit ihrem Trainer.«

»Wir hatten zwei Jahre ein Verhältnis«, sagte Gray. »Sie hat einen Schlüssel zu diesem Haus.« Nein, den hatte sie nicht mehr. »Und sie sagt, sie kennt mich überhaupt nicht?«

»Kann jemand bezeugen, daß dieses Verhältnis bestand?«

Gray schwieg. Das konnte niemand. Man hatte sie nie zusammen gesehen, daher war es nie geschehen. Ihre Liebe war keine Tatsache, ebensowenig wie Didos Tod. Und doch . . .

Ganz ohne Erregung und ohne Gefühl sagte er: »Und warum hätte ich Janus umbringen sollen, wenn nicht, um seine Frau zu bekommen?«

»Aus Habgier, natürlich«, antwortete Ixworth. »Wir sind keine Kinder, Lanceton. Sie sind kein Kind. Billigen Sie uns wenigstens ein bißchen Intelligenz zu. Er war reich, und Sie sind sehr arm. Ich sage Ihnen offen, wir wissen von der französischen Polizei, daß Sie nicht einmal von Ihrer Mutter etwas geerbt haben.«

Die 200 Pfund . . . War noch mehr Geld im Haus versteckt gewesen? »Er hatte die Anzahlung also gleich mitgebracht?«

»Aber selbstverständlich. Damit haben Sie gerechnet. Unklugerweise hat Mr. Janus immer sehr viel Bargeld bei sich getragen, und so etwas spricht sich herum, nicht wahr? Ohne das Haus vorher gesehen zu haben, war er ziemlich sicher, daß er es kaufen würde, und wollte es sich sichern – indem er bares Geld auf den Tisch legte.« Ixworth zuckte mit den Schultern, eine betont verächtliche Geste. »Mein Gott, und dabei gehört Ihnen das Haus nicht einmal. Wahrscheinlich haben Sie sich über den Kaufpreis in den Schaufenstern von Immobilienbüros informiert.«

»Nein, ich habe gewußt, was es wert ist.«

»Sagen wir besser, Sie wußten, was Sie dafür erzielen konnten. Und Sie wissen auch eine Menge über menschliche Habgier und Not. Die 3000 Pfund, die Mr. Janus mitgebracht hatte, haben wir in Ihrer Kassette gefunden, zusammen mit einer Nummer der *Times*, in der Sie sich sein Inserat angestrichen hatten. Die Kassette war abgeschlossen, aber wir haben sie aufgebrochen.«

»O Gott!« sagte Gray hoffnungslos.

»Interessiert es Sie eigentlich, wie wir Ihnen auf die Spur kamen? Es war nicht schwierig. Mrs. Janus wußte, wohin ihr Mann gefahren war und wieviel Geld er bei sich hatte. Sie gab eine Vermißtenmeldung auf, und wir fanden den Mercedes in der Pocket Lane.«

Gray nickte. Ihn überraschte die glasklare Folgerichtigkeit nicht, mit der alles abgelaufen war und noch ablief. »Jemand sollte dich in eine Zelle sperren«, hatte Drusilla gesagt. Und vielleicht war es auch nur ausgleichende und unerbittliche Gerechtigkeit. Er fühlte sich zu schwach, zu wehrlos, um zu widersprechen, sich zu verteidigen, und er wußte schon jetzt, daß er es nie tun würde. Er mußte es hinnehmen. Vermutlich hatte er schon dadurch, daß er sich bereit fand, diesen Brief zu schreiben, auf einen solchen Ausgang gehofft. Nur sein Gewissen hatte sich dagegen gewehrt und ihn getäuscht. Er hatte auf Tinys Tod gehofft und – in Drusillas Netzen gefangen – genausoviel wie sie getan, um ihn herbeizuführen. Wer spann, wer hielt die Schere, und wer schnitt den Faden durch? Hatte die Verkehrsampel sein Schicksal vorherbestimmt? Oder Jeff? Oder der Papierhändler, der das richtige Schreibmaschinenpapier nicht vorrätig gehabt hatte? War Honorés Ehe nicht eigentlich von dem nächtlichen Anrufer geschlossen worden, der daran schuld gewesen war, daß seine Mutter und Isabel früher als vorgesehen zu ihrer Frankreichreise aufbrachen? Und wer war für Tinys Tod verantwortlich? Natürlich nur er, der an jenem Wintertag Tinys Frau begegnet war. Kein anderer als Sir Smile, sein Nachbar.

»Sie werden Ihre Aussage zu Protokoll geben wollen«, sagte Ixworth. »Können wir gehen?«

Gray lächelte, denn tiefer Friede war wieder in ihn eingekehrt – ein Friede, der einer ungeheueren Leere glich. »Eigentlich schon, aber ich möchte lieber auf Miss Clarion warten.«

»Schreiben Sie ihr ein paar Zeilen, und lassen Sie die Haustür nur angelehnt«, sagte Ixworth verständnisvoll, fast mitfühlend. Er war zufrieden, und der Blick, den er auf die schlafende Dido richtete, war nicht mehr spöttisch. »Den Hund können wir – wir können ihn in der Küche einsperren.«

Nachher

Im Krankensaal standen nur sechs Betten. Der Abgeordnete zögerte einen Augenblick unter der Tür und ging dann zielstrebig auf das Bett zu, das hinter einem weißen Wandschirm stand. Doch bevor er es erreichte, vertrat ihm eine Krankenschwester den Weg.

»Sie dürfen höchstens zehn Minuten bei Mr. Denman bleiben. Sein Zustand ist noch kritisch.«

Andrew Laud nickte. »Ich bleibe nicht lange.«

Die Schwester schob den Wandschirm ein wenig zur Seite, und Laud zwängte sich durch die Lücke. Er hatte Angst vor dem, was er zu sehen bekommen würde. Ein furchtbar entstelltes Gesicht? Einen dick bandagierten Kopf?

»Gott sei Dank, daß du kommen konntest!« sagte Jeff Denman. »Ich habe den ganzen Tag wie auf Kohlen – gelegen, muß ich wohl sagen.« Erst jetzt wagte der Abgeordnete, ihn anzusehen. Jeff hatte sich nicht verändert, er war nur sehr blaß, und sein Haar war ganz kurzgeschoren.

»Wie geht es dir, Jeff?«

»Schon viel besser. Es wird wieder. Es ist schon sonderbar, eines Morgens aufzuwachen und festzustellen, daß gestern sechs Monate zurückliegt.«

Das Bett war mit Zeitungen bedeckt. Die Schwester legte sie zusammen und stapelte sie ordentlich auf, dann verschwand sie wieder. Von der Titelseite des obersten Blattes blickte dem Abgeordneten sein eigenes Gesicht entgegen, und die Schlagzeile verkündete: »Parlamentsmitglied fordert Berufungsverhandlung im Epping Forest-Mord.«

»Ich habe leider nicht viel tun können«, sagte Laud.

»Ich durfte ein- oder zweimal mit Gray sprechen, doch wenn es um diese Sache geht, scheint er an einer Art Amnesie zu leiden. Entweder kann oder will er sich nicht erinnern. Er spricht nur davon, daß er wieder schreiben will, sobald er rauskommt, aber daran ist natürlich überhaupt nicht zu denken, wenn die Berufung nicht durchgeht ...«

»Mein Gedächtnis funktioniert«, unterbrach ihn Jeff, »was übrigens mehr als erstaunlich ist.« Er rutschte ein bißchen zur Seite und hob unglaublich mühsam den Kopf aus den Kissen. »Aber zuerst sollte ich dir wohl erzählen, wieso ich hier liege.«

»Das hast du mir schon in deinem Brief erklärt.«

»Den habe ich der Schwester diktiert, und damals konnte ich noch nicht besonders klar denken. Als ich aus der Bewußtlosigkeit erwachte und die Zeitungen sah, war das ein furchtbarer Schock für mich, weißt du? Ich konnte es nicht fassen, daß man Gray wegen Mordes zu fünfzehn Jahren verurteilt hatte, und war ganz durcheinander, als ich den Brief diktierte. Ich habe nur darum gebetet, daß du ihn ernst nimmst und mich besuchst. Gib mir bitte einen Schluck Wasser.«

Andrew Laud hielt Jeff das Glas an die Lippen und sagte, während der Kranke trank: »Ich habe deinem Brief entnommen, daß du am 12. Juni in Waltham Abbey frontal mit einem Laster zusammengestoßen und schwer verletzt worden bist. Sobald ich das gelesen hatte, war mir klar, daß du mir vielleicht etwas Wichtiges zu sagen hast. Aber du hast mir nicht geschrieben, was du in Waltham Abbey gemacht hast.«

»Gearbeitet«, sagte Jeff. »Möbel abtransportiert oder es zumindest versucht.« Er hustete und hielt sich die Rippen. »Am Sonntag vorher hatte Gray mich gebeten, am

Samstag seinen Kram abzuholen, er wollte nämlich nach London zurück. Er sagte, er würde mich verständigen, falls etwas dazwischenkäme – und damit muß man bei ihm ja immer rechnen. Als er nicht anrief, fuhr ich wie versprochen raus. Am Tag vorher hatte ich übrigens deinen Brief mit der Einladung zum Abendessen bekommen. Wahrscheinlich hast du dich gewundert, als ich absagte.«

»Unwichtig. Erzähl mir, was passiert ist.«

»Ich war gegen drei Uhr dort«, sagte Jeff langsam, aber völlig klar und verständlich. »Ich ließ meinen Kleintransporter am Ende des befestigten Teils der Straße stehen, weil die Pocket Lane weiter oben ein einziger Morast war und ich befürchtete, mit den Rädern steckenzubleiben. Als ich zum Haus kam, steckte der Schlüssel in der Haustür, und über dem Schloß war ein Zettel angepinnt. Die Schrift stammte von Grays Schreibmaschine – die ich ziemlich gut kenne. Unterschrieben war der Zettel nicht. »Mußte schnell mal weg. Schlüssel steckt, im Haus ist alles offen.« Ich dachte natürlich, die Nachricht sei für mich bestimmt.

Ich ging also rein und notierte mir im Kopf die Dinge, die ich mitnehmen sollte, und setzte mich dann hin, um auf Gray zu warten. Ach ja, und ich habe mich im ganzen Haus umgesehen. Falls jemand der Meinung sein sollte, Gray sei dagewesen und hätte sich irgendwo versteckt, kann er sich das aus dem Kopf schlagen. Um diese Zeit war er nicht da, das weiß ich.«

»Du erinnerst dich wirklich genau?«

»Nicht an den Unfall«, sagte Jeff und zuckte leicht zusammen. »Ich habe keine Ahnung, wie es dazu kam. Aber über das, was vorher war, gibt es keinen Zweifel. Im Haus war es furchtbar stickig und roch nach Moder«, fuhr Jeff nach einer längeren Pause fort. »Und weil es inzwischen langsam auf vier Uhr zuging, beschloß ich, wieder rauszugehen, den Schlüssel und den Zettel wieder an Ort und Stelle zu bringen und mich in den Garten zu setzen. Aber der war so verwildert, daß ich lieber ein bißchen im Wald spazierenging. Doch ich blieb immer in Sichtweite des Hauses, und darauf kommt es wohl an. Inzwischen hatte ich eine Mordswut auf Gray, weil er nicht aufkreuzte. Schließlich möchte man mit seiner Arbeit auch mal fertig werden.«

»Gray ist nicht gekommen?«

»Nein«, sagte Jeff. »Ich setzte mich unter einen Baum. Zehn Minuten wollte ich noch zugeben und dann abhauen. Tja, und als ich ganz gemütlich dasaß, kamen zwei Leute die Straße rauf.«

»Ach, tatsächlich!« Andrew Laud trat näher an das Bett heran.

»Im Wagen? Zu Fuß?«

»Zu Fuß. Ein dünner, kleiner Kerl von ungefähr 40 und eine viel jüngere Frau. Sie gingen zur Tür, lasen den Zettel und verschwanden im Haus. Gesehen haben sie mich nicht, dessen bin ich sicher. Mir wurde natürlich klar, daß der Zettel nicht für mich, sondern für diese beiden bestimmt gewesen war. Und ich hatte plötzlich ein ganz merkwürdiges Gefühl, Andy. Wußte einfach nicht, was tun.«

»Also das verstehe ich nicht ganz«, sagte der Abgeordnete.

»Ich erkannte die junge Frau. Ich kannte sie. Sie war früher mal Grays Freundin gewesen. Und ich verstand nicht, was sie mit einem Kerl in dem Haus wollte, der meiner Meinung nach ihr Mann war. Er sah wie der typische Ehemann aus. Ich fragte mich, ob sie hier waren, weil der Mensch Gray eine Szene machen wollte. Nein, unterbrich mich jetzt nicht, Andy. Ich will dir auch noch den Rest erzählen.« Die Stimme des Kranken war immer schwächer geworden. Er legte den Kopf in die Kissen zurück und begann wieder qualvoll trocken zu husten. »Ich kann dir genau sagen, wo und wann ich Gray mit der Frau gesehen habe. Er brachte sie mal nach Tranmere Villas mit. Damals lebte ich noch mit Sally zusammen. Gray hatte ihr einen Wink gegeben, und deshalb ließ sie sich nicht sehen, als er mit seiner Freundin kam. Aber ich war zur Arbeit gewesen und hatte keine Ahnung. Also platzte ich, als ich heimkam, ohne anzuklopfen in sein Zimmer. In der Abendzeitung stand eine so positive Kritik über sein Buch, daß ich es nicht erwarten konnte, sie ihm zu zeigen. Die beiden lagen auf dem Bett und liebten sich. Gray hatte nur Augen und Ohren für sie, so daß er mich überhaupt nicht bemerkte. Dafür bemerkte sie mich. Sie sah auf und lächelte mich herausfordernd an. Ich machte natürlich, daß ich wieder rauskam.«

Hinter Andrew Laud wurde der Wandschirm verschoben, und er sagte über die Schulter zurück: »Nur noch zwei Minuten, Schwester. Ich verspreche Ihnen, in zwei Minuten zu verschwinden.«

»Mr. Denman darf sich nicht aufregen.«

»Der einzige, der sich hier aufregt, bin ich«, sagte Andrew Laud zu Jeff, als sie wieder allein waren. »Und jetzt zurück zum 12. Juni, ja?«

»Wo war ich noch? Ach ja, ich saß unter einem Baum. Nach einer Weile kam ein alter Knabe die Straße lang, der in ein Buch vertieft war. Und dann tauchte der Kerl, der mit Grays ehemaliger Flamme gekommen war, im Garten auf, ging um das Haus herum und schaute zu den Fenstern hinauf. Ich dachte, die beiden wollten gehen, und wartete darauf, daß sie auch erschien. Doch nein. Der

Kerl aber ging wieder ins Haus, und ungefähr zehn Minuten später kam sie raus. Allein. Sie steckte den Schlüssel nicht wieder ins Schloß, und der Zettel war auch weg. Ich fand, daß sie um den Mund herum ein bißchen grün aussah, und sie schien nicht sehr sicher auf den Beinen. Fast hätte ich sie gerufen und gefragt, ob ihr was fehlt. Aber ich ließ es sein, obwohl mir die ganze Sache inzwischen ziemlich spanisch vorkam. Sie verschwand im Wald, und als sie nicht mehr zu sehen war, ging ich auch. Ich wollte ins Dorf fahren, Gray suchen und ihm von der Sache erzählen. In der Nähe meines Lasters parkte ein großer, grüner Wagen. Fabrikat oder Nummer weiß ich nicht.

Es muß inzwischen halb fünf gewesen sein, weil man mir gesagt hat, der Unfall sei zwanzig vor fünf passiert. Und das ist alles. Von da an lag ich ein halbes Jahr im Koma. Stell dir vor, ich wäre gestorben und hätte mein Wissen ins Grab mitgenommen!«

»Aber du lebst und wirst wieder gesund. Und beeil dich gefälligst damit, damit du bei der Berufungsverhandlung aussagen kannst. Jammerschade, daß du nicht weißt, wer die Frau war.«

»Aber ich weiß es. Hab ich das nicht gesagt?« Jeff ließ sich erschöpft noch tiefer in die Kissen sinken. Sein Gesicht war grau, und seine Stimme war noch schwächer geworden. Trotzdem sprach er mit großer Eindringlichkeit. »Dieses Gesicht würde ich immer und überall erkennen, und gestern habe ich es in der Zeitung gesehen – im *Standard.* Tolles Foto, sag ich dir: Mrs. Drusilla Janus oder Mrs. McBride, wie ich sie jetzt wohl nennen sollte, hat vor einem Monat einen Tennistrainer geheiratet. Aber jetzt mußt du gehen, Andy. Du hältst mich doch auf dem laufenden, ja?«

Der Abgeordnete stand mit einem leicht benommenen Lächeln auf, und dann schüttelten Jeff und er sich schweigend und feierlich die Hand.